飞过印度

徐天铎 著

天空没留下
我的痕迹，
但我已飞过。
——泰戈尔（印度）

北京航空航天大学出版社
BEIHANG UNIVERSITY PRESS

内容简介

本书以数百张绚丽画面、十几万字纪实游记，多视角、全方位地展示了作者在印度旅行时的奇遇和那里的万种风情，真实、生动地揭示了印度灿烂文化的巨大内涵。文中所附游览攻略和参考路线为自助游者提供了最新实用信息。

图书在版编目（CIP）数据

飞过印度 / 徐天铎著 . -- 北京：北京航空航天大学出版社，2015.5

ISBN 978-7-5124-1780-9

Ⅰ.① 飞… Ⅱ.①徐… Ⅲ.① 旅游指南 – 印度 Ⅳ.① K935.19

中国版本图书馆 CIP 数据核字（2015）第 092195 号

飞过印度

徐天铎 著

策划编辑：谭 莉
责任编辑：崔昕昕

*

北京航空航天大学出版社出版发行

北京市海淀区学院路37号（100191） http://www.buaapress.com.cn
发行部电话：（010）82317024 传真：（010）82328026
读者信箱：bhpress@263.net 邮购电话：（010）82316936
北京尚唐印刷包装有限公司印装 各地书店经销

*

开本：700×1000 1/16 印张：20.75 字数：316千字
2016年10月第1版 2016年10月第1次印刷
ISBN 978-7-5124-1780-9 定价：49.80元

出行准备

　　印度与巴基斯坦、中国、尼泊尔、不丹、缅甸和孟加拉国为邻，濒临孟加拉湾和阿拉伯海，海岸线长5560公里，与斯里兰卡隔海相望。印度全境分为德干高原和中央高原、平原及喜马拉雅山区等三个自然地理区，是南亚次大陆最大的国家，面积居世界第七位，人口居世界第二位。作为最悠久的文明古国之一，印度具有绚丽、丰富、多样的文化遗产和旅游资源，是世界三大宗教之一——佛教的发源地。

新德里印度门

签证办理

　　去印度旅行，必须先办好签证。在中国大陆，目前北京、上海、广州三地有印度签证中心给予办理。办理前要在线提交签证申请，每位申请人必须独立申请，然后打印出书面申请文件并连同护照和其他资料，一并交给签证中心。

　　办理时的资料要求、注意事项、签证费用等请查看网站公示。目前是：

　　1、签证所需材料：

　　　1）签证申请表，在签证申请中心网站在线填写完整，打印后签名。

　　　2）具备至少两张连续空白页的有效护照（到签证申请日至少六个月的护照有效期），例如：在印度签证申请中心的签证申请日期是2013年12月27日，护照有效期至少到2014年6月27日之后。

　　　3）护照信息页和签名页的复印件各一张。

　　　4）近期5CM*5CM白色背景的正面照片。

　　　5）人民币一万元的银行存款证明，至少冻结三个月。

　　　6）往返机票订单。

　　　7）申请人公司/学校的证明信函原件。

　　　8）身份证正反面复印件。

　　　9）行程安排，并且本人签名。

新德里机场出入境大厅

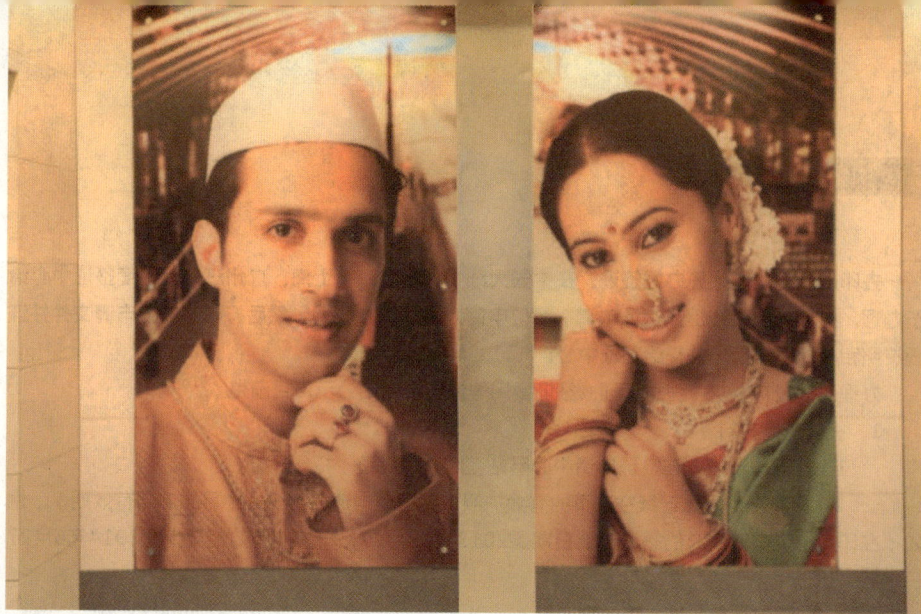

新德里机场卫生间标识

2、签证有效期：

中国护照申请的旅游签证通常最多只有3个月有效期，停留期和有效期一样，时间从签证下发当天算起。

3、签证办理手续：

申请人可以本人亲自或委托其他人到签证申请中心递交申请。申请进度可以网上查询。签证批准后可以本人或委托其他人到签证申请中心领取签证，也可以使用快递。

北京印度签证中心的地址：北京市朝阳区团结湖瑞辰国际中心大厦7层。地铁10号线团结湖站出A口，农业部办公楼向东100米。

过去，在尼泊尔可以比较容易地办理当地印度使馆的签证，但现在基本不给中国普通游客签证。所以，不要奢望在尼泊尔拿证，最好在国内或者其他国家办理好印度签证。

出入境大厅里的壁饰

入出境选择

航空入出境

坐飞机到新德里、加尔各答、孟买、金奈、班加罗尔、科钦等主要城市，是旅行者进入和离开印度最主要的方式。查询进出印度的航班和机票信息，可以登录www.makemytrip.com，或www.cleartrip.com。

轮船出入境

从斯里兰卡到印度的海轮客运船经常处于不确定的状态。而斯里兰卡的科伦坡（Colombo）与南印度的金奈（Chennai）之间，很容易买到廉价机票，很多航空公司飞这条线，如印度航空，斯里兰卡航空，SpiceJet等。

陆地入出境

从尼泊尔到印度，口岸很多。最主要使用的关口有：卡卡比塔（靠近大吉岭）、比尔根杰（靠近巴特那和菩提伽耶）、苏瑙里（靠近戈勒克布尔、瓦拉纳西），持中国护照从尼泊尔进入印度，必须有印度签证才能进入。而从印度进入尼泊尔，可以在边境获得尼泊尔落地签证。

巴基斯坦与印度有一个陆地关口，位于阿姆利则附近，但持中国护照的旅行者不可以在这里直接通关，如果持有巴基斯坦签证，可以乘坐每周两班由阿姆利则发往巴基斯坦拉合尔的国际列车通关，但通关需要耗费很长时间。

新德里街头

费用预算

穷游标准。在北印，每天100元人民币的预算就非常充足；南印物价稍高，主要是住宿稍贵，预算可比北印提高50%。平均下来，基本每月600美元，两个月1500美元足矣。费用包括：吃、住、行（入境出境飞机票不含在内）、景点门票、通讯费用、购买纪念品和小礼物等。

出发清单

贴身证件包，1个，质量要好，要牢固。内装：护照，照片若干（购买手机卡、办理第三国落地签等需要），机票，现金（美元），银行卡。扫描件用U盘拷贝一份带在身上，再另传互联网上，以备急用。

背包：3个。

大背包：75升，内装：

（1）衣物：牛仔裤2，T恤4，长裤2，短裤，内裤4，泳裤1，帽子2，头巾1，冲锋衣、裤（陆地经过西藏需要）各1，鞋子3（登山鞋1、拖鞋1、胶底解放鞋1），大被罩1（绝对需要，尤其乘坐火车时；睡袋可以不带）。

（2）医药包：防蚊子的，防中暑的，治拉肚的（黄连素），创可贴等。

（3）文件包：旅行攻略书、地图，资料，护照复印件（护照首页、签字页和签证页，根据停留时间复印若干，住宿、买火车票等往往需要），日记本，笔、纸。

小背包：装当日短途用品等，食品：如香肠、牛肉干、肉松、巧克力等。洗涮用具、雨具、水杯、卫生用品等。

摄影包：5D3相机、卡片机；镜头；电池、内存卡，充电器、连线等。

其它

手机：最好两部，一部与国内联系，一部与当地联系，万一丢失一部还有另一部可用。

我临行前开通了国内手机国际漫游业务。每天往家里发一条短信，连标点符号共73个字，2元一条，很方便、实用。必要时则可直接与家里通话。但话费贵得惊人，每分钟约需40元人民币（我从来没有使用这一功能）。国内发来一条短信只需0.10元人民币，在国外接收短信则不计费。

为了省钱和上网方便，到印度后我买了印度卡和每月1G的网络流量。卡250RS，1G的流量250RS。

锁具：自行车锁1（火车上锁行李）、挂锁1。手电。打火机、瑞士军刀（这两样上飞机前一定记得放进托运的背包，否则海关会没收）。

太阳镜、水壶、国际通用插头、插线板等。

旅行计划和攻略准备

为了充分用足3个月的印度签证时间，我原本制定了3套行走路线。

出行路线最后一刻确定为印度全境：新德里—阿姆利则—达兰萨拉—西姆拉—昌迪加尔—

机场内的印度旅客

瑞诗凯诗—阿格拉—斋普尔—比卡内尔—焦特布尔—杰伊瑟尔梅尔—（焦特布尔）—阿杰梅尔—普什卡—乌代布尔—千柱庙—艾哈迈达巴德—贾尔冈—阿旃陀石窟—奥兰加巴德—埃洛拉石窟—孟买—帕纳吉（果阿）—科钦—阿勒皮—奎隆—特里凡得琅—根尼亚古马里—马杜赖—蒂鲁吉拉伯利—本地治里—金奈—布巴内什瓦尔—加尔各答—大吉岭—甘托克—（加尔各答）—格雅（菩提伽耶—那烂陀—王舍城）—瓦拉纳西—鹿野苑—克久拉霍—欧恰—占西—勒克瑙—戈勒克布尔—苏瑙里—兰毗尼（进入尼泊尔）。

紧急救助准备

购买一份《境外旅游意外伤害保险》；将上述所有证件、手续复印一套，出国后分开存放；现金也要分开存放。

中国驻印度大使馆馆址：50-D，Shantipath，Chanakyapuri，New Delhi-110021，India

国家地区号：0091-11；http://in.chineseembassy.org/chn/

急救电话：102

匪警：100

火警：101

找不到北

2013年7月18日凌晨3点，机舱广播用中、英文播报新德里机场马上就要到了，地面温度35℃……飞机开始滑翔，我透过舷窗往下看，黑洞洞的，什么也看不清。从北京到新德里的乘客总共才10位，东方航空公司在北京没有安排专机，而是让我们挤到一架飞上海的航班上，在上海会合其他乘客再上飞新德里的航班。

3点45分办好入境手续，我便和从兰州过来的两位援印工程技术人员去机场休息厅坐等天亮。他们准备换乘10点去瓦拉纳西的飞机，而我这个时间不敢擅自进入新德里市区——没有预定旅馆，不知道今天会住在哪里，地铁和公交车还没开始运营，打车不知道告诉司机该去什么地方，只能等到天亮再说。

找不到北

早上7点，天蒙蒙亮，我根据事先准备的攻略起身坐公交车前往新德里火车站，那附近有外国背包客的住宿区——冈吉，先去那里安排住宿。有个日本小伙子和我同车，也是来印度旅行的。我们一同在新德里火车站附近下了车。

他说要先去买火车票，正好我也想熟悉情况，便跟他一路。他拿着地图，我跟着他走，我们的英语都不好，新德里火车站非常大，光站台就有20个，找了半天外国人买票处也没有找到。我提议先去找旅馆，放下行李再来买票，可转了几条街，累的满头大汗也没有找到叫冈吉的地方。日本朋友说不找了，转身走了，看着他渐渐远去的背影，我孤零零地站在路边。

再去找冈吉，是一个小时以后，依然没有找到，我就地打听附近的宾馆，也没有空房，我不禁有些发毛了：连住宿地都找不到，后面的三个月怎么走啊？连外国人买火车票的地方也不知道在哪儿，下一步怎么坐火车啊？难道真的就此打道回府吗？

　　冷静下来，我打开手机上的GPS，摆正手里的地图，查看自己的位置，又一次询问身边的印度人，终于明白了：新德里火车站和北京西站一样，有两个广场，冈吉在另一面广场的街区。原来搞错了方向，自然不可能找到！

　　穿过火车站，果然那头还有一个巨大的广场，广场的出口面对的就是冈吉街区！

　　顿时，找不到北的一身冷汗变得清清凉凉的了。

德里冈吉社区

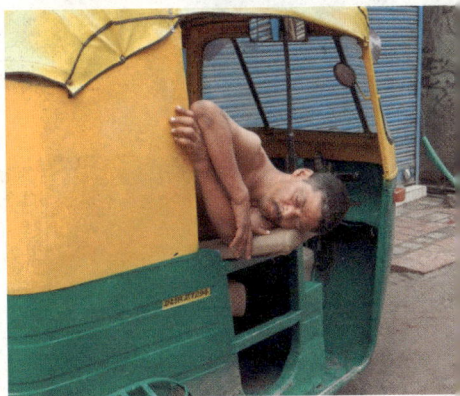

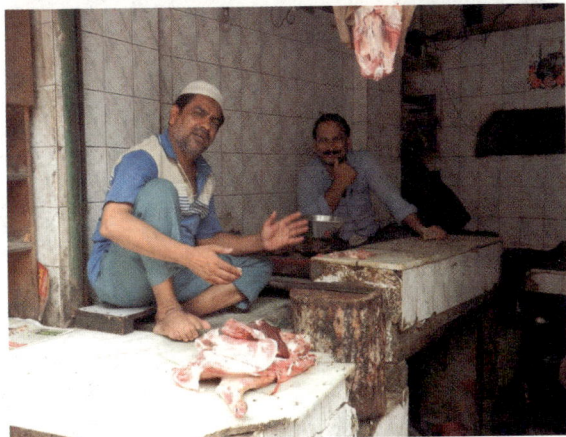

德里老城区街景

印度街景

　　印度，是一个古老、神秘、神奇的国家。她是中国的近邻，与中国有太多的相似之处。同是文明古国、人口大国、国土大国，又同是多民族的国家。两国都遭受过西方列强的侵略和盘剥，赶走西方殖民主义势力的时间也差不多。如今，又一同站在建设现代化国家的起跑线上，相互之间太需要互相了解和互相支持了。

　　记得出发前，看到印度旅游局有这样一句鼓励人们去印度旅游的宣传口号：印度，一个不可思议的国家。在德里短短停留的几天，我已经感觉到了她的不可思议迎面而来。她的每一个细节都充满情趣，每一个地方都是看点！

New Delhi
新德里（都城）

德里红堡外景

长途交通

　　从国外抵达新德里一般乘坐飞机。在印度境内抵达新德里，既可以乘坐飞机，也可以乘坐火车。

　　新德里机场至新德里火车站有地铁机场线，机场站名Aerocity。机场至火车站距离较远。机场也有到新德里火车站的公交车，停车点在机场大门左侧不远处，为专线车，客车车身为红色，找不到停车点可询问机场的门卫和警察。车停新德里车站南广场附近，停车点没有明显标志。从新德里机场打车到新德里火车站，费用550～600印度卢比（简称Rs）。

　　新德里火车站有5座，其中两座是客运大站。买票时一定要注意哪个车站上下车。

住宿推荐

　　帕哈尔•冈吉（Pahar ganj）。新德里背包客聚集地在新德里火车站北广场出口附近。新德里火车站有两个广场，类似北京西站。北大门出来往左边走一点的那条街，就是帕哈尔•冈吉（Pahar ganj）。那里是德里老城区，商店、旅店、换汇店很多。基本都是私家经营，最便宜的双人间可以砍价到300-500Rs。

知名景观

古特伯高塔（Qutub Minar）

　　门票250Rs。世界文化遗产，印度七大奇迹之一，印度的代表性建筑，塔高72.5米，既是印度最高的古塔，也是世界上最高的红砖宣礼塔。

　　高塔是最早的印度教文化和伊斯兰教文化融合的建筑，塔身镂刻有古阿拉伯文字书写的《古兰经》经文和各种精美的花纹图案。塔基部用红砂石砌成，塔身最上面两层则以白色大理石建造。遗址古老，石柱独特，是最值得观赏的部分。

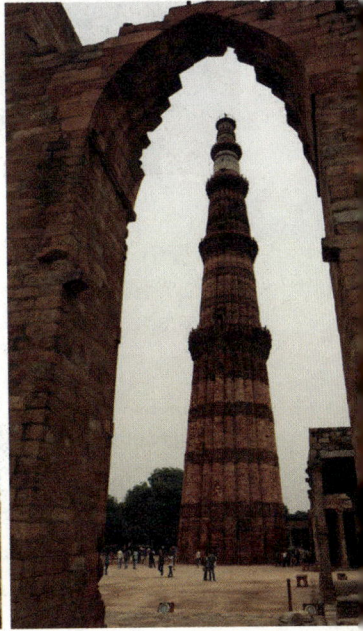

古特伯高塔

巴哈伊寺（Bahai House of Worship，又名：罗塔寺、莲花寺 Lotus Temple）

伊斯兰教现代建筑，造型像一朵盛开的莲花，极具观赏性。免票，周一不开放。

巴哈伊寺

胡马雍陵墓（Humayun's Tomb）

门票250Rs。世界文化遗产，是莫卧儿帝国第二代君主胡马雍及其皇妃的陵墓。建筑融合了印度和伊斯兰风格，传闻泰姬陵便是参考此建筑格式建造的。陵墓由红白相间的砂岩和黑色大理石砌成，主体呈方形，顶部呈球形。

胡马雍陵墓

印度门（India Gate）

由英殖民政府为纪念在"一战"中阵亡的印度将士而建，外形有点像法国巴黎凯旋门，矗立在新德里市中心的国王大道的东端。免票。

国家博物馆（National Museum）

门票300Rs，另收相机费200Rs，周一不开放。离印度门不远。

红堡（Red Fort）

门票250Rs，周一不开放。世界文化遗产，仿阿格拉堡风格，因用褐红色砂石建造而得名。

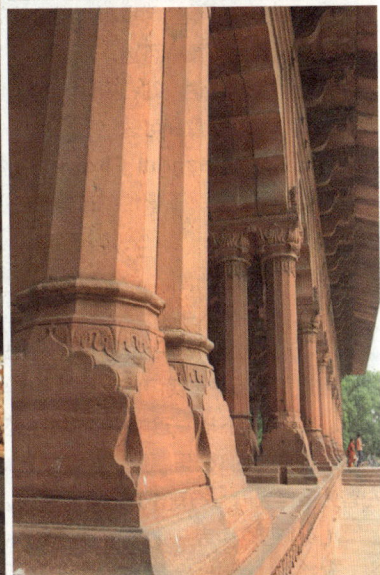

红堡

■ 贾玛清真寺（Ja.ma Masjid）

位于老德里的中心，现有建筑是1656年在原有基础上重建的，是印度规模最大的清真寺。入内礼拜免票，携带相机收款200Rs/台。

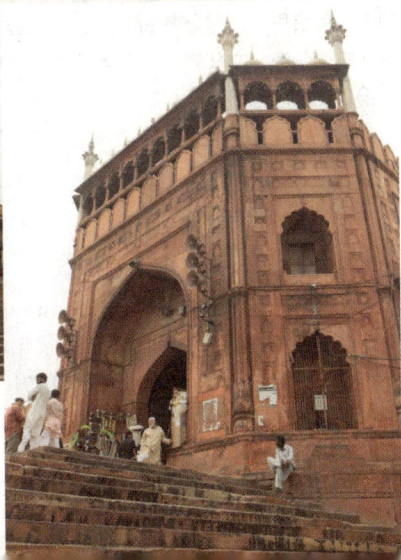

贾玛清真寺

23

景点交通

乘坐地铁到景点

德里的地铁方便实惠，有红、黄、蓝、绿、橙、紫6条线，并设有妇女专用车厢（women only）。在机场线售票处有免费的地铁路线图可取，上面印有乘坐地铁抵达各个景点的方式。

也可以坐地铁到Rajiv Chowk附近的International tourist Centre领取免费的地图，在那里向他们咨询一日游的路线。地铁图上除标明各个景点的位置和交通方式外，还有各类服务信息，包括哪里有餐馆，哪里有卖纪念品等。

贾玛清真寺：黄线可达。

红堡：黄线可达，站名Chandni Chowk。

印度博物馆：黄线可达。

月光广场（Chandni Chowk）：从康诺特广场的Rajiv Chowk地铁站乘黄线往北3站。那里是旧德里最古老、最繁忙、最著名的街道，也是德里最大的市场。

乘坐公交到景点

（1）新德里火车站—康诺特广场。步行10多分钟。或乘181路，5Rs，两站。

（2）康诺特广场—顾特卜塔。乘505路，15公里，约40分钟，25Rs。景点在路边。下车后往回走，过街左边买门票，右边进景点。

（3）顾特卜塔—巴哈伊寺。出景区左侧，原下车点的街对面乘534路，约20分钟，15Rs。下车后往前走约1公里，见一类似城铁站的建筑向前左拐，顺大路继续前行，这段路稍远，路边左首为景区大门，右首街对面是停车场。

（4）巴哈伊寺—胡马雍陵。出门左首，下坡，步行约10分钟，到路口。再左首，约200米，到第二个路口，大路。再左首约100米，乘429路，约20分钟，15Rs。下车后往前走约400米，路口中心有一造型建筑。过街，顺铁栅栏围墙直抵陵墓大门。

（5）胡马雍陵—北方火车站。15Rs。此处为181路的终点站。

（6）北方火车站—新德里火车站（帕哈尔•冈吉）。乘181路，约40分钟，15Rs。

（7）新德里火车站—印度门/总统府。乘181路，可以在印度门或总统府附近停车点下车，5Rs。正午12时印度门有军人换岗交接仪式，非常庄重。顺国王大道，一条笔直的大路，向西方向不到两公里，便是著名的总统府。大道两边全是大草坪，中间有水池、树林。印度门附近有国家历史博物馆、文化艺术馆、体育场。总统府两侧是政府办公大楼、议会大厦等建筑群。游览后再乘181路返回新德里火车站。

游览安排

新、旧德里以康诺特广场（Connaught Place）为界，旧德里在新德里的东北方向，约占整个城市面积的四分之一；而整个西面和南面则为新德里。

旧德里有三大景点：红堡（Lal Qila）、月光广场（Chandni Chowk）和贾玛清真寺

（Jama Masjid），还有甘地墓等，彼此靠得比较近，到了其中一个景点后可以步行游览，一天。

新德里有四大景点：康诺特广场（Connaught Place）、顾特卜塔（Qutb Minar）、巴哈伊寺（Bahai House of Worship，又名：罗塔寺、莲花寺）、胡马雍陵（Humayun's Tomb），坐车，一天。

印度门、国家历史博物馆及其附近政府机构建筑群，一天。

主要景观全部游到而且参观细致的话，一般需要3天。

也可以包租汽车游览。

费用：1100Rs，8小时，超出1小时另加150Rs。包括停车费和小费。

车型：塔塔牌经济型轿车。最多可搭乘4人。

游览景点：拉克希米纳拉扬庙Lakshimi Narayan Temple、祖师本格拉沙希庙Bangla Sahib Gurudwara、总统府、胡马雍陵Humayun's Tomb、顾特卜塔Qutb Minar、德里红堡Red Fort、巴哈伊寺Bahai Temple。

特色饮食

作为首都，这里汇集了印度各地的美食。印度人口味偏浓烈，主食以烙饼和米饭为主，肉类是鸡鸭和鱼虾。传统有手抓饭、naan馕、samosa油炸三角、paratha葱油饼、chai茶等。

其他

离新德里火车站只有5分钟路程的帕哈·甘吉（Pahar ganj），是德里五大主要市场之一，这里有最便宜的饭馆，最廉价的客栈和最物有所值的旅游纪念品。若想更多感受当地人的生活现状，并且预算有限，这里一定值得一游。

德里古天文台

遗憾

去国外旅行，通常国人最担心的是语言交流问题。语言不通，常常成为不敢出国的第一理由。出国找伴同行往往就是出于这个担心。而且必须处处、事事、时时都要开口说英语的窘境。

怎么办？冷静下来，我对语言交流作了认真的分析。

出国旅行确实需要外语，但不是去工作，去扎根生活，因而所需要的英语还是有限的，不需要等到什么都懂、什么都会说了才能出去，只要能说一些日常方面的句子即可。

总统府大门

印度门

什么是日常需要的英语呢？我将它划分为四个层次，根据不同情况不同把握：

一、核心层次：10句英语。

1.请问，我要去XXX（地方名、买票处、站台、公交站、厕所……）在什么地方？还远吗？

Excuse me, where is the (xxx地名)? Long way?

2.到站的时候，请你提醒我一下。

I want to go (xxx地名). Could you remind me when I get there?

3.下一站是XXX（地方名）吗？

The next station is (xxx地名)?

4.我想订一间房，单人的。

Hi, I wanna book a single room.

5.可以先去房间看一下吗？

Can I check the room first?

6.有WIFI吗？上网免费吗？

WIFI? Online for free?

7.你们要求什么时间退房？退房后可以把行李放在这里保存吗？

What is your check-out time? After the check-out can I leave my luggage here to save?

8.我要点和他（邻桌）一样的饭菜。

I want to order the same food as that table.

9.多少钱？

How much is this?

10.太贵了，便宜点，这个价钱怎么样（说出具体数字）？

That is too expensive. Cheaper? 100?

前3句是问路买票的，4～8句是住宿的，第9句是吃饭的，第10句是问价、付款和讨价还价的，可以结合前面的用。

如果还有第11句，那就是：Thank you very much.太谢谢你了。每次请求人家帮助后，都不要忘记说这句话，以表示自己的礼貌和感谢。

这10句话一定要滚瓜烂熟，这是你大胆出境、安全回来的基本保障。

二、核心扩展：100句英语。

有位有心人编了一本《出国英语突击》，里面有1000多个常用到的句子，我挑出了100句，都是围绕上面10句核心英语扩展出来的对话。这个材料网上可以搜索到，打印下来即可。圈出你认为常用的100句，每天读上两遍。这100句如果真的很熟了，那么旅行成功基本没有问题。

三、日常聊天：1000句英语。

不懂英语，可以不聊天，但想了解印度，和印度人交朋友，就要和他们对话，聊聊天。聊天的用语可深可浅，话题可以多种多样，比如家庭啊，家乡啊，子女啊，生活啊，天气啊，可以随便说，不要计较语法，也不要刻意准备，只要对方听懂，自己能猜对就可以了。我的体会是，大胆地说，积极地说，说得越多越熟练。在印度3个月，几乎把我过去学过的英文都激发出来了，刚回到国内时还不自觉地用英语作答汉语，想想也挺有意思的。

四、专题讨论：专业术语。

新德里主要大街

这个需要根据自己的旅行目的来准备。我想要了解佛教为什么会在印度式微，也想了解印度教、耆那教和锡克教的情况，更关心印度在建设现代化国家过程中是如何处理宗教信仰问题，以及其他社会问题的，所以便和有文化层次的人士做过一些专题交流。

有幸的是，这些印度朋友大都会讲一些中文，这让我分外惊喜。我们基本用中文交流，中间不明白的词汇和讲不清楚的，则用"掌中英语"你一句、我一句地沟通，也能基本明白彼此的看法和意见。

在这个基础上，我还准备了其他辅助手段：中英文纸质地图、快译通、打印材料和智能手机。智能手机非常有效，提前下载安装字典、掌上英语、计算器、谷歌地图等软件，到了印度再购买一张电话卡和一定额度的网络流量，开通后即可随时随地沟通。

不过，刚到德里时在语言交流上我也碰过钉子，最典型的是没有去成甘地墓。

甘地被尊为印度的国父，也是印度最伟大的政治领袖。1948年甘地被刺身亡，尸体火化台就在新德里穆纳河的左岸，现辟为"甘地墓"供人们景仰，不收门票。出发前，我就将此地列入了游览计划。

这个景点离德里红堡和贾玛清真寺不是很远。到达德里的第一天下午我去了红堡和贾玛清真寺，天气非常炎热，从红堡出来时感觉有中暑的症状，赶忙叫了一辆人力车回了住所，与甘地墓擦肩而过。

第三天我专程安排去甘地墓，没想到全天下暴雨，不得不蜷缩在旅馆休息了一天。

印度国父甘地石刻像

第四天是游览德里的最后一天，来日一早就要离开德里，后面的行程也没有返回此地的计划，我决心这天无论如何都要去甘地墓看看，于是压缩了其他游览行程，下午两点赶回了驻地。

从地图上看，从新德里火车站的南广场去甘地墓比较近便，于是我先到了那里，但那里没有去甘地墓的公交车，找TUTU车和人力车，他们都不清楚甘地是谁，甘地墓在什么地方。我好生奇怪，甘地是印度赫赫有名的圣雄，怎么有些印度人竟都不知道呢？

这时，跑来一位年轻的三轮车夫，自报奋勇揽下我的活。

我指指地图上甘地墓的位置，可他不认识英文。我对他说"甘地（Gandhi）"，他回答的发音像"Ganj（冈吉）"。我分辨不清二者的区别，以为他清楚路线了，便上了他的车。可是拉了一段，他却停车去问路，原来他根本不知道甘地墓在哪里，也在四处打听。

发现他不知道路，我要另外找车，他坚持不让，后来索性蹬了长长一段路，就在我不停叫"停车停车"的时候他停下了，告诉我到了。等我定睛一看，发现他把我拉到了我的住宿地——冈吉（Pahar Ganj）了。我哭笑不得。告诉他，我就是从冈吉穿过火车站来找车去甘地墓的，你只是由于铁轨挡路，绕走了一段路，翻越了一座大桥，把我送回了冈吉。

他明白拉错路了，又不清楚甘地墓究竟在什么地方，只好放弃我的活。而我被他这样一折腾，耽误了时间，眼看就要落日，也没去成甘地墓。

我只好苦笑了：甘地先生，您地下有知的话，可知道我三次想去瞻仰您的啊，可您好像不欢迎我，没有一次让我成功啊！

究竟什么原因没有瞻仰到甘地墓呢？第一次不清楚地点，第二次天不作美，第三次语言交流出现了障碍。针对语言交流，我应该改进的是：

第一，提前把要去的地名写在纸上。每个人的发音都有差异，避免误解的惟一办法只能是通过文字加以确认。只有一边说，一边递上要去的地名文字，才能确保对方理解的地点和方向正确。

第二，对得到的初步答案多询问几个人，特别是向路警询问，进一步排除误导。

第三，坚持问路与看地图相结合。印度人大多没见过地图，书店很少有地图出售，很多城市也没有路标指示牌。因此，每到一个城市，要先把火车站、住所、要去的景点在手机地图上标记出来。问路时，要与地图相结合，只有在基本方向无误的情况下才可以开步走，不然走错了路，再回到原点麻烦就多了。

第四，要找对问路的对象。英语虽是印度的官方语言，但不是所有的人都会讲。很多印度百姓也不懂英语，即使会讲的，他说的英语大多数中国人也听不懂。那找什么人比较好？一是大、中学生，他们接受正规英文教育，也比较诚实；二是穿戴比较整齐，一看就是有文化素养的人，他们也乐于助人；三是警察，印度警察基本都会讲英文，也比较熟悉地理。

我在新德里没有瞻仰到甘地墓的遗憾，在南印得到了弥补。

在印度最南端、印度的好望角——科摩林角，大海边上也有一处甘地纪念建筑，里面曾安放过甘地的骨灰（甘地骨灰最后从这里撒入印度洋）。我在那里向他的墓碑深深鞠了三个躬。

科摩林角甘地纪念堂外景与内景

31

连结昨天、今天和明天的铁龙

到达德里的当天，我在火车站没有找到外国人售票处，那么第二站西部边城阿姆利则以及后面的一路是怎么走的呢？车票又是怎么买的呢？回答这个问题之前，我先介绍一下印度的交通工具。

在印度旅行，飞机、火车和汽车是三大长途交通工具。

印度有5个国际机场，分别位于德里、孟买、加尔各答、金奈和特里凡特

印度的火车

琅，国际机场是外国人入、出印度的指定口岸。也就是说，你若经由空中到印度或者离开印度，必须在这5个机场中选择，除此没有别的余地。

印度国内机场有92个，飞行器比较老旧，机场管理也相对落后。虽然飞机快捷一些，但机场普遍离市区较远，比起火车和汽车，既不方便，费用也高。在印度如果想深入游，坐飞机的优势难以显现。

而印度的公路也不理想，路况极差，柏油路很少，多是土路，高速公路更是凤毛麟角。100多公里的路，在中国两个钟头就可以到了，而这里要跑上四五个小时，尘土飞扬，一路下来，蓬头垢面，所以长途汽车也不是首选。

相对而言，印度最好的长途交通工具是火车。铁路是印度最大的国营部门，也是主要交通运输形式，总长度居亚洲第一位，世界第四位。印度有火车的历史比我国早几十年，管理经验丰富，安全可靠，铁路就像城市里的公共汽车，车次极多，票价又低廉，自然成为印度人出行的首选。

印度火车是按照票价分车厢档次的，最便宜的坐席，一般挂在火车的两头。其次是不提供卧具的卧铺车厢，简称SL，数量占全列车车厢的一半，是为穷人和中下阶层人士准备的。再往上是带卧具的空调车厢，简称AC，大约3～4节。再往上是AB，与AC基本相同，只是车厢更宽敞，通道和睡铺之间有遮挡隐私的布帘子，数量1～3节。最高档的是AA车厢，相当于我国的软铺包厢，数量1～2节。

以坐席车厢的票价为基点，每上升一个档次，票价就提高两倍。坐席票价极低，像从北京到济南那样一段距离也不过20元人民币，如果坐SL（卧铺），差不多50元人民币。58岁以上的老人买票，可以有7折的优惠，外国人同样享受。

不过，印度火车交通的管理有很多不可思议之处。

一是订票。网络提前两个月售票；

二是进站。开放式管理，谁都可以自由进出，没有站台票一说，连神牛都是满站台溜达；

三是安检。除了德里、孟买、金奈等少数大城市车站设有检测机器外，其他车站很少检查包裹行李；

四是检票。上车时没有检票一说，停车时SL以上的车厢门口会张贴本站上车人的姓名和铺位清单，途中则有稽查人员查票（坐席车厢一般不查票），对无票上车者稽查员会铁面无情地予以严厉罚款；

五是全程自助管理。车上没有列车员，没有清洁员，没有广播通知。到站怎么办？车票上标有到站时间，具体全凭自己辨识或向邻座打听；

六是必须密切注意停车时间和停车站台。虽然基本是固定的，但不排除临时变更。列车快进站时，一定要眼观六路耳听八方，应急应变。只有坐上车，才算万事大吉。

此外还可以说出十条八条的不可思议，总之，印度火车方便、便宜，如果清楚了它的运行特点，个人觉得还是坐火车最好。

那么我是怎么买车票的呢？

没来印度之前，第一站是通过网上订票。我是让在外地的儿子代办的网上订票。他英语极好，也有VISA卡。印度铁路订票的网站是：http://www.indianrail.gov.in/ ，还有http://www.makemytrip.com/ 可以参考。

订票成功后，印度铁路官网会给你的邮箱发来邮件，还会给手机发来短信，凭借打印出来的邮件或者手机短信就可以放心上车了。

到了印度后，从第二站开始自己在车站买票。印度对外国人是非常照顾的，每个车站都设有外国人售票窗口，由懂英语的工作人员热情接待。他们一般都有预留车票，除非个别情况，基本都能买到想要的车次。如果没有票，时间又比较紧，那就提高一个车厢档次，档次越高的车厢，空位会越多些。

每次买票我都买好一个星期之内的。一般情况下，一个城市停留两天，大城市最多3天。尽量买晚上走的火车卧铺，第二天一到就可以旅行的那种。印度订票要填单子，可以拿一些事先填好基本内容，具体地点、车次、时间等到买票的时候再填。

在印度买火车票分两步，第一步先到咨询窗口问明车次、时间，第二步

印度火车博物馆实物展品

填好单子后上购票窗口，若提前在单子上填好基本情况，可以大大减少购票时间。

再说说自己第一次上火车的情形吧。

第一次坐印度火车，从新德里到阿姆利则，我起初十分担心。一是担心火车停车的站台临时变更找不到站台，二是担心人多，行李多，挤不上去，找不到座位，因此那天7点的车我早上5点就爬了起来。冈吉到火车站才10分钟的路程，我提前一个小时就跑来了。在工作人员的指点下，找到了No.1站台，由于到得早，我目睹了这个站台前一班开往阿格拉火车进出站的全过程。

印度火车站虽然是开放的，管理人员很少，但秩序井然。我乘坐的12029次车是高等列车，前面几节车厢都是带空调的，开车后有服务小生给每位旅客送矿泉水、热茶和小点心。这是印度为数不多的高级列车才有的服务，还提供当天出版的英文和印地文报纸。服务费都含在火车票里，5个小时的车程票价才400多Rs（7折老人票），相当于人民币50元。

车出德里，铁路两边都是贫民窟、窝棚，房子都很小，没有外装修。正是起床时分，许多人家十几口躺在户外临时摆放的木板上，或者干脆睡在地上。火车也经过了一些很好的住宅区（别墅），显然那是有钱人家的，外墙涂有鲜艳的色彩，带有面积很大的院子。

郊外，田野里刚插下秧苗，印度产稻米。旱地里长高的是玉米。火车很平稳，过了市区速度开始加快。服务生开始上食品，先给每人送上一小壶热水，由乘客根据自己的口味配置成加糖奶茶，味道很不错。

农村有田有地的人家要比城市的贫民好过很多，他们的房子像样一点的也涂有色彩，但格局都很小，有点像上海人说的"螺蛳壳里做道场"的感觉。

沿途所看到的印度的公路，路面窄小，大多是土路，车辆状况也很差，破破烂烂的，似乎那里几乎不存在淘汰旧车一说。这里土地私有，田地被分割得七零八落，很少见到人在耕作。

印度火车是宽轨，车厢比国内的要宽一尺左右，每排5个座位，座位之间有间隔挡板，中间是通道，服务生不是推着小车服务，而是抱着大捧食品传递给乘客。

车过旁遮普邦，旱地渐渐多起来，地势也高起来，出现了丘陵。变化最大的是，这里的民房比之前经过的要好很多，工厂也多了起来，后来得知这里是印度最富裕的地区之一。

阿姆利则是印度西部的边境城市，那里再往西100公里就是巴基斯坦。阿姆利则相当于中国的一个县级城市，有非常古老的历史，虽然有些城区很破败，街道很窄小，但城市卫生要好于新德里。街头矗立着这个城市走出的名人和发生在这里的历史事件的雕塑，仿佛提醒所有路过的人不要忘记他们的功德和那些远去岁月的故事。

阿姆利则火车站外景

火车上分发的饮食

一根红丝线

阿姆利则是锡克教圣城，前来游览的国际友人络绎不绝，在这里我第一次接触到国际驴友。去印巴边境看降旗秀，一车要凑满10人才走，为防走失，同车人互相照应，于是认识了来自日本、韩国几个刚毕业不久的大学生。在金庙外国人接待站，半夜来了新人，大通铺上挤一挤，于是我又认识了美国人、爱尔兰人。

达兰萨拉风景

让人兴奋的是，我碰上了中国老乡并得到了帮助。北京的小王居然和我弟弟同住一个大院，让人不禁感慨世界如此之大又如此之小。我又在金庙祈祷大厅，我又意外遇到网上联系的长沙姑娘娜娜，她晚我一天到达德里，相约在印度同行一段，不想在这里不期相遇，真令人喜出望外。尤其是福建小黑，不仅帮我将相机里的照片全部安全下载到了移动硬盘上，解决了我的心头一患，还帮我重新设置了手机功能，确保了我后来独行一路的正常通讯。

离开的那天一早，我再次转了金庙，餐后在洗碗处做了一个小时的义工。义工都是来金庙礼拜的，做工的时间长短不一，根据自己的情况而定。

我在金庙的感觉是：这里的朝圣24小时不停顿，这里的餐厅24小时不散席，这里免费提供交通接送、住宿、餐饮，富人和穷人在这里一样受接待，临走自愿捐款。

阿姆利则是通往北北印（作者注，北北印不是错误）的交通枢纽，达兰萨拉是其中一个热门旅游地。告别金庙，20Rs一辆人力三轮车把我拉到长途汽车站。车站在一座高架桥下，去达兰萨拉的班车每天两班，12:00和13:10发车。

车子刚出车站遇上了暴雨，一下就是两个小时。路况很差，基本设施长年失修，似乎看不到排水系统，路面大面积积水，我很担心出意外。

达兰萨拉位于喜马拉雅邦，是一座山城。山脚下是印度原住民居住区，山上山下相距4公里左右，山势险峻，坡度大，上山要比下山艰难得多，加之临近傍晚，满负荷行装，公交车不知道什么时候才来，我便和两个老外拼了一辆出租车上了山。

驾驶员问我哪里下，我英语不好，也不知道哪里有旅馆，只知道攻略上写的地名叫"冈吉"（与新德里背包客区同名），驾驶员说山上都叫"冈吉"。外面开始下小雨，我有点傻眼了，好在眼前一片灯红酒绿，于是在山顶一处道路汇合口下了车。刚下车，一些人围拢过来，用英语招呼客人去他们那里住宿。我询问了价格，跟着一个年轻小伙子走了一刻钟，住宿在了他与合伙人开的旅店。

转到10点多钟，我在昨晚下车不远街巷的一处食杂品摊停下了脚步。这个摊位上的商品种类真多，好多都是来自中国的食品和烹饪用料，居然还有重庆火锅底料。我买了牛奶、鸡蛋、西红柿、黄瓜和挂面。摊主是藏人，见我是汉人，顺口讲了几句普通话。我一听，说：你会汉语啊？他说，不会不会，会讲的在那里，顺手指了指旁边摊位的主人。

　　被指的摊主40多岁，明显藏人的模样，皮肤黝黑，棱角分明。果然他的汉语很好，和我一聊就是一个多小时。告诉我，他叫扎西平措，来印度20多年了，老家四川甘孜，尚未成家，以摆摊为生。

　　我问他，为什么还不找个女伴？他说，随缘分吧，缘分来了自然就有了。

　　问为什么从四川来到这里？他说，想寻找心灵的自由。

达兰萨拉藏民居住区

达兰萨拉地区

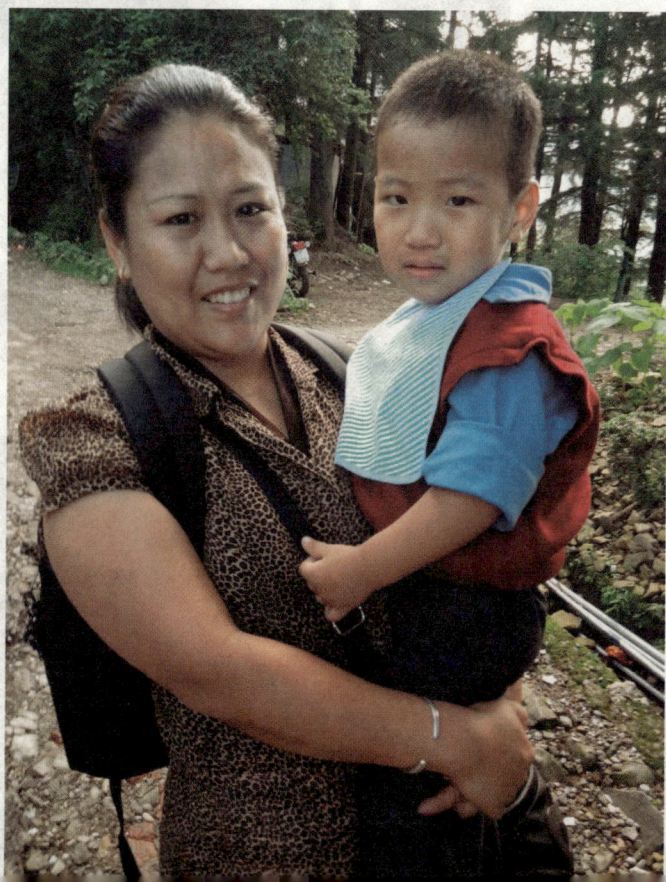

问生活得好不好？他说，有钱没钱不重要。

问知道家乡的变化吗？他说，知道，改革开放后，老百姓都过上了富裕的日子，比他现在要好。

下午我去附近的寺院参观。那天没有讲经和佛事活动，游客不多，我慢慢地走过每一间厅堂，细心体验这里的宗教气氛。正巧有台湾地区旅行团的几位游客进了一间平房，我也尾随过去。

他们手里拿着一张参观证书（募捐后获取的），一位50多岁的藏人（工作人员）看到这些证书后，向每人发放了一条红丝带。

我正好在边上，没有证书。对方望了望我，用英语问："你从哪里来？"

我用汉语回答："中国，北京。"

"北京？"他感觉我来得不容易，毕竟很遥远。

"是的，北京。"我再次平静回答。

他明白了我的来意，友好地也递给我一根红丝线。

红丝线在藏传佛教中是表达美好祝福的意思，没有别的含义。我愉快地接受了，说了声谢谢。彼此会心一笑。

Dharmsala
达兰萨拉（闲城）

长途交通

从阿姆利则去达兰萨拉的直达客车，一天仅两班：上午5点和中午12点，票价193Rs。也可以先坐到帕坦阔特（Pathankot）再转车，那里去达兰萨拉的车次较多，至帕坦阔特票价73Rs，车程3小时。从帕坦阔特去达兰萨拉票价100Rs，车程4小时。

还可以坐火车到帕坦阔特的pathankot站或chakki bank站，这两个火车站同在一个城市里，类似于北京站和北京西站的关系。站前广场发往达兰萨拉的车也很多，车程3个半小时。阿姆利则到达兰萨拉的客车经过帕坦阔特pathankot。帕坦阔特与达兰萨拉的藏民居住区麦罗•甘吉Mcleod Ganj有直通客车。

帕坦阔特去德里的最晚一班汽车是下午17点半，第二天早6点抵达，车程12个半小时，坐票365Rs；豪华舒服的卧铺大巴，票价800多。

从德里去达兰萨拉要坐一晚上的汽车，一半的路程都是山路，比较颠簸，13个小时，来往单趟车票均为995-1000Rs。

印度Kingfisher公司每天都有航班飞达兰萨拉，小飞机，机场离藏民居住区麦罗•甘吉（Mcleod Ganj）还很远，还得坐一个多小时的汽车。

到达兰萨拉后，去藏民区还要坐短途交通工具。藏民居住区在达兰萨拉海拔1800米的山上（麦罗•甘吉McLeod Ganj），即"上达兰萨拉"，山下海拔1200米地区是印度本地人居住区。除了打车（200Rs）外，长途站附近有公交车到McLeod Ganj，发车不定时，车程20分钟，10Rs。山下停车点在达兰萨拉长途站的下车点附近，山上终点为McLeod Ganj中心广场附近。山上有官方票务窗口，可询问长途车次等。

住宿推荐

达兰萨拉是国际旅游区，旅馆、网吧、酒吧、夜总会、餐馆和旅游纪念品商店等，一应俱全。旅馆区在中心广场一带。中心广场附近的OM HOTEL，其山景房双人间250Rs，24小时供应热水。视野较佳的还有位于Mount View下面半山腰的几家，风景兼顾雪山和山谷，如freedom palace、pink house等，双人间150Rs，热水。如果不讲究住宿风景，藏人开的普通旅馆也很好，双人间100Rs，公用热水洗浴。

知名景观

　　山地风景，避暑胜地，户外运动，藏人风情，是这里的四大特点。

　　达兰萨拉背靠终年冰雪覆盖的喜马拉雅山麓，为山谷、河川、农田、茶园、原始森林所团抱，风景秀丽，景色别致。凉爽而湿润的空气，让这里四季分明，是印度著名避暑胜地之一，尤其附近的雪山、密林、河谷是户外探险活动爱好者的理想天地。

达兰萨拉风情

达兰萨拉风情

景点交通

参加户外活动，需联系旅游公司安排专业领队和交通工具。一般避暑、游览、参观，步行即可。

游览安排

避暑、户外活动最佳时间：5-9月。这里气温在印度最热的时候一般是20多度，非常凉爽，因此吸引了大量来自印度和世界各地的游客避暑度假。一些人常年租房居住在这里，或修炼瑜珈，或写作绘画，也有人来逍遥放纵。一般游览，连来带走两天。当地有家名为Cinema1的小型电影院，150Rs/场/人，从早到晚都有放映。

特色饮食

藏人开有许多小餐馆，生意红火，有地道的西餐、藏餐和中餐，可以吃到面片、面条、川菜等。"面片"藏语发音叫"坦图"，"面条"叫"图巴"。还有各种面包店和蔬菜市场。小超市和摊头店有来自中国的调料，如重庆火锅底料、鸡精、腐竹等。

其他

达兰萨拉是印度北部喜马偕尔邦西北山区一个小镇，此地建有多座寺院，僧尼近千人。还有各种不同风格、琳琅满目的首饰店和服饰店。这个平和、安详、宁静的雪山小城，远离尘嚣的隐居地，给人一种淡然的感觉。

兄弟，抱一下

离开达兰萨拉的前一天晚上，下了一夜的雨，我本想拍张以雪山为背景的山城风景再走，可等到第二天早上雨虽停了，乌云却依旧密布。估计再待一天也难见到蓝天白云，便下山坐了8点半去西姆拉的长途汽车。

山城西姆拉

　　西姆拉与大吉岭一样，都是印度著名的山城。大吉岭在北印度的东面，靠近尼泊尔王国东端边境，西姆拉在北印度的西部中段，群山之巅楼宇层层叠叠，很像中国的重庆市。在印度时间有限，只能在两个城市中选择一个，于是选择了西姆拉。

　　从达兰萨拉到西姆拉，基本沿着喜马拉雅山脉南侧一线由西向东行进。这段近400公里的旅程，从早上8：30坐到了晚上20：30，整整12个小时，穿越了北印度人口稠密的乡村和城镇地带，我也得以看到了印度北部腹部更加真实的一面。

从达兰萨拉至西姆拉一路风景

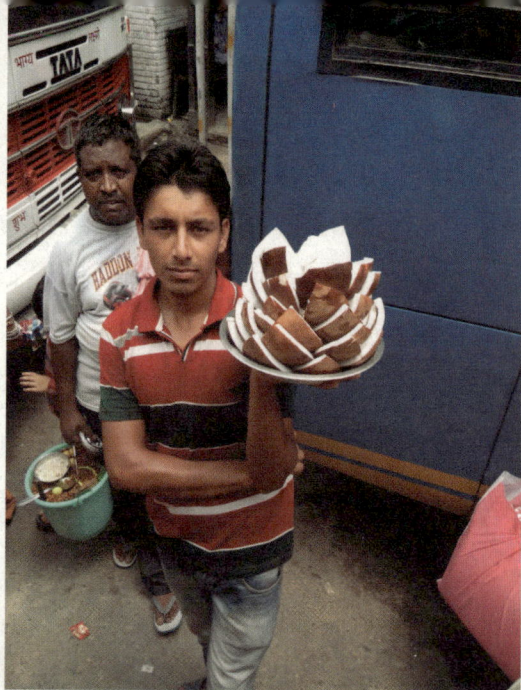

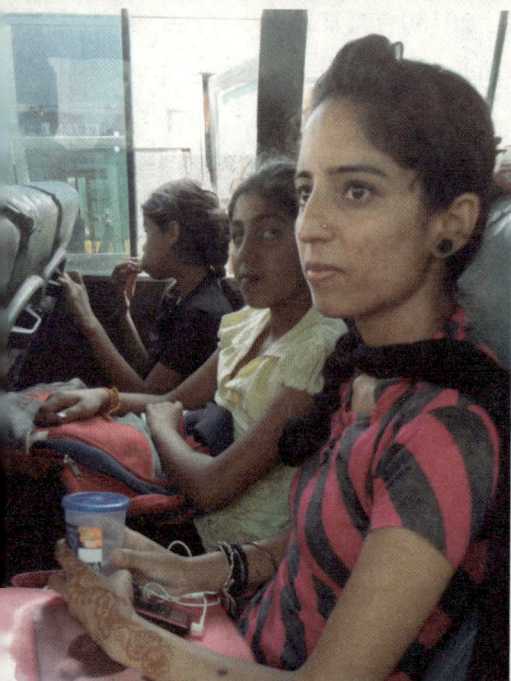

从达兰萨拉至西姆拉一路风景

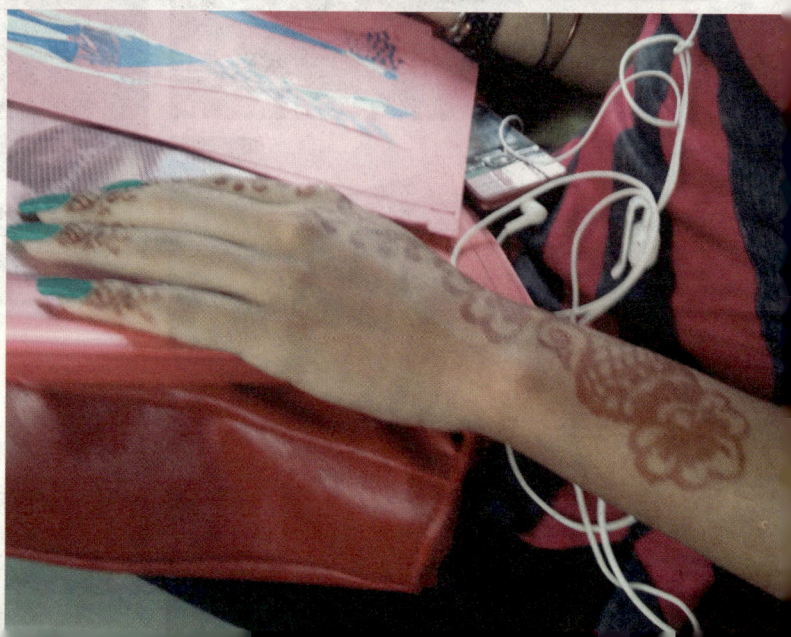

车上人对我很友好，也很好奇。中途上来一群小学生，跟着老师到一个小城市去参加夏令营活动。这里很少看到外国人，大点的孩子问我从哪里来，我告诉他们从中国，孩子们有的知道有的不知道。他们活泼可爱，车上都是孩子们的说笑声。我与他们简单对话。英语是印度官方语言，但不是所有人都会说，这些乡村孩子也是如此，学得好的比我能说，差点的和我一样——有些听不明白，有些也说不出来。我问一个孩子：你几岁了？他回答：我是弟弟。逗得大家都乐了。

孩子们下车后，上来了一位漂亮的女士，对我也很好奇，主动上来搭讪。她文化层次较高，举止高雅，我问她做什么职业，但听不懂她的回答，她打开公文夹让我看，上面都是服装的画样，哦，原来是服装设计师。她的手上绘有美丽的花纹，这是我第一次看到，得知这就是印度手纹，是印度妇女尤其是年轻姑娘装扮自己的最爱。

时近黄昏，车子越来越接近西姆拉。我语言不通，文字不懂，到西姆拉天就黑了，该怎么办呢？据资料介绍，西姆拉长途汽车站不与任何公交车接驳，最近的公交车站离长途站大约有1公里——在一个三叉路口，事前准备的攻略建议过这个路口时下车换车。

我寻思，如果在这里下车，就会不知道长途站究竟在什么地方，什么样子，回头再找长途站不又是一个麻烦吗？天已经黑了，绝不能乱跑，乱跑就彻底找不到北了，我便铁了心，跟车跟到终点。

西姆拉是山城，新修的长途站在群山夹缝的底部，山上才是城区，山上与山下相距数千米。到站时，天色已黑，只见周边的山头、山坡建有层层建筑，抬眼望去，夜光、星光、灯光、烛光交织成一片。

这里场地窄小，周边只有长途车站一座孤零零的水泥建筑。大楼有四层高，下面是停车场，二层是售票处、发车站，餐厅、商店、存包处、托运处等，三层以上是办公室和宾馆。

我先打听了去昌迪加尔的发车站台、车次与时间，接着上楼去找住处。那是一家装修豪华的酒店，一问价，没有单人间，也没有普通间，只有标间，每晚4000-5000Rs。讨价还价，没有商量余地。我是一个人，这家店的价格远远超出了预算，看看时间已经22点，便心一横——学印度老乡吧，在车站大厅坐待天明。

为了消磨时间，我先在候车大厅找了一个插座，给手机冲了电，又找了一块空地，铺下毯子，靠着背囊开始研究攻略资料，不想慢慢闭上眼睛睡着了。

凌晨3点多，发现身边椅子上坐了一个人。我睁眼看他，他也看着我：

"你是哪个国家的？"

"中国。"

"怎么睡在这里？"

"我从达兰萨拉过来，来这里旅行，到这里已经天黑了，不认识路，也不知道公交车在哪里，只好在这里了。"

"那你应该去旅馆啊。"

"我去了，楼上的太贵了，附近又没有第二家。"

我对他有了戒心，不想和他再多说话，就说："请你离我远一点，不然我要报警了。"

他笑笑，从怀里掏出了一个证件，一看，原来他就是警察。

我怀疑是假的，马上说："我是中国警察。"

自己说这句话，有两个目的，一是让他相信我是有正当职业的人，是好人，不要再盘问了；其次是想吓唬他：你面前的对手说不定也会中国功夫，请不要轻易动手，赶快离开。

没想到这句"中国警察"非但没有让他离开，反而使他对我更加亲热起来。

"你是中国警察？真的吗？"他的眼睛有点放光。"啊，很高兴认识中国警察，我们是同行。"说着他伸出了手。

说"中国警察"，本来是想吓吓他的，不想他真的把我当成中国警察了。既然我是"中国警察"了，就接着说吧："我是中国警察，在北京工作。现在退休了，到你们国家来旅行。第一次来西姆拉，能告诉我哪里有500Rs的旅馆吗？这个城市什么地方好玩儿？"

警官沙特斯

　　他认真告诉我，他叫沙特斯，是车站的治安警察，正在执勤，又掏出软布警帽给我看，说："这附近没有旅馆，我5点下班，下班后来带你去找。你是中国警察，我会帮助你的。"说完起身走了。

　　被他这么一说，我有点蒙了，你告诉我旅馆在什么方向就行了，还要亲自带我去找啊，这人也太热心了！

　　5点半左右，天蒙蒙亮，他果然来了。

　　先带我去存包，存包处凭车票才给存，我没有买票，还不知道什么时候离开，他见状带我去了警察值班室。值班室里外两间，外间是办公室，里间是休息室，有几张床铺，还睡着一个人，他把我的背囊放在了一张床铺上，还用被单盖上。见此，我彻底解除了戒心，他确实是警察，真心想帮我。

　　我们走到攻略资料上说的那个路口上了公交车，几站后又换了一次车。换车前，他特地拉我看了当地的小火车车站和铁轨。这种小火车正是与大吉岭同时被联合国列为世界文化遗产的那种。西姆拉当年出行也主要靠这种交通工具，小火车早已停开，火车站则改为城市公交的换乘枢纽。

聊天中我得知他做警察6年了，父母健在，还有弟弟妹妹，自己新婚不久，还没有孩子，全家都住在一起。他还告诉我，下了晚班白天休息，刚才和家人通了电话，晚点回去。

我们一口气找了五六家，都没有空房，因为时间尚早，住客没有一个退房的。于是他带我去吃早点，接着又去找。西姆拉除了主要街道比较平坦可以跑汽车外，其余街巷都是石板路，很小很陡，完全要靠步行爬上爬下，又折腾了一个多小时依旧没有找到。我不忍心他帮我这样找下去，劝他赶快回家。他没有回去，而是掏出手机联系他的一个个朋友。

一刻钟后，有个朋友回话说，在高山别墅区有间空房可以休息。我们又去寻找那间住房。不熟悉道路，问了很多人，走了很多冤枉路我们才最终找到。找到时，两人都跑得气喘吁吁、满身大汗。

那是一座英式老别墅，起码有100多年历史了，外型高雅别致，正在维修。房间在最高一层，里面设施齐全，推开窗子满眼风光。我洗了澡，舒适又安静地休息了两个钟头。

12点时沙特斯敲开房门，我随他去吃了午饭。早饭是沙特斯付的钱，这顿我抢先买了单。接着他带我去了山顶广场，这是西姆拉最主要的景观。他边走边讲解这个城市的陈年往事，以及一些古建筑的来历。

西姆拉的远郊还有一处湖泊风景区，景色十分著名，他建议我去看看。我觉得与达兰萨拉一路过来的景色应该差不多，再说不能再占用沙特斯的时间了，就表示要回长途站去。

下山时我说：现在认路了，能自己坐车回去了，你就留步吧。他不放心，坚持把我送回了车站。

沙特斯太让我感动了，不知怎么感谢才好，临走取出一瓶风油精作为纪念。

我打趣地说：这是"中国神油"。并用肢体语言表示，这是专门对付蚊

西姆拉建筑

虫叮咬的，并在太阳穴附近做了示范，他明白了，哈哈大笑。

临别，我拉着沙特斯的手，真情地说，我不会忘记西姆拉，不会忘记他，希望他有机会到中国去旅行，我在北京等他。

他爽朗地笑了，笑得是那样的灿烂，我忍不住给了他一个拥抱。

沙特斯——一位印度兄弟，真的从心底感谢你，想不到境外旅途居然碰到活雷锋！

沙特斯——一位印度警察，真的从心底感谢你，有困难找警察，在印度一样管事！

西姆拉风光

Shimla
西姆拉（山城）

长途交通

　　西姆拉可以通过公路、航空和铁路到达，公路是最佳交通方式。从达兰萨拉至西姆拉票价278Rs，用时12小时。相距最近的大城市是昌迪加尔，115公里；离新德里的距离365公里。公营的沃尔沃大巴公司主营德里经昌迪加尔到西姆拉的线路，路上共需要7-8小时，班次频密。

　　铁路有窄轨的加尔加—西姆拉的专线，它将西姆拉通过加尔加与全国主要铁路网连接起来。乘火车旅行较慢，但沿路的风景和103个隧道吸引了许多游客。

　　距离市区25公里的朱巴尔哈迪有一个小型机场，有一条私营航线每周飞往德里。

住宿推荐

　　西姆拉长途汽车站设有旅馆，价位较高。穷游旅行者可出站步行1公里，在岔路口乘坐公交去半山的老街区一带，那里是便宜旅馆的集中地。夏季旅游旺季，标间一般都要在400Rs以上。

知名景观

　　游览胜地主要有库弗里、纳尔德拉、市中心等。

　　库弗里距离西姆拉19公里，海拔比西姆拉高，以动物园和滑雪坡最为知名。纳尔德赫拉有9孔高尔夫球场，是许多电影的取景地。市中心在山脊上，与邻近的林荫道构成该市的核心。大道两旁是购物区，大部分商店开在旧时代的建筑物里。林荫道是散步和集会的好地方。市区还有星罗棋布的纪念碑，壮丽的维多利亚风格的建筑物，大量的别墅，时时提醒人们这里曾被英国人统治。此外，还有加尔加—西姆拉铁路可供观瞻，那是印度少数还在运行的窄轨铁路，这在全世界已经为数不多，与大吉岭窄轨铁路共同列为世界文化遗产。

景点交通

　　去库弗里、纳尔德拉，需坐长途车前往。市内景点集中在山脊上，多以步行为主，只有林荫道能通行轻便车辆。

游览安排

　　一天。半天市中心，半天库弗里、纳尔德拉。

　　城市自天文台山沿鞍形山脊至贾库山，延伸达3.5公里，并以林荫道为中轴线自西而东贯穿全城。主要的政府机构、住宅、娱乐场和大小别墅位于干道两侧，依地形顺坡而筑。市中心位于贾库山脊的市政府至基督教堂一段，旅馆、商店、娱乐场所鳞次栉比，俨如英国游览胜地的商业街道。西南火车站一带为行政区；东南坡为拉卡尔市场，热闹拥挤，是附近农牧产品及手工制品的集散中心；阿楠达尔广场位于北坡山坳，原为跑马场，是全市集会的主要场所。

　　市中心一带不允许行车，被辟为步行街。一路有最美建筑总督旅馆、世界最古老剧院欢乐剧院、印度教卡莉女神庙，还有满足市民需要的各种集市。拉卡尔集市以出售木制品著称。

特色饮食

　　林荫道附近：巴尔吉斯餐厅经营印度菜、中国菜、欧洲菜；德维克斯：印度菜、中国菜、酒吧；特里舒尔：非常著名的古老的面包店。山脊附近：阿施安那—古法：印度菜、欧洲菜。拉卡尔集市的西塔拉姆是著名的老店，下市场的梅赫鲁是百年老店。林荫道欢乐剧院对面有新市场餐厅。

敲开大门认识一个家

告别沙特斯，我踏上了前往昌迪加尔的长途汽车。昌迪加尔离西姆拉4个小时的车程，傍晚前抵达那里。西姆拉在海拔1500多米的高山上，气候十分凉爽，而平原地带的昌迪加尔则酷暑难耐，整个城市像桑拿浴房。

我和印度朋友

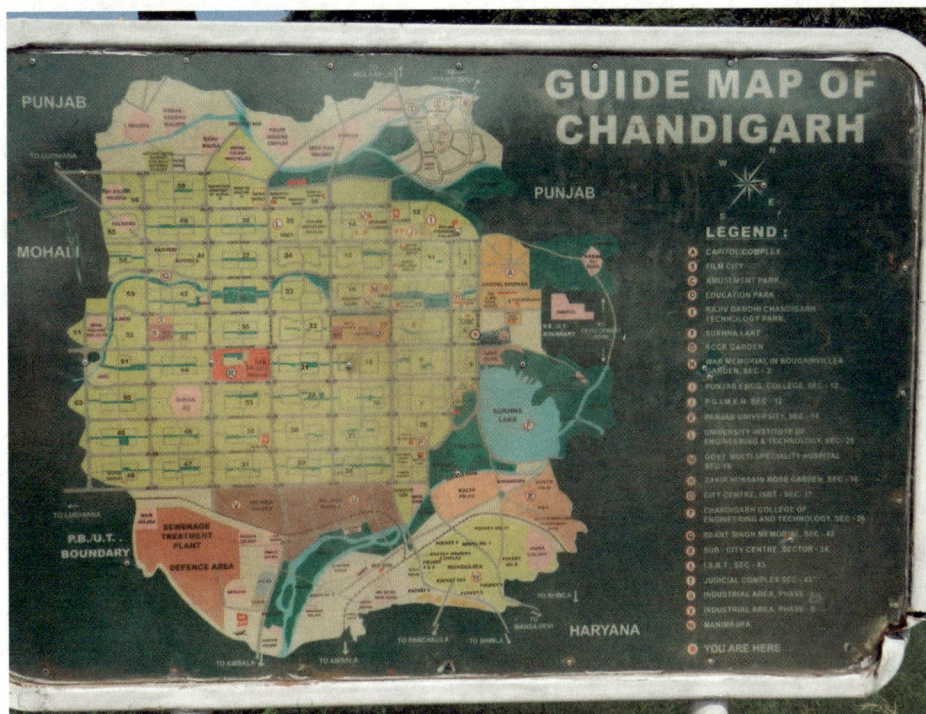

昌迪加尔街区示意图

　　来到昌迪加尔，首先我想看看这个印度历史最短的联邦属地是什么样子，同时想了解它作为两个邦的邦治所在地又是怎样和谐共处的。

　　其次，我想看看这座有规划设计的现代城市是什么模样。

　　昌迪加尔的最早设计人是美国建筑师埃布尔·梅亚（Albert Mayer）。然而，1950年8月31日梅亚的主要副手马太·诺维斯基（Matthew Nowicki）因空难去世，梅亚自觉不能承担任务从而请辞。

　　接手任务的是瑞士建筑师勒·柯布西耶（Le Corbusier）。他的团队对昌加迪尔重新作了规划，将城市设计成方格状分布。相对梅亚重视小区的连接而言，勒·柯布西耶更重视空间的分布和利用。新规划保留了原计划中不少的理念，城市共划分为约60个方格，每个面积约为1.5千米乘1.5千米，顺序命名为第1区至第60区，但由于勒·柯布西耶认为"13"不是吉祥数字，故此没有第13区。当时勒·柯布西耶还为各主要建筑物作了设计，展现了20世纪50年代的尖端建筑风貌。

这个城市规划的独特之一是她的城市构造。设计之初，廓布舍提出了集"生活、工作和健康"为一体的总体规划目标，并将人文关怀引入到了枯燥的设计方案之中。按照他的设计方案，昌迪加尔全城宛如一个躺倒的巨人。全城按阿拉伯数字分区，1区为政府机关所在地，位于城东北角之尽头，宛如人的大脑，管辖着城市的基本运转。而汇集主要银行、宾馆、影院、邮局等其他服务和商业设施的17区，则位于巨人的"心脏"地带，通过一条条宛如血管的道路，为城市的发展输送着"养份"，将全城其他部分的"躯干"和"器官"紧密地联系在一起。

独特之二乃是城中有三套政府班子的安排。高级法院、行政大楼和手掌雕塑（Open hand），这三个看点都集中在作为行政中心的1号社区。行政大楼足有245米长，旁遮普、哈雅那和昌迪加尔直辖区的三套政府班子都在此办公。其屋顶的造型像一个工业冷却塔，远看实在怪诞。

独特之三是城边有座颇具特点的"垃圾公园"。在这座10公顷大小的公园内，没有奇花异草和飞禽走兽，随处摆放着5000多件用破瓷砖、电线、插头、陶壶、轮胎甚至机床等各种工业废弃物拼铸成的大小雕像，"垃圾公园"也由此得名。公园内，既有用电插头做成的大块墙壁和拱门，也有用煤渣堆积的假山。令人叫绝的是，公园里还安放有大批用瓷砖片、酒瓶盖堆砌成的小塑像，浩浩荡荡组成了一个个整齐的武士、舞女以及动物方阵。走近细看，这些"印度兵马俑"声势还颇为壮观。

然而在建设后期，昌迪加尔政府没有严格按照勒·柯布西耶的规划行事，使得周边出现了一些与原规划相矛盾的小镇和军营。

其三，我想访问一户普通的印度中产阶级家庭。

来印度之前，我不认识任何印度人，那怎么会在昌迪加尔访问印度人家呢？

事情是这样的：到达阿姆利则的第二天，我在金庙不期遇到了中国长沙姑娘娜娜，同时认识了陪同她来参观的印度朋友阿穆瑞泽及其父母，是他们

位于第17区的汽车总站

热情邀请我去访问的。

去阿穆瑞泽家那天，先是一大早出发参观了昌迪加尔的石头公园、昌迪加尔湖、行政中心、工业园区和一些生活社区。按照约定时间，大约15时我到了离阿穆瑞泽居住小区不远的路口，在那里阿穆瑞泽开车接我去了他们家。

阿穆瑞泽开的是印度产的小车，车子不大，类似我们国家的QQ车型。印度禁止进口外国高档车，路上看到的车辆基本都是自产的，印度的汽车工业尚在起步阶段，质量不是很高，但拥有一部小车绝对是中产阶级的标志。

几分钟后，小车拐进了一处生活区。这个社区的房子都是3～5层的小楼，一家一座楼，全部自建，带独立小院。房子造型各异，外墙涂着夺目但不艳俗的色彩。刚下车，就有邻居围观。

阿穆瑞泽的家是座三层小楼。一层左侧是开放式车库；右侧开门进去是客厅，大约十五六平米；客厅后面是餐室，大约8平米；餐室后面是厨房，面积较大，有12平米。车库的后侧、与厨房并排有一间十多平米的小屋，小屋房门正对着楼梯口，那是去二层、三层起居室的通道。

我进去时，除了阿穆瑞泽的父母，他的叔叔和姑姑正好也来探访，还带了一个孙辈小姑娘。喝着送上来的奶茶，端详这间客厅：客厅不算大，一盏精致的吊灯，墙上挂着几个写有经文和金庙画片的镜框，地上铺着毯子，靠

阿穆瑞泽的家

墙一圈是沙发和椅子，整齐而干净。

可能是有客人来了，他们打开了好久没有动用的空调，刚开机时还有灰尘吹出来。印度空调和国内的完全不一样，我们或是立柜式或是壁挂式，他们都是窗式，不是小型窗式，而是近1平米的窗式机器，放出来的感觉不是冷气而是大风，声音嗡嗡巨响。

和他们家人聊天很有意思，娜娜和阿穆瑞泽为我们做同声翻译。我说中文，娜娜说英文，阿穆瑞泽再翻译成当地语。反过来，他们父母和亲友说当地语，阿穆瑞泽翻译成英文，娜娜再译成中文。

聊天中得知：阿穆瑞泽的父亲是个中层警官，这几天在家休假，妈妈是普通公务员，父母总收入大概在1.5万Rs左右。阿穆瑞泽有个弟弟，弟弟和弟媳均在澳大利亚生活。阿穆瑞泽想到父母年纪大了，很快就要退休，

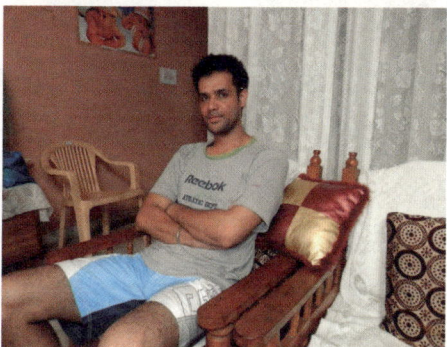

阿穆瑞泽家人

母亲身体又不好，不忍心两位老人独自生活，便放弃国外的工作，回到了父母身边。

聊天中我还得知：印度锡克人对爱情和家庭生活是十分看重的。一旦选择了配偶，会对爱情坚贞到底，绝不背叛。有家的男人一下班就会回家；回到家，要陪伴在妻子孩子的身边，不要说节假日里全家聚在一起，就是

丰盛的晚餐

平常晚上也是全家人坐在一起看电视，吃零食，说话聊天，只有这样才算和美家庭。

阿穆瑞泽的父母非常好客，准备了丰盛的晚餐。那是非常地道和传统的印度餐饮，虽然我来印度已经10天，但吃家庭餐还是第一次，边吃边聊，很有家庭的温馨气氛。主餐之后又上了水果和冰激凌。

让我兴奋和难忘的是，餐后阿穆瑞泽父子还驱车带我去远郊参观了一处纪念塔院。那座塔院是锡克早期的英雄纪念馆，虽然还没有完全建好，但已开始接待游人。塔院中央有一个巨大的钢筋水泥高塔，塔在全世界很多，但这个塔的设计和造型绝对能赢得一个世界第一，不仅高，而且它的不规则、不对称的螺旋式的外结构造型恐怕在全世界也难找出第二例，这令我对印度人的建筑设计艺术和工艺技能刮目相看。

塔的周围有数个大土包，周边小些的土包上立着一组组群雕，最中间的不仅土包最大，雕塑也最大，是单人骑马雕塑，好像是一位锡克族英雄的形象。几个土包下面是连在一起的纪念馆，里面有关于锡克民族的发展史和成就展示。

　　想深入了解印度人的生活、婚姻、工作、养老、家庭观念、财富观念，唯一的途径就是接触印度百姓生活，昌迪加尔给了我这样一次机会，我深感其珍贵。

　　离开阿穆瑞泽的家，天快黑了，他们怕我回去迷路，坚持开车把我送到了旅馆。我感谢他们的热情接待，也邀请他们有机会来中国访问，到中国家庭做客。

昌迪加尔锡克英雄纪念馆

Chandigarh
昌迪加尔（碉堡城）

长途交通

昌迪加尔可以通过公路、航空和铁路到达。从西姆拉至昌迪加尔115公里，票价133Rs，用时4小时。

住宿推荐

昌迪加尔是印度独立后建设的新城市。与传统城市不同，这里按照功能设区，不熟悉城市情况的旅行者最好选择汽车站自设的旅馆住宿。出行方便，价格实惠，一般为250Rs/铺位，有空调和洗浴。

知名景观

主要看城市规划设计和建设。全市划分为60个方格，每个方格面积约为2.25平方公里，按顺序从第1区至第60区命名，其中不设13区（这个数字被认为不吉祥），相关地段还展现了20世纪50年代的尖端建筑风貌，既体现了"生活、工作和健康"为一体的总体规划目标，又将人文温情引入到了枯燥的设计之中。看点有：行政区的城市博物馆、高等法院、行政大楼和市政广场；休闲区的石头公园（俗称垃圾公园）、昌迪加尔湖；生活区的街道、住宅楼、医院；文化教育区的学校、研究所、运动场、文化馆；工业区的工厂、实验室、商贸机构等。

昌迪加尔石头公园

昌迪加尔街景

景点交通

　　昌迪加尔在17区、43区设有汽车总站，各路公交车都在这两个站交集。每班公交车大约20～30分钟一趟。去石头公园坐202路、207路，去昌迪加尔湖坐202路，去行政中心大楼坐239路，都可以通过17、43区总站坐车、换车。票价10～15Rs/人。

游览安排

　　大半天或一天。一早坐207路去石头公园，再坐202路去附近的昌迪加尔湖，游毕坐239路到行政中心的1号社区。那里有城市博物馆、高级法院、行政大楼和做开放状的手掌雕塑。行政大楼足有245米长，旁遮普邦、哈雅那和昌迪加尔直辖区的三套政府班子都在此办公。其屋顶的造型像一个工业冷却塔，远看实在怪诞。下午可以去住宅区、商业区和文化教育区看一看。如果还有兴趣，叫辆出租车去郊外的锡克纪念塔园，那里建有最高的不对称形状的高塔以及锡克英雄博物馆，目前不通公交车。

特色饮食

　　第17区是市中心与消闲娱乐区，区内酒店食肆较多。第35区是另一处餐厅酒吧林立的社区。

保镖叔叔

在阿穆瑞泽家里，娜娜表示要和我一起离开昌迪加尔。娜娜到印度后是阿穆瑞泽亲自赶到德里机场接的，现在要走了，仍不放心她的安全，反复询问我能否万无一失，我给了他肯定的承诺。

瑞诗凯诗街头

我告诉阿穆瑞泽，第二天早上8点有一班开往瑞诗凯诗的客车，请他们务必在开车前赶到车站。阿穆瑞泽很细心，立即上网查询，他的父亲也亲自打电话给车站的朋友，但得到的答复不一样。阿穆瑞泽了解的是，在另外一个长途车站（43区）上车，12点发车；他父亲得到的消息是还不清楚。最后他们接受了我的建议，次日一早还是先去我说的车站（17区）会合，之后再说。

找车

来印度前看帖子，知道有驴友是从瑞诗凯诗坐车到昌迪加尔的，由此我断定应该有返程的车次，所以自己在国内作了从昌迪加尔坐车去瑞诗凯诗的安排。而且，一到昌迪加尔，我做的第一件事情就是核实车站有没有这路班车，得到了肯定的回答，对方还说明在第34站台买票上车。

为了万无一失，第二天我5点起床，捆扎好了行李，便早早来到车站。

昌迪加尔有两个长途客车站，一个在17区，一个在43区。我在17区车站旅馆住，下楼就是车站。一早跑到车站打听发车的时间和站台，如果时间提前，也好通知娜娜早点赶过来。

找到发车的站台，哪知司售人员都说不清楚，这下我可急了。找到车站办公室后才得知：昌迪加尔的长途客运有好几家公司，各跑各的线路，他们只是利用车站的设施，司售人员各有一套人马，即使在同站台发车，彼此也不确切清楚其他公司的运营情况。工作人员还告诉我，去瑞诗凯诗的车以前是8点，现在客源不多，是不是取消或者时间有变更，只能等车子来了以后才知道。这席话让我宽慰了许多。

娜娜在约定的时间来了，可是已经9点多钟了，要坐的那班车却始终没来，我们心里很是焦急。

捡人

我开始注意是否有前往瑞诗凯诗的同车人。如果有，说明去那里的班车还没有停开，等下去会有希望；如果没有，那就真的要改弦易辙了。

我站在开放式的卖票处看着乘客买票。忽然一个东方面孔的女孩子跑过来，用英语问这里是不是去瑞诗凯诗的站台。我听清楚了"瑞诗凯诗"，忙用英语接话："是的。你是中国人吗？"

她回答："韩国人。"接着反问，"你是中国人？"

我点点头，表示自己也去瑞诗凯诗。

她一听，急急地用英语说："等一等，我马上回来。"说完，扭头跑了。

过了5分钟，她带来一位姑娘。带来的姑娘会说汉语，我以为她们要一起去瑞诗凯诗，非常高兴。会讲汉语的姑娘告诉我，她马上要回国，要去德里坐飞机；去瑞诗凯诗的是同行的姑娘，她不会汉语，跑来让她跟我们说，带这位姑娘一起走。说汉语的姑娘在南京大学学过中文，难怪说得这么好。

打量一下要跟我们走的韩国姑娘，大约20岁出头，很可爱。我问她：你叫什么名字？

她说，叫她"坚尼"就可以，又问我怎么称呼。我们年龄相差一代人，我便说叫"叔叔"吧。她说，好的，随后"叔叔，叔叔"叫个不停，估计她以为我的名字就叫"叔叔"呢。

没有想到，离开昌迪加尔竟然带着两个女孩子同行。作为她们的安全保障，我一时成了"保镖叔叔"了。

这时，去瑞诗凯诗的车子进站了，我，娜娜还有坚尼姑娘一起上了车。

投宿

去瑞诗凯诗是10点发的车，人不多，故而班车不稳定。好在来了车，还是直达的，心情顿时放松了下来。一路经过的乡村、小城镇、山地、丘陵和其他地方没有什么两样，时常还可以见到神牛挡路，灵猴抢吃，百鸟不惊，松鼠欢跳的情景。

天气闷热，汗流浃背。娜娜和我并排，她天性沉稳，坐在靠窗的里座，埋头玩手机。坚尼坐在我的后面，总喜欢和别人聊天，她的英语也不怎么好，但就是喜欢说，不怕陌生，不停地和别人聊天。有些印度男孩子故意靠近她，她还让他们玩她的笔记本电脑，一看就是没有什么心机、涉世不深的孩子。我几次提示她收起来，当心别人拿走，她都不在意。

到瑞诗凯诗已经晚上6点，天还下着雨。我们不知道去哪里投宿好，坚尼说有朋友先期住在附近，就听了她的，打了一辆车，去了离车站有10多公里的地方。那是一处村庄。印度是没有路灯的，烂泥中跑来走去，却根本没有她说的朋友和便宜住所。无奈，我亲自出马和一家旅馆谈妥了价钱，订了一间带洗浴的房间。安顿好出门吃饭时，时针已经指向21点。

此后，我开始领受"捡人"的"痛苦"。

上街吃饭。她们这个不吃，那个不吃，走到最后所有店铺都打烊了。我饿晕了，不管她们要不要，在一家路边小吃店没问价点了几样食品，吃完人家要我200Rs，明显的敲诈，亏娜娜机智，说超过100就报警，避免了一次纷争。

护驾

我吃完早餐她们还没有起床，管她们呢，先去外面溜达一圈。

一个钟头后回来，看她们还在睡着。在我的硬逼下，一小时之后她们出现在了街头。

瑞诗凯诗是印度瑜伽的诞生地。雨中，重峦叠嶂，紫雾升腾。这里是恒河的上游，几天前暴雨成灾，发过山洪，只见河水咆哮着，翻滚着漩涡，奔腾东去。

瑞城的景点集中在两处。一处在城区附近，有几座历史悠久的印度教庙宇；还有一处离城区3公里外，是座印度教现代建筑。两处庙宇群均贴近恒河，有大面积洗浴场。我们把游览目的地锁定在了那里。

那几天正逢印度教的一个节日，各地来瑞诗凯诗的香客、朝拜者特别的多，大街上挤满了人群。我怕两个姑娘走失，让她们紧紧跟着我。街上的印度男人大多是从乡村来的，可能没有见过外国女性，因此娜娜和坚尼身边总是围着一些小伙子。

娜娜和坚尼开始有些害怕，我告诉她们：大方点，看你们的人仅仅是好奇，没有恶意，有我在，光天化日之下不会发生什么的。她们慢慢适应了被人围观。

有3个小伙子对我们很友好，一路上一直跟着。一个18岁，一个17岁，还有一个才12岁，但没有记住他们的名字。我们边走边交流，他们不懂英语，我们不懂印地语，只能通过手势表达意思。看了他们手机拍摄的照片，得知

瑞诗凯诗风光

77

一直跟着我们的三个小伙子

他们是坐火车来的。我问：德里？他们点点头，具体哪里也说不清楚，可能是德里附近农村吧。

有意思的是，一个孩子打开了书包，里面装着各种牌子的香烟，问我要不要来一根？我不抽烟，他盖上了书包。我打手势：你们抽烟吗？他们说不。那为什么带着香烟呢？后来得知，他们的路费和开销就是一路兜售香烟挣来的。我为他们贫穷的生活状态感慨，也为他们坚守自己的宗教信仰不辞辛苦、千里迢迢来朝圣的精神而感动。

一个小伙子和我商量，他们想与娜娜、坚尼合个影，请我帮助说说话。我征求了女孩子的意见，说服她们：这没有什么的，只是友好的意思。娜娜和坚尼开始有点犹豫，后来还是爽快地答应了。3个小伙子和娜娜、坚尼合了集体影，又分别合了影，心里别提多高兴了。

不料，这个合影引来了一大群印度小伙子的围观，他们也要求合影，娜娜和坚尼出于礼貌也同意了。没想到要来合影的人越来越多，几近三五十人，有的还强拉女孩子的衣衫，我一看不好，怕出事，赶忙大声用英语喊道：停！不照了。

这些人被我的喊声镇住了。我严厉地说，再跟着我们，就报警了，并大声说了几句"警察、警察"，以示警告。这么一喊，这些人都不敢跟上来了。我们赶快脱了身。在后来的路上，再没有发生什么险情。到了阿格拉，娜娜和坚尼先后和我分了手。

瑞诗凯诗风光

请说出爱的理由

离开印度瑜伽诞生地瑞诗凯诗，我们到了阿格拉。刚下火车，坚尼见到了韩国同胞，便和我、娜娜挥手告别。不过不到一个小时，我们在同一家旅馆又相见了，她和伙伴也住了进来，而且还在隔壁。再次见到坚尼，她一边高兴地喊着"叔叔、叔叔"，一边跑上来拥抱我，这个姑娘就是这样的天真、单纯、可爱。

泰姬陵

泰姬陵细部

　　阿格拉是座旅游城市，位于新德里以南200公里处，是世界七大奇迹之一泰姬陵的所在地，城市要比新德里干净得多。泰姬陵是印度的标志性建筑，这座宏伟的陵墓正如万里长城一样，浓缩着一个伟大民族和文明古国数千年的灿烂文化，不仅吸引着国际政要，也吸引着全世界的普通游客。但凡来到印度，哪怕日程再忙，都要挤出时间去瞻仰一下泰姬陵。

爱情纪念碑

　　泰姬陵是莫卧儿王朝帝王沙•贾汗为爱妃泰姬•马哈尔所造。据说，沙•贾汗的宠妃阿姬曼•芭奴是一位具有波斯血统的绝世美女，性情温柔，擅诗琴书画。21岁时她与当时贾汗吉尔国王的三王子库拉姆结婚。婚后他两同甘共苦，行影相随，足迹遍布疆场。

　　1628年，库拉姆经过一场血战后继承了王位，给自己取名沙•贾汗，意为

世界之王。宠妃阿姬曼·芭奴也因此得到宫中的最高头衔——泰姬·马哈尔。但是好景不长，1631年，阿姬曼·芭奴在跟随沙·贾汗南征时，因难产而逝，年仅39岁。在婚后18年里，她共为沙·贾汗生下14个子女，但存活的只有4男3女。

阿姬曼·芭奴之死令沙·贾汗伤心欲绝，竟一夜白头。他决定为宠妃建造一座全世界最美丽的陵墓，以表达他的思念之情。同时，他下令宫廷为宠妃致哀两年，禁止一切娱乐活动。

1633年，泰姬陵在沙·贾汗选中的印度北部亚穆纳河转弯处的大花园内开始动工兴建。建造者达两万多人，所用石材全部取自本国优质大理石，并在大理石上镶嵌了几十万颗来自中国、巴格达、也门、斯里兰卡和阿拉伯国家的红、绿宝石，水晶，玉石，玛瑙，珊瑚等。耗尽无数钱财，用时22年，最终建起了这座晶莹剔透的泰姬陵。

国王本想在河对面再为自己造一个一模一样的黑色陵墓，中间用半边白色、半边黑色的大理石桥连接，与爱妃相对而眠。谁知泰姬陵刚完工不久，其子就弑兄杀弟篡位，国王被囚禁在离泰姬陵不远的阿格拉堡顶楼上。此后整整8年的时间，沙·贾汉只能每天透过小窗，凄然地遥望着远处河里浮动的泰姬陵倒影，直至病死。

泰姬陵

这是一个多么感伤的爱情纪念碑，泰姬陵因爱情而建，又因爱情而凄凉。尽管300年来泰姬陵的两侧一直威严地矗立着两座暗红色清真寺为它保驾，尽管现在每天都有来自世界各地成千上万的游人相伴，但泰姬陵的孤独、寂寞是不言而喻的，就像一位形单影只的绝代佳人在潺潺的亚穆纳河边痴痴企盼着爱侣归来。

泰姬陵

洗礼的见证

泰姬陵建成至今日，已经300多年了，但她的辉煌和气派丝毫未减。这是一座非常奇特的建筑，展现了人类高超的建筑设计水平，其艺术风格和建筑工艺可谓鬼斧神工。很多游览者参观后都有"不能去一趟就回，真要把它当做一位佳人、一件稀世杰作来仔细欣赏"的感叹。

瞻仰泰姬陵，首先经过一座城楼。城楼高30米，用红沙岩落成，顶部有数座圆顶小亭。供人进出的拱门十分高大、气派。坚硬的岩石结构，上嵌美丽的图案，再配以优美的书法，给人以肃穆庄重、刚柔相济的感觉。

泰姬陵通体用雪白的大理石砌成，墙壁、门扉、窗棂雕满了精美的花纹，早、中、晚不同时间去看泰姬陵，总能有一番别样的感受。

为了欣赏到泰姬陵的绝美景色，那天我们准备在里面待上一天。为了拍到曙光中的泰姬陵，天未亮就成了景区第一批游客。

泰姬陵坐落在三四层楼高的大理石基座上，上去瞻仰必须先脱鞋，以示尊敬，即使外国政要也不例外。听别人说，若在冬日暖阳季节，光脚踏在洁白的大理石上，有云中漫步的感觉；而在夏天，平台成了一个冒着热气的大蒸板，脚下烫得厉害。为避免蹦着看泰姬陵，我们特地准备了袜子，但这个准备暂时多余了。

泰姬陵

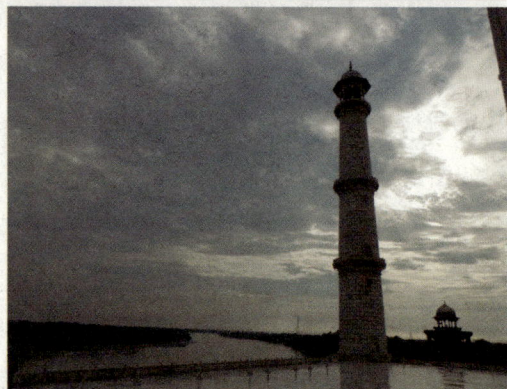

云层很厚，太阳几次想钻出来都被封杀了。更意料不到的是，来了一场暴风雨。雨势极猛、极大，电闪雷鸣，一些游客被浇得浑身尽湿，我们则被堵在城楼拱门里一个多小时。正感觉扫兴，不想暴风雨中的泰姬陵竟像魔幻一般展露出别样的魅力：

乌云下的泰姬陵，先是发出暗灰色的光芒，电闪雷鸣中屹立着刚毅的身影；随之而来的急雨中，泰姬陵一副斗士的模样，昂胸挺立，任由大雨浇泼，不屈不挠；待云散雨停，泰姬陵散发出银灰色光芒，她的脸庞渐渐清晰，露出高雅而又优美的线条；太阳升起来了，一缕霞光印在泰姬陵的面颊，鹅黄又稍带绯红，就像当年那样丰润，依旧青春的模样……

面对眼前瞬息变化着的一切，所有的人都屏住呼吸，都看呆了，只听所有的相机都在咔嚓咔嚓不停地按动快门。

到过泰姬陵的朋友，你或许见过风清日丽下的泰姬陵，或许见过郎朗明月下的泰姬陵，但见过暴风雨洗礼下的泰姬陵吗？我们为自己特有的体验和见证而兴奋！

Agra
阿格拉（爱城）

长途交通

　　阿格拉有3座火车站，分别是：Agra Cantt，Agra Fort和Idgah Agra Junction。

　　参考车次：德里至阿格拉Agra Cantt（AGC）车站，12616/GT Express次列车，AC3（三等空调卧铺），195公里，行驶4小时，晚21：45到，票价331Rs。从阿格拉去瓦拉纳西，13238次列车，晚23:30发车，2A车厢，下铺票价580Rs，老年票价537Rs。阿格拉去斋普尔，19665 Kurj Udz Exp次列车，240公里，运行4小时40分钟，5:40分出发，晚上22:20分到，AC3票价345Rs。

　　Agra Cantt火车站到泰姬陵南门，人力三轮车40Rs。南门去阿格拉兵站车站（中央车站），乘tutu车70Rs。

住宿推荐

　　泰姬陵附近是背包客云集的地方，以泰姬陵为中心，周边都是旅馆、餐厅、网吧、货币兑换店等。不论是火车站还是汽车站，直接对司机说去"South Gate（南门）"即可。那里的房间400～600Rs/晚，有电视、电扇、卫生间、柜子等。退房后，可免费寄存行李。有的旅店在屋顶提供餐饮，可以俯瞰整个泰姬陵区。泰姬陵南门的shanti lodge顶层的视线最好。

　　推荐：India Inn Guest House，位于泰姬陵南门，离名气较大的Hotel Shanti Lodge约20米距离，问人便知。干净，可洗热水澡。双人间300Rs，在那片区域属于高性价比的旅馆，专做中国人和韩国人的生意，店员能听懂部分中国话，口碑很好。Hotel Sidhartha，双人间1150Rs/晚，位于泰姬陵西门，餐厅饭菜味道一般。如果想早起去泰姬陵可以住这里。

知名景观

泰姬陵（Taj Mahal）

　　世界文化遗产，750Rs，包含一瓶水、鞋套和免费的地图。周五不对外开放。泰姬陵在满月那几天开放晚间游览，每晚只限50人，必须提前一天购票，只对团体出售，非团体游客可以试找旅行社联系。

泰姬陵

法塔赫布尔·西格里（Fatehpur Sikri）
世界文化遗产，250+10Rs（有泰姬陵门票免10Rs）。

阿格拉堡（Agra Fort）
世界文化遗产，250+50Rs（有泰姬陵门票免50Rs）。

小泰姬陵
100+10Rs（有泰姬陵门票免10Rs）。

锡坎德拉（Sikandra）
阿克拉大帝的陵墓。

建议先游览泰姬陵，可以免去其他景点门票。

景点交通

　　住泰姬陵南门附近可以步行去泰姬陵。泰姬陵西门到阿格拉堡，步行15分钟可至；坐tutu车去，20Rs/人。去小泰姬陵，可在阿格拉堡前找tutu车，20Rs/人，小泰姬陵回南门旅馆50Rs/人。

　　法塔赫布尔•西格里位于阿格拉以西，相距39公里。先坐tutu车去伊德加汽车站（Idgaht Bus Stand），那里有到西格里的专线车，票价37Rs，车程1小时。若从斋普尔坐汽车去那里，票价156Rs，车程4个半小时，终点是阿格拉，途经法塔赫布尔•西格里。法塔赫布尔•西格里与德里没有直通客车，需到阿格拉转车。

　　锡坎德拉（Sikandra），阿克拉大帝的陵墓距阿格拉10公里，只能乘tutu车去。阿格拉有长途公交车去附近的城市马图拉（Mathura），途中会经过那里，只是车特别少。包tutu车往返开价500Rs，砍至300Rs，单程40分钟。停留两个多小时加付50Rs。

游览安排

　　第一天，泰姬陵。"泰姬陵"并非泰姬的陵墓，而是对"Taj Mahal"（泰姬•马哈尔）的音译加意译，"Taj"的意思是皇冠，"Mahal"的意思是宫殿，是国王沙•贾汗为他逝去的爱妃阿姬曼芭奴不惜倾国之力建造的陵墓，被称为"完美建筑"。是印度旅游门票价格最高的景点，但太值了！如果你不进来，或许不觉得后悔；但如果你进来了，一定会觉得不进来会后悔。建议最好早上7点以前进园，随着光线的变化，泰姬陵会呈现出不同的色彩，建议摄影爱好者游览一天。

　　泰姬陵有三个门，南门早上8点开放，东、西两门早6:30~7:00开放。从南门步行到西门仅10分钟。要看日出，建议提早去。9点以后客满为患。

　　第二天，上午阿格拉堡、小泰姬陵；下午法塔赫布尔•西格里。法塔赫布尔•西格里是阿克巴大帝时期的都城遗址，曾做过莫卧儿王朝的短暂首都，是一个靠近阿格拉的小城。这里保留着完整的宫殿和清真寺。最著名的是胜利之门，高达54米，非常壮观。穿过门是贾玛清真寺，现在仍在使用。寺内停放了上百具棺椁，置身其间，让人有点不寒而栗。由于没有遭到战乱破坏，城中央山丘上用红砂岩修建的宫殿和清真寺，气势宏伟，华丽壮观。其建筑风格体现了阿克巴大帝的印度文化与伊斯兰文化的融合。

　　第三天，锡坎德拉（Sikandra），瞻仰阿克拉大帝的陵墓。印度最强大的王朝是莫卧儿帝国，莫卧儿帝国最有作为、最伟大、最受人景仰，流芳百世的皇帝是阿克拉。他去世后，被尊称为大帝。阿克拉大帝陵墓在公路旁边，墓区内游人极少。特色建筑不太多，与泰姬陵相比，简直是天壤之别。

　　每天晚上，屋顶观夜景，再下楼逛夜市。

包车游览1天

费用：1000Rs。车辆类型：塔塔牌经济型轿车，可搭乘4人。

游览景点：泰姬陵、阿格拉堡、小泰姬陵、法塔赫布尔•西格里往返（包括停车费和小费）。

做回耍蛇人

据资料介绍，最能反映印度教教徒敬蛇之风的是蛇节。这是一个全国性的节日，各地的日子不大统一，大多在7～9月间举行。每逢蛇节，人们一般要在家里画上蛇的形象，或是挂上一幅蛇画，在蛇像前供上米饭、牛奶及其他食品。

印度耍蛇表演

在农村，蛇节比较热闹，有的人亲吻毒蛇，脖子上缠着大蟒走街串巷以示勇敢；还有的会在房外的整堵墙上画上巨大的蛇像，或是塑起高大的蛇神雕像，供人们顶礼膜拜，敬献供品。

由此，印度也就出现了职业耍蛇人，其中不少出自驯蛇世家，祖祖辈辈以此为业。蛇节的日子是他们最开心的时候，他们会带着驯好的眼镜蛇到各家各户表演和接受膜拜，同时也能收到不少膜拜者敬献的食品和金钱。

而在平日，这些驯蛇者则活跃在城市的街头。他们经常坐在旅游景区、货摊前、商店门口，面前放一个小篓，吹着笛子挑逗着金蛇。在悠扬的笛声中，只见那凶狠的眼镜蛇慢慢地从篓中探出头来，口中吐着红红的芯舌，升直了身子，有一尺多高，做出随时窜扑过来的架势，着实叫人倒抽凉气，有几分畏惧。笛声起，蛇身动；笛声止，蛇身停；蛇随着笛声的节奏而舞动，节奏慢时，蛇舞动也慢；节奏快时，蛇舞动也快。舞得极快时，简直就是"金蛇狂舞"的状态，有趣的表演让人驻足观看，留恋难舍。

我从小就害怕蛇，这种怕，不像怕熊怕虎，因为虎和熊有几分威武，怕中夹杂着几丝敬畏。而对于蛇，更多的感觉是厌恶。有句俗话说：见蛇不打三分罪。可见人们对蛇普遍有憎恶之感。

去印度前，我就知道印度有不少耍蛇人，也知道印度人崇拜蛇，视蛇为神物，蛇是印度教三大神之一"湿婆"的凡间化身。不可思议的是，耍蛇人玩弄的眼镜蛇，在中国人眼里是头等毒蛇，在印度则犹被喜欢，被称为"努拉盘布"，就是善蛇的意思。

在斋普尔皇宫大门前，我碰上了两个耍蛇人。当时，没有人光顾这个摊子，蛇在篓子里懒懒地团成一团。我想拍摄金蛇狂舞的镜头，便朝蛇篓边上放了50Rs。盘腿而坐的耍蛇人吹起了类似葫芦丝的乐器，不一会儿伴随着曲声，眼镜蛇从竹篓里探出脑袋，和着曲声来回扭动身体，跳起了"蛇舞"。

我觉得很新鲜，以前只在电影中、画片上看到耍蛇场面，现在活生生展现在面前，真的觉得刺激有趣，端起相机赶紧"咔嚓"。为了拍特写，不注意竟把相机伸到了离眼镜蛇只有几寸的地方，待拍完抬眼一看，眼镜蛇正死

蛇的舞蹈

死盯着我，吓得我本能地倒在地上，动也不敢动。这时耍蛇人停止了吹奏，眼镜蛇才慢慢缩回蛇篓。

　　围观的人多了起来，再次丢钱看耍蛇表演，看了几次表演之后，心里痒痒的，示意耍蛇人可不可以让我耍次蛇，他很痛快地答应了。我有点担心，做出"要是被蛇咬了怎么办？"的手势，他做了"躺倒闭眼睛"的样子。正犹豫要还是不要，他笑了，拿出腰间的蛇药晃了晃。我明白了，他有最有效的解决办法。我放心了，壮着胆子吹起了葫芦丝。

　　吹什么曲目呢？没有想出来，我便胡乱吹了一通，可眼镜蛇趴在竹篓里没有一丝动静，是不是吹的曲子太快太乱了？我又慢慢吹了几个长音，眼镜蛇仍然没有动静。

　　耍蛇人笑了，给我做示范。

　　原来，蛇几乎是聋子，并不是听到曲子而跳舞，它们只能感受震动。耍蛇人吹葫芦丝，葫芦丝传出的震动让蛇有了反应，甚至耍蛇人不吹葫芦丝，只是摇头晃脑，蛇也会探出脑袋。我这才明白，耍蛇人吹葫芦丝时摇头晃脑不是自我陶醉，而是表演给蛇看的。

　　我再次吹响葫芦丝，这次用力均匀，葫芦丝被吹得嗡嗡作响。果不其然，眼镜蛇探出脑袋来，死死地盯着我，我吓坏了，赶紧退了几步。见它没有伤人的意思，又鼓足勇气吹起来，眼镜蛇开始晃动身体，我又惊又喜……

耍蛇人

假如没有辛格二世

沙漠之邦的拉贾斯坦，曾经是多个王国聚集的地域，至18世纪初，这块土地上还有数不清的土邦。这些土邦都建有城堡，大大小小有数十个，城堡千姿百态，各有千秋，其中闻名于世的"四色城"都在这个邦境内。它们分别是：粉城斋普尔、金城杰伊瑟尔梅尔、蓝城焦特布尔和白城乌代布尔。

斋普尔古天文台

斋普尔位于新德里西南250公里处，是拉贾斯坦邦的首府，居"四色城"之首。将她说成是"粉红之城"，是指斋普尔全城一片粉红色，不但屋顶、墙壁一律粉红色，连女性的纱丽也偏爱粉红。其实，第一个说斋普尔是粉红的，绝对是个色盲，准确的颜色应该是土红或者砖红。

不管斋普尔是粉红还是砖红，都不影响这座古城的地位和魅力。今日的斋普尔，满城花木扶疏，大街小巷永远有开不败的名花异卉。千枝万朵，花涛香海，游人谁不心醉！更使人流连忘返的是它引人瞩目的宏伟建筑和历史文化积淀。

说到历史文化积淀，对这里的古天文台印象最为深刻。

印度是世界文明古国，古天文学成就的大小无疑是文明坐标上的重要衡量点。天文学的建立，不仅需要观测的日积月累，还需要数学的知识，更需要丰富的空间想象力和各种计算模型的建构，是一个民族和国家综合文化水平和科技水平的体现。

在数学方面，古印度人是有天才的，在阿拉伯人创造数字（1，2，3，4，5，6，7，8，9）的基础上，他们创造了"0"，这一概念引领数学走向了现代。

在天文学方面，与中国、古希腊、古埃及相比，他们有着自己的贡献和特点。

古印度很早就创立了历法（阴阳历）。例如：在《梨俱吠陀》中有十三月的记载；在《鹧鸪氏梵书》中将一年分为春、热、雨、秋、寒、冬六季（还有一种分法是将一年分为冬、夏、雨三季）；在《爱达罗氏梵书》中记载，一年为360日，12个月，一个月为30日。

古印度人对恒星也作了许多细致的观测。早在吠陀时代，他们就把黄道附近的恒星划分为27宿，"宿"的梵文就是"月站"之意。就是说，他们把月亮在天空的位置划为27处，每一处都是月亮之站台。这个体系一直沿用到晚近。印度也有二十八宿的划分方法，增加的一宿位于人马座和天鹰座之间，名为"阿皮季德"（Abhijit，梵文意为"麦粒"）宿。

古印度有一部杰出的天文学著作，是公元前5世纪后期圣使所著的《圣使集》。其中提到"天球运动是地球绕地轴旋转而见到的现象"，这是超时代的正确见解。此外还讨论了日、月和行星的运动，以及推算日食、月食的方法等。公元505年，古印度就有了综合性的天文学著作《五大历数全书》。此书汇集了古印度五种最重要的天文学历法著作，在天文学史上很有参考价值，把前人的成果阐述得既系统又清晰。

古印度人在天文历法方面虽然做了许多有意义的工作，但实际的大规模的天文观测则是在18世纪才开始的，虽然起步有些晚，但进步极快。以在德里、斋普尔等地建立起的一批有较为复杂的观测仪器的天文台为标志。

我在德里参观古天文台时还不觉得什么，但到了斋普尔简塔·曼塔天文台（Jantar Mantar）以及后来几处古天文台遗址，就对印度的天文学成就刮目相看了。

作为同样世界文明古国的中国，我们虽然也有登封市郜城古观星台遗址，也有北京古观象台……这些遗迹还远比印度的要早，但古天文台数量之多，中国比不上印度；天文观测建筑、天文观测场地和天文观测仪器之大，也不及印度；印度的古天文台至今还在使用中，而我们的早进入了博物馆。

天文广场上巨型几何体建筑，排列有序，布局讲究，其场面之壮观，气势之宏大，让所有参观的人都惊呆了！原本想，古印度的一个天文台，能有什么看头？但我怀着惊讶，带着迷茫，在天文台场内穿行游走，面对印度人的聪明才智，吃惊之余，还真是打心眼儿里佩服。

斋普尔古天文台离城市宫殿不远，曾于1901年整修过，目前尚有以大理石和金属建造的造型奇特的天文观察仪器17种。有：日晷、经纬仪、子午线仪、月蚀预测仪、星盘、十二宫图等，堪称世界上最大的石制天文台。

天文台入口为一钟楼，进入大门，眼前是一个大广场。广场上有序排列着各种各样的观测仪器，其中最夺眼球的是院中最大的建筑物，一座名为撒穆拉特·曼陀罗的天文观察建筑。它矗立在两个半圆弧体的正中，为一立体直角三角形。一条笔直细窄的梯道一直通往顶端，其最高点准确地指向正北方

撒穆拉特·曼陀罗

（我用指南针测试结果与其一致）。梯道顶端有一个小小的观测亭，用来观察天象，还可以利用日照和投影，推算时间和宇宙星体的位置，兼具日晷和子午线的功能。

这座建筑高30米，大约为10层楼房的高度。三角形墙体从上到下开有

斋普尔古天文台

四排窗洞，东西两侧各有一座弧形日晷，太阳光将立体三角尺斜边的影子投射到日晷，即显示当时时间。两座日晷，可分别观测上午和下午的太阳运行时刻。

在各种观测仪器中日晷最多，但造型各异。最大的直径3米，倾斜竖立。北京故宫的日晷最多1米，与之相比小得多了。这个最大的日晷为连体建筑，一南一北背对背，两个日晷，其仰角、俯角各有30°，分别用来观测上、下午时间。日晷为三个同心圆，中心圆与外圆是白色大理石，夹在中间的圆环为褐红色，圆心立有指针。据考证，这也是世界上最大的日晷。

还看到一种日晷，设计与广场最高建筑的三角形日晷相似，也由三部分

日晷

组成：中间部分为立起的直角三角形，两边为弧形石板，三角形斜边建有台阶，可直达顶部，供观测者从上面观测斜边投射的影子。分立两边的日晷，由大理石板拼接为弧形，上面有刻度。

根据导游指点，看日晷上日影投下的刻度，即可算出日晷表示的时间，我对照了一下手机时间，两者极为接近，相差也就一分钟，当时大为震惊，印度人，还真是了不起！这毕竟是18世纪一个土邦国的天文观测仪啊，竟能达到如此精确度。

广场上也有金属制造的日晷，样式与立体三角形日晷相同，只是非常精巧。金属日晷安放在一个圆形金属架上。日晷主体为铜制直角三角尺，三

日晷

角尺直角底边固定有弧形刻度尺，太阳照射，直角三角形斜边影子投射刻度尺，就可读出时间。

还有一种日暑，为安装在三根立柱上的两个金属圆圈，圆圈直径1.5米，通过圆心有一根金属杆。金属圈两侧各有一个半球形坑，像安放在地下的大锅，直径3米，大理石制作，里面有刻度，左右半圆形坑接受金属圈投影，分别显示上午、下午时间。

场院的一侧，有12个形态各异的小三角形建筑，那就是十二宫图，代表12个星座，它们的角度及方向都朝着各自的星座，很准确、科学，至今还被用于研究占星学。不少游客找到了自己的星座，与之合影留念。

天文广场上，除了观测仪，到处是绿地和树篱，走在里面，满眼的绿色，遍地立体几何图形的建筑和仪器，给人一种难以言表的科学与艺术完美结合的惬意感受。望着一件件精致的观测仪器，可以想见制造者的科学素养达到了相当高的水准。

面对眼前的世界文化遗产，令人不禁发问：应该记住谁的名字呢？

当年的土邦国王——贾伊·辛格二世。

贾伊·辛格二世（1699～1744年）是位杰出的土邦国王，他文武双全，尤其是对天文、数学和建筑学颇有研

日暑

究。1728年他主持设计并建造了这座露天天文台，是当年的星象家用来观测天象、预测事务的场所。天文台的建造和精准的观测设施，体现出古印度人惊人的智慧，他们很早就具有了观测天文的科学知识。现在斋普尔天文台还在使用中。它曾经被评为世界十大被错过的最美建筑。

贾伊·辛格二世还精心设计了斋普尔这座城市，为了使其与众不同，更加美丽，他对城市实行了"色彩控制"。他下令规定建筑物必须用浅沙岩建造，把全城的房屋都涂成粉红色，为斋普尔赢得了"粉城"、"玫瑰城"的美誉。

面对历史的文明积淀，我们不得不说：印度人，的确很聪明！"四大文明古国"之一的称谓绝不是徒有虚名。印度的恢宏史诗，15～19世纪的诸多伟大建筑和灿烂文明，她对世界文明进程的卓越贡献，至今为世人称道。

斋普尔古天文台

Jaipur
斋普尔（粉城）

长途交通

斋普尔火车站只有一座：Jaipur station。

阿格拉至斋普尔的火车一天有很多班次，早5点发车的一班上午10点到，坐票90Rs，现买。

阿格拉至斋普尔的长途客车普通型票价107Rs，旅游大巴票价170Rs，车程5小时。

参考车次：杰斯梅尔—斋普尔，车次14660，SL，300Rs，下午17：15发车，第二天早4：50到。

住宿推荐

斋普尔背包客住宿集中在MI ROAD 和火车站、汽车站附近。出火车站，对面就是公交车站，这一带的巷子里有许多家庭旅馆。双人间、单人间都有，不带卫生间的房间价格更为便宜，一般为200Rs/晚。也可以事先在网上预定条件较好的旅馆。推荐Hotel Vaishnavi，距火车站步行只需10多分钟，乘tutu车不超过30Rs。

知名景观

风之宫（Hawa Mahal）

门票为联票，300Rs。斋普尔的标志性建筑，形状如一面巨大的粉红色的"墙"，斋普尔的"粉色之城"称号便由她而得。墙面上布满了密密麻麻、大大小小的蜂窝状的窗，用红砂岩镂空制成，呈半个八角形。听说最初修建的目的是为了让深闺制度下的后宫妇女无聊时可以隔窗观看外面的世界。

城市宫殿（City Palace）

独立门票，300Rs。位于老城的中心，建筑融合了拉贾斯坦的印度风格和莫卧儿王朝的伊斯兰风格。给人印象最深刻的是Diwan-i-Kh大厅和西边的Pritam Niwas Chowk庭院。庭院有代表春夏秋冬四个季节的大门，分别用不同的雕刻描绘，非常精美。特别是有5只孔雀的那个孔雀大门最为华丽。

▊ 简塔·曼塔天文台（Jantar Mantar）

门票为联票，300Rs。世界文化遗产，是天文狂热爱好者杰伊·辛格二世的得意之作，在其修建的5座天文台中这座是规模最大的。

▊ 阿伯特厅（Albert Hall）

联票门票300Rs。了解斋普尔历史和印度文化的一家私人博物馆，收藏有很多珍贵历史文物。

阿伯特厅

▊ 老虎堡（Nahargarh Fort）

门票为联票，300Rs。位于斋普尔老城北部的山上，上山沿路的树林里有很多孔雀。老虎堡是杰伊·辛格二世为了加强斋普尔的防御能力而修建的，傍晚时分在这里看日落是不二之选。夕阳的余辉映照在残旧的城堡上，呈现出童话般的世界。

▊ 琥珀堡（安梅尔城堡）（Amber Fort）

门票为联票，300Rs。也位于斋普尔北部城郊的山丘之上，是斋普尔的旧都。城堡由奶白、浅黄、玫瑰红和纯白石料建成，远看犹如琥珀。依山而建，蔚为壮观。除了较出名的镜宫，还有引人入胜的宫殿入口。

杰伊加尔城堡（Jaigarh Fort）

门票100Rs。位于琥珀堡后面的山上，居高临下，地势险峻。在那里可以看到世界最大的轮式大炮。

水之宫殿（Jal Mahal）

在斋普尔去琥珀堡的半路上，在湖中心，只能在路边远望，不对外开放。

注：风之宫、琥珀堡、天文台、阿伯特厅和老虎堡，这五个景点为套票门票，300Rs。也有学生票，200Rs。如果只去一处，可以单买一处的门票，200Rs，学生票100Rs。

景点交通

风之宫、天文台和城市宫殿近在一处。从火车站坐2路公交到风之宫，7Rs。游毕步行去天文台和城市宫殿。

琥珀堡、老虎堡和杰伊加尔城堡近在一处。从风之宫门前坐29路，8Rs到琥珀堡。游毕再游杰伊加尔城堡，杰伊加尔城堡在琥珀堡后面，琥珀堡下面有路可以步行过去。老虎堡比较远，杰伊加尔城堡有路通往那里，但没有公交车，需步行或者找摩托车或者tutu车，车费在200Rs左右。游毕老虎堡，步行下山便是市区，在那里找公交车回旅馆。

阿伯特厅也称中央博物馆，与风之宫相距4公里，火车站坐7路、55路可达，车费7Rs。

游览安排

一天半。

第一天。上午，风之宫—天文台—城市宫殿。下午，琥珀宫—杰伊加尔城堡—老虎堡。

城市宫殿高达7层，建于1726年，里面至今仍居住着印度的王公。在这里，可以看到两把一人多高的大银壶，那是当年寄住在英国的这家王公用来盛装恒河水的，水与器具不远万里运到英国供他沐浴，可见其奢华程度，实在令人震惊。这里还有大量历史悠久、精美异常、数量众多的各种文物，这在其他地方难得一见。

如果斋普尔只能选一处游览，那无疑是琥珀堡。那是一个很大的城堡，非常漂亮，最为经典的是镜厅，让人惊叹而目不暇接，该城堡游览需两小时。杰伊加尔城堡近在琥珀堡的山顶上，建于1036年，从未经受战火硝烟，保存十分完好。城堡内有一处号称"空中花园"的院落。登高望远，琥珀宫及其周围美景一览无遗，11公里外的斋浦尔城若隐若现，令人叹为观止。

第二天上午，阿伯特厅。

斋普尔风情

特色饮食

　　LMB，甜点店，在Johari Bazaar，从Badi Chaupar走过去很近，几分钟。外面卖甜品糕点，饮品和快餐，但要站着吃。Chola Pohatura，南印食品，80Rs。里面是间餐厅。这家店很出名，很多当地人来买甜品。

　　GANESH RESTAURANT，这家餐厅在LP上有推荐，现在完全是针对外国人了，位置在New gate城墙上面，从风之宫出来可以一路逛市场逛到这里。

　　LASSIWALA，离Himalaya Shop很近，同在一排，一家非常出名的历史悠久的Lassi店，营业时间7:30a.m-16p.m，经营陶罐装的酸奶，喝完后可以一摔（极有情趣），17Rs/小杯。如果错过时间，它旁边还有另外两家卖Lassi的，这3家从价格到口味一模一样。

印度特色小吃

其他

　　如果想买印度特色的东西，可以考虑在斋普尔购买，因为德里的东西选择性小很多；如果你擅长砍价，这里更是不二的选择。印度的药物化妆品很出名，比较知名的品牌有"喜马拉雅"，在这里可以一次性买全。

妖姬在上，精灵在下

焦特布尔位于印度大沙漠的边缘，是拉贾斯坦邦的第二大城市，别名"蓝城"，在"四色城"中排名第二。这座历史文化名城也有上千年的开发史。当地多为丘陵，王公贵族为了防御入侵，借地势建造了一些城堡，其中梅兰加尔堡Meherangarh Fort（也称太阳堡）最为著名。

"蓝城"焦特布尔

　　到达焦特布尔的那天正值清早，天气阴沉，不是摄影的好天气，于是没去梅兰加尔堡，而是去了曼多尔遗址公园。焦特布尔建市之前，曾是马尔瓦尔王国的首都所在地，这个遗址公园就是当年王国首都的所在地域，面积很大，里面有王族的墓塔，以及数量众多的十分吸引人的各种石碑、雕像和殿堂。园内几十只长尾猴、突兀的山石、褐红色的沙岩、淙淙的泉水和繁茂的花草树木，更是将这里妆扮得锦绣灿烂、生机盎然。下午倘徉古城街巷和钟楼市场，与当地百姓零距离接触，目睹市井百相，更感妙趣横生。

　　第二天登城堡，天气非常给力，阳光灿烂，天空蔚蓝。5个小时徒步游览了梅兰加尔堡和附近的王室墓地。

　　梅兰加尔城堡已逾500年建堡史，时间跨度之大，历史之悠久，不亚于中国的故宫。而城堡的主人，家族史也有一千多年。可以说，这座城堡是那段厚重的、辉煌的、血腥的、有时是黑暗的历史见证者。

　　城堡相当大，可看的文物很多，转下来要4个多小时。据介绍，梅兰加尔城堡是印度的三大城堡之一。巨大、厚重，伫立高耸，气势恢宏。站在下面往上看，真的是高山仰止，令人震撼。即使是中国的八达岭长城也远远不能与之相比。

　　梅兰加尔城堡是15世纪拉久德哈王公（Raojodha）将武士部落由北方老堡mandorg迁移至此时修建的。据说，当年听取了修道者的建议，才把焦特布尔政权象征建在这贫瘠的山丘之上。

　　"梅兰加尔"意为"宏伟的堡垒"，建造过程极其壮观惨烈，拉久德哈王公不惜耗尽大量的人力、物力，而且据说这恢宏的造堡行为激怒了原本生活在那里的鸟神，面对人类的侵袭，鸟神发出恶毒的诅咒：让这座沙漠之城永世干旱并瘟疫流行！随即，全城陷入了鸟神的咒语之中。

　　眼看城市即将毁灭，这时，有一位青年男子挺身而出，他甘愿用自杀献祭的方式来结束这场灾难，他将自己活埋在城堡之下（至今留有遗迹），最终鸟神被他的行为所感动，收回了咒语，城市才得以保存下来。传说归传说，却也由此折射出城堡建造工程之浩大。

　　每当日落时分，站在梅兰加尔城堡上俯瞰老城，就会看到一片靛蓝色的民居犹如童话故事里蓝精灵居住的村庄，而梅兰加尔城堡又如一朵"蓝色妖姬"盛开在印度沙漠之中。这也成为拉贾斯坦邦的一大胜景。

梅兰加尔城堡

透过沙漠强烈的日光，湛蓝的天空下，城堡下的街巷楼阁一片靛蓝，是那么的清新，那么的悦目，令人遐想联翩。到了傍晚，聚光灯打在古堡上，更是耀眼璀璨。

走下城堡，附近1公里处的贾斯旺·沙达陵墓群（Jaswant Thata）游人很少，那里有几十座历朝历代的皇亲国戚的墓陵，建筑极为精美，与城堡遥遥相望。

站在贾斯旺·沙达陵墓群的大殿高台上，可以眺望到远处的乌迈德宫（Umaid Bhavan Palace）。那是一座建在山丘上的土邦王宫，至今还住着以前的王公贵族。王宫的一部分已被辟为宫廷酒店，建筑风格、装修的豪华程度在印度可谓首屈一指。当然，那里的消费高得惊人，仅仅一个人的晚餐，最低消费就要20美元。这对一般的印度人而言，简直就是天文数字。除酒店开放外，宫殿的大部分不对外开放，只有辟为博物馆的一小部分供游人参观，有着"王宫活化石"的美誉。

在焦特布尔旧城区，在宛如一团乱麻似的道路上闲逛，也是一件很有意思的事情。整个旧城区由一道10公里长的城墙环绕，这道城墙的建筑时间较之城市本身约晚一个世纪，进出需要经过八道门。在这些迷宫一样的街道里漫步，有走在时光隧道的感觉，令人如痴如醉，流连忘返。

靛蓝最早是从菘蓝叶中提取出来的，风靡于古希腊、埃及和印度。人们自古认为穿蓝衣服能够辟邪，认为蓝色是天堂的颜色，而邪恶力量对此比较避忌，蓝色还能保护人们不会受到邪恶的蛊惑。

世界上最为有名的"蓝色之城"有三座，与圣洁纯美的希腊圣托里尼岛和悠然世外的突尼斯蓝白小镇截然不同，焦特布尔是一座沙漠中的艳媚之城。

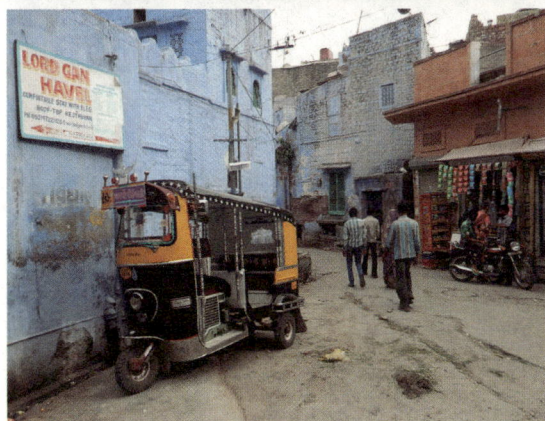

"蓝城"焦特布尔风光

Jodhpur
焦特布尔（蓝城）

长途交通

　　焦特布尔只有一座火车站。从比卡内尔到焦特布尔，坐凌晨零点的火车，早上6点到达，SL，160Rs。从火车站打车去市中心钟楼30Rs。如果步行需要半小时。

　　从普什卡坐汽车到焦特布尔，150Rs，车程5小时。

住宿推荐

　　火车站附近旅店性价比极差，不推荐。背包客住宿地集中在钟楼附近，出行方便，一般单人间200Rs。如果喜欢安静，有COSY GH，离钟楼两公里，走路25分钟，是座500多年的老房子。靠近钟楼的还有GOPAL GH，从OMELETTE SHOP走过去两三分钟，单人间带卫生间，150Rs。VEGGI GUEST HOUSE，单间200Rs，位置不错。这里通4个方向，4条大路：一去火车站，距离约1公里，有多条线路公交可达，两站路，4Rs；坐Tutu车30Rs。二去曼多尔遗址，相距8公里，门前有1、5、7、36路公交车可达，7Rs。三去钟楼市场，1公里，再前行1公里，可上梅兰加尔城堡。四去乌迈德宫，4公里，坐tutu车50Rs。

知名景观

■ 梅兰加尔城堡（Meherangarh Fort）

　　已有逾500年的历史。时间跨度之大，历史之悠久，不亚于中国的故宫。门票300Rs，学生票250Rs。门票含语音解说器，有中文选择。带相机要另加100Rs。城堡很大，全部转完要4个小时。古堡下午5点半关门。晚上，古堡在灯光的照映下更加璀璨、雄伟。

■ 曼多尔遗址公园（Mandore）

　　历史上当地曾是马尔瓦尔王国的首都，如今在遗址上建起了一块面积很大的公园。里面排列着王族的墓塔，数量众多的石碑、雕像和殿堂，生活着几十只长尾猴，连带突兀的山石，褐红色的沙岩，淙淙的泉水，繁茂花草树木的环境，让人感觉情趣盎然。

贾斯旺·沙达陵墓群（Jaswant Thata）

门票30Rs，带相机30Rs。

贾斯旺·沙达陵墓群

乌迈德宫（Umaid Bhavan Palace）

一座建在山丘上的土邦王宫。里面至今住着以前的王公贵族后裔。王宫一部分辟为了宫廷酒店，其建筑风格、内部规模和豪华程度，在印度都是首屈一指。宫殿的大部分不对外开放，只有辟为博物馆的一小部分供游人参观。

景点交通

住在钟楼附近，上梅兰加尔城堡可以徒步上去，游毕城堡步行20分钟便到了贾斯旺·沙达陵墓群。再步行20分钟走回市区。

去曼多尔遗址公园，钟楼往下走1公里，在路边坐公交车可达，来回20Rs。

去乌迈德宫，那里不通公交车，需坐tutu车，50Rs。沿途路不好走，地方也不好找。

游览安排

　　第一天，步行前往梅兰加尔城堡。这是印度的三大城堡之一。巨大、厚重，伫立高耸，气势宏伟。站在下面往上看城堡，令人震撼。在城堡上俯瞰全城，城内建筑几乎全是蓝色。在沙漠强烈日光的照射下，湛蓝的天空与蓝色的城池上下辉映，极为壮观。出堡后，或步行或乘tutu车去贾斯旺•沙达陵墓群（Jaswant Thata）。那里游人很少，有10余座历朝历代的皇家墓葬，与城堡遥遥相望。游览出来步行下山。不远处就是该市最大的，非常有名的钟楼市场。

　　第二天，先去曼多尔遗址公园。回程后，再花50Rs乘tutu车去4公里外的乌迈德宫。

特色饮食

　　钟楼附近有数家Lassi店，推荐OM和Shri Mishrilal Hotel这两家，都是25Rs一大杯。Shri Mishrilal Hotel的很甜，喜爱甜食的可去这家，不偏爱甜食的可去OM。

"蓝城"焦特布尔人物风情

杰伊瑟尔梅尔

从焦特布尔往杰伊瑟尔梅尔坐的是夜行火车。印度火车是不设列车员的，也没有车厢广播，到站与否全凭自助（车票标有到站时

杰伊瑟尔梅尔妇女

"金城"杰伊瑟尔梅尔

间，火车只会迟到不会提前；再就是向邻座打听）。我乘坐这趟火车的终点不是杰伊瑟尔梅尔，怕坐过头，5点到站凌晨3点钟我就醒了，问了几次邻座，听不明白，始终没有搞清楚究竟到了哪里。因而，只要火车一停，我就赶忙看站台的英文标识，直到看到杰伊瑟尔梅尔的英文标识，才放心地下了车。

这是一座旅游城市，一出站就有很多旅馆人员在揽客。攻略资料上提示有家日本人开的店很不错，我对揽客的人说要去这家，揽客的说就是他们家，我信以为真上了他们的吉普，还帮他们拉了在斋普尔认识的两个浙江驴友。哪知到店一看，根本不是那家日本人的旅店，恰恰是网上说的有欺诈行为的店。不熟悉周边情况，也没有特别的理由，住宿费反正在预算之内，我便将错就错住下了。不过，在他家的两天，感觉还是挺好的，店主人对我很客气、照顾。此外，那两个浙江驴友当晚就走不住宿，临时放放行李，人家也是同意的，还不收保管费，远不像网上说的那样。

与沙漠边缘的焦特布尔不同，杰伊瑟尔梅尔地处沙漠深处，被沙漠团团围住，干燥，风沙也大，阵风吹过来，让人都不敢睁开眼睛。

放下背包我去古城转了一圈。这里山顶巨大的金黄色古堡，几百年来桀骜不驯，孤独地横卧在沙漠之中，日出日落时闪烁着金黄色耀眼的光芒，犹如神话中纯金打造的宫殿，云蒸霞蔚，又如沙漠中的海市蜃景，因而得名

"金城"，在"四色城"中最小，排名最后。

杰伊瑟尔梅尔的城堡是1156年由拉其普特的统治者Jaisala修建的，后继的统治者陆续为它增建防御工事，而它也见证了数百年来的残酷战争。

穿过几道巨大的让人望而生畏的大门，来到古堡的中庭，在这里你才能感受到古堡独特的魅力：这是一座"活"的城堡！与别处任何一座古堡都不同，这个城市仍有约25%的人口住在城堡里，繁衍生息已数百年。

附近有个沙漠湖泊，离城堡大约只有两公里。沙漠为缺水地区，能在沙漠中出现一个不小的湖泊，应该也算是奇迹。

所有到过这里的人，可能都会相信这样的描述：那古堡原本是天上的宫殿，只是中了魔法师的咒语，一夜之间从天上被贬到荒凉的沙漠腹地。不管你信还是不信，这些都记载在《一千零一夜》里。

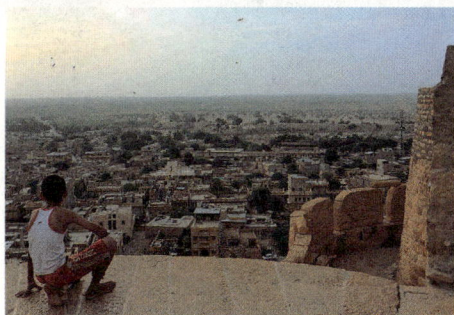

古城风光

古城风光

　　古城虽然有些历史年头，但毕竟是边疆小皇帝所建，财力、物力都很有限，相对其他"四色城"兄弟城市——斋普尔、焦特布尔还有乌代布尔，要小得多，也没有他们那么养眼。而让人感觉眼花缭乱、五彩缤纷的，是古城里的特色商店。

卖地毯、挂毯的，巨幅的毯子一字排开，挂在店铺头顶的城墙上。

专卖鲜艳刺绣和晃眼镜片的工艺品小店，有印度妇女巧手绣出的各种各

特色商品

文物

精致的民居建筑

样的图案：孔雀吉祥鸟，大象驮象舆，黑发女与她的爱侣……热热闹闹地挤在同一块布料上，让人目不暇接。

还有各式的皮质背包，精致的骆驼皮工艺品，甚至有翘着尖尖鞋头的Jootis——行走沙漠的男人传统的鞋子，一排排或挂在店铺上头或摆在面前让人挑选。

我注意到，这座城市无论城堡、宫殿，还是民居的颜色，除了与大漠一样都是金黄色外，再一个特点就是无处不在的精美雕刻。这些雕刻表现在窗棱上，楼台上，门楣上……不仅妆点着古老的城墙、城门、庙宇、豪宅、府邸，就连寻常百姓家的民居也是如此。

杰伊瑟尔梅尔相当于中国西部丝绸之路上的一个小镇，历史上是商道必经之地，千百年来发展为商业重镇。这里除了历史城堡、国王宫殿有观赏价

125

"金城"杰伊瑟尔梅尔风光

值外，商贾富豪们用巨资打造的府邸和豪宅，也是当地的旅游资源，有的还被列为了世界文化遗产。

传统的杰伊瑟尔梅尔居民基本上都有两套房子。一套在古城内，一套在古城外。古城内没有现代建筑，再破旧也是在原来基础上进行翻修，依旧保持历史的原样。而古城外的新居不仅面积大，样式现代，而且生活设施、电器设备一应俱全。但建筑无论是新是老，它们的装修全部都是传统的精美雕刻。走在大街小巷，无时无刻不被这些艺术之美所裹挟，所包围，所感染。

而住在那些雕刻精美石房子里的居民，生活是那样平淡无奇，每天的内

　　容就是拜庙祭神，开门做生意，和熙来攘往的游客打交道。印度教文化与伊斯兰教文化在这里水乳交融，形成了这个城市绮丽而又充满魅惑的色彩。

　　印度是一个色彩丰富的国家，各种色彩错综复杂地搅合在一起，繁杂纷呈，让人眼花缭乱。在杰伊瑟尔梅尔，我看到生活在贫瘠土地上的人们，也在极尽所能地使用着灿烂颜色：守门老人一袭白色，扫地妇人姹紫嫣红，儿童花枝招展……让人觉得生活原来是这般美好。

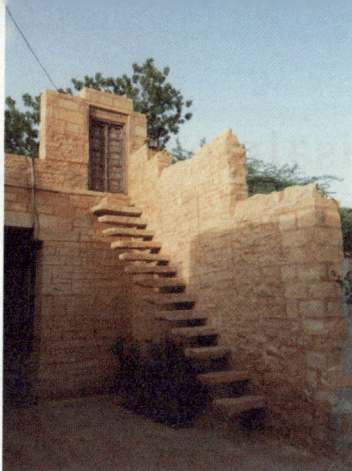

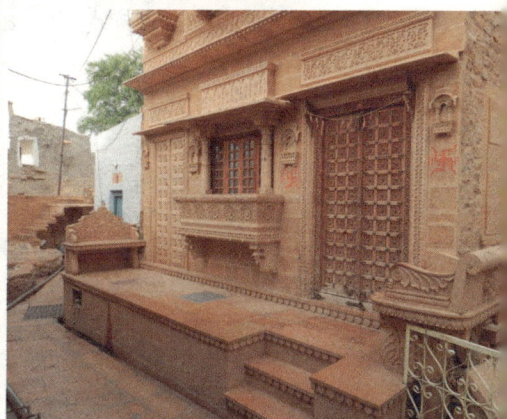

杰伊瑟尔梅尔民居

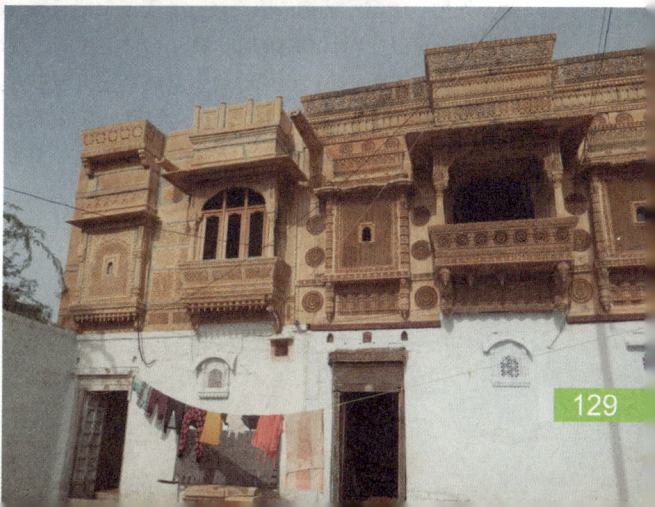

Jaisalmer
杰伊瑟尔梅尔（金城）

长途交通

火车

杰伊瑟尔梅尔火车站只此Jaisalmer station一家。

火车站存包处（Cloak Room）工作时间：上午5～7点；下午12～16点；晚上21～22点半。10Rs/天/件。

车次参考：14810次列车，23：45焦特布尔始发，第二天5：30伊瑟梅尔终到，301公里，3A车厢，404Rs。

汽车

从焦特布尔到杰伊瑟尔梅尔车程5个半小时。旅游大巴200Rs，若是Local Bus，150Rs。

杰伊瑟尔梅尔汽车站（Jaisalmer Bus Stand）有3个。两个在城堡附近，一为公家的，一为私人的，都是长途汽车站。买汽车票，一定要问清楚在哪个车站发车。第三个汽车站是短途站，跑Khuri（沙漠村庄）和其他附近乡村的，发车点在Gadisar Circle，离火车站1公里处。从火车站出来右首一直走到路口就是，那里有很多水果摊、杂货摊。建议步行过去，路很近，当地tutu车不愿意拉这段活，要拉开口价50Rs，走路最多10分钟。

去Khuri，主要参加那里的Camel Safari（沙漠体验游），下午15点和17点有车过去，车费30Rs，1小时车程。返回班车上午10:30，可以要求司机到汽车站或者火车站，50Rs。

住宿推荐

杰伊瑟尔梅尔火车站是终点站，列车一到就有大量来接客的，他们拿着旅馆牌子和名片，你可以选择其中一家，免费坐他们的车过去，离开时有的还会免费送站。

杰伊瑟尔梅尔旅馆分两种情况，一种在古城外，一种在古城内。古堡里生活的居民大多以旅游业为生，旅馆、餐馆、旅行社、手工艺品店云集。整体上古堡内住宿比古堡外贵，但也有便宜旅馆，可以找到100Rs的单人间，公共卫生间，有热水淋浴。古城大门附近旅馆有：Mystic Jaisalmer，双人间1200Rs/晚，旅馆早上和下午有免费火车站接送站服务。HOTEL TOKYO PALACE，一位日本女士开的旅馆，靠近城堡，有热水淋浴，还有游泳池。

城外比较便宜的旅馆：1.HOTEL TITANIC，SHIV ROAD，100Rs/人；2.HOTEL DESERT VIEW，离火车站较近，有独立卫生间和热水洗浴。

沙漠住宿

Mystic家的Cameal Safari，800Rs/人，包括骑骆驼和看日落。其他旅馆也经营这类旅游业务，只要和前台说明，他们就会帮助安排。自己独闯去Khuri（沙漠村庄）也可以，但有时候没人接待。

知名景观

▌杰伊瑟尔梅尔城堡（Jaisalmer Citadel）

不收门票，24小时开放。城内道路狭窄、弯曲、高低不平，石板路，机动车不能通行，整座城堡非常宁静。城墙、房屋、墙面和门窗，或用黄色土坯砌成，或用黄色砂岩石料作为装饰。夕阳西下，太阳余晖洒满全城，远观整个城堡一片金色，故这座城池有"金城"之美誉。

杰伊瑟尔梅尔城堡

▌王宫博物馆（Maharaja's Palace）

在杰伊瑟尔梅尔城堡大门进口不远处，门票300Rs，带相机另收100Rs。陈列展品较少，没有很震撼的视点。不进去也无多少遗憾。

▌耆那教庙宇群（Jain Temple）

在城堡王宫附近。套票，150Rs，可以进7个庙，其中5个在一起，中午11-12:30开放，另外两个一早开放中午关门，庙很小。建议去乌代布尔Rannakpur千柱庙和克久拉霍Jain temple的，不看这里也罢，参观需1小时。

▌加迪萨尔湖（Gadisar Lake）

这个沙漠城市的著名绿洲，距古堡仅1公里。

加迪萨尔湖

131

富商住宅

　　散布在城外商业区内，被称为"哈维利"，印度特有的豪宅建筑。一些名气大的哈维利被改建为博物馆供游人参观，部分需要门票。

富商住宅

■ 观赏沙漠日落

最佳位置有两处，一处在城堡外，位于城西偏北、城门洞外的哈努曼广场加油站西行1公里的小山丘上，此处被称为观日落点（Sunset Point）。另一处在城堡内西北方向的城墙上，距离耆那教庙群约300米，有一店铺墙上写有显著标识"Sun Sate"。

沙漠落日

■ Khuri村沙漠体验

Khuri村距杰伊瑟尔梅尔40公里，有体验沙漠生活的项目（Camel Safari）。可以和所住旅馆联系前往，也可以自己去发车点Gadisar Circle现场寻找主家。

景点交通

除Khuri村沙漠体验需要坐车去以外，其他景点项目都可以步行。杰伊瑟尔梅尔很小，一天下来几乎可以走遍这里的每条大街和主要小巷。

游览安排

杰伊瑟尔梅尔城堡与焦特布尔的梅兰加尔城堡不同，古堡内至今仍生活着上万居民。一大早，先进入古堡游王宫博物馆，之后在城堡内倘佯，顺路游览耆那教庙宇群等景点。出古城门后去附近街区游览，有商店、寺庙、富豪住宅"哈维利"博物馆等。下午，去加迪萨尔湖，傍晚观赏沙漠日落。

沙漠游览Camel Safari，当地每家旅馆都有这个项目，分长线和短线。长线是上午10点多出发到第二天10点回来，包括中餐晚餐，日落日出，第二天早餐，全程骑骆驼。短线报价400Rs，下午3点出发，包括晚餐，早餐，第二天一早回来，一人一个骆驼垫子，水要自己买。建议价钱与旅馆住宿100Rs一起谈。价格对应的是素餐，如果要求加烤鸡烤羊肉，需要另外付钱。

骑骆驼和沙漠探险，一般一天半或者一天时间，有两条路线选择。一条是游客云集的路线，另一条是人迹罕至的路线。后一项目花费1000Rs，包括两名向导，自己坐骑的骆驼、食物、水和棉被。这里的沙漠并非概念中的一眼望不到头的那种，更像是一小片身处戈壁之中的沙山。晚上有篝火晚会。骑骆驼之前，会有人问你晚餐是否要鸡肉加餐，300Rs/只，一般三人合点一只，味道和份量还是不错的。

一把玫瑰花瓣

按 照早先的行程安排，下一站去"四色城"最后一个城市乌代布尔。从杰伊瑟尔梅尔到乌代布尔必须返回焦特布尔，而焦特布尔与乌代布尔之间没有铁路相连，只能坐长途汽车。如果坚持坐火车，则要拐数百千米一个大弯，先经过阿杰梅尔，最后才能到乌代布尔。为了游览印度教圣地普什卡，我选择了火车。

普什卡是阿杰梅尔辖区的一个小镇，火车站距小镇10多公里，站外马路对面就是去普什卡的公交车站。去普什卡的人很多，既有外国游客，也有众多的本地乡民，很容易找到乘车点。把行李寄存在车站后，我背上双肩包就去了普什卡。

普什卡很小，常住居民不到3万人，拒绝现代交通工具在街上穿行。机动车一律停在镇外。偶有自行车上街也只是三五辆，这一机动车禁行措施使得小镇十分宁静。

镇子围着一泓湖水，转一圈约需两个半小时。湖边和街道两侧到处都是庙宇，以印度教为多。庙宇之多，不可思议——据说，镇上每两间房就有一间是庙宇。

普什卡的每一座寺庙几乎都有人家，寺庙不仅是这家人修建的，也是这家人看护的，全部生计自然也靠虔诚的信众来提供。来这里朝拜的人，都是郑重其事有备而来，他们要每个庙宇都走到，每个神灵都拜到，走时自然会丢下几枚铜板，一年四季客流不息，守庙人家也就有了自己独特的食物链。

下车后我没有急于去找住所，而是先沿着湖边主干道顺时针走了一圈。刚入镇口，就被一中年男子塞了一把玫瑰花瓣。花瓣很新鲜，还有浓郁的香味，显然刚采摘不久。

为什么送我花瓣？

当时不好意思当面扔掉，我便找了一处台阶坐下系散开的鞋带，走时故意把花瓣留在了台阶上。不想，起身才走两步，就有人提示我玫瑰花瓣落下了，我只好重新捡起来握在手心，一路走一路狐疑。

我静静地走，细心地观察，发现普什卡不仅朝拜者众多，祭司人员也特别的多。这些祭司人员在宗教仪式中主要起主持和引导的作用，他们负责祭祀中的书记，朗诵梵文写成的吠陀经及叙事诗，他们都是最高等级婆罗门种姓成员，也是丧礼、婚礼、成年礼和代人向神祈祷的唯一执行者。

　　明白了这一切，我走到湖边，学着印度人的样子，俯身轻轻撒下手中的玫瑰花，双手合十。看着花瓣一片片飘向湖心，飘向远方……

普什卡湖边祭祀的人们

采摘玫瑰

沐浴

林伽崇拜

环湖路上

僧侣

Ajmer·Pushkar
阿杰梅尔·普什卡（斋城）

长途交通

去阿杰梅尔的目的是去普什卡，普什卡是阿杰梅尔的一个小镇。阿杰梅尔只有一个火车站。从斋普尔坐火车到阿杰梅尔，票价105Rs，车程3小时。从杰伊瑟尔梅尔坐火车到阿杰梅尔，SL车厢，票价160Rs。到站后先把大包存在车站，之后背一小包前往普什卡。

阿杰梅尔火车站前有至普什卡的公交车，车资12Rs，车程30分钟，在火车站对面马路天桥下上车。

住宿推荐

建议宿在普什卡。普什卡是著名的印度教朝圣地，小镇有上千座印度教神庙，还有伊斯兰教和耆那教寺庙。小镇住宿地方很多，性价比高的旅馆多在小巷深处，从下车点走到深处最多只要半个小时。

知名景观

普什卡是印度教圣地，主要来观瞻印度教的崇拜文化。街头巷尾，小道两旁，几乎全部被寺庙占领，许多住家的前庭就是神庙。小城很小，围湖只有一条主要的街道，几乎所有的主要建筑都围绕着小湖。在这里你可以什么都想，也可以什么都不想，惬意遐思，颇有情调。环湖而建的房屋大都是白颜色，在绿水的衬托下显得幽雅秀美。临湖房屋的一面是一个个精美的码头，供来这里朝觐的印度教教徒们下水洗浴。这里的湖水对虔诚的印度教徒来说，同恒河水一样是圣水。他们相信圣水可以洗去身上的罪孽，并求得神灵的保佑。

景点交通

除了自行车，小城不准使用其他交通工具。

游览安排

一天。环湖参观。这里有屈指可数的供奉梵天的庙宇，其他均为祭拜毗湿奴和湿婆的。寺庙全部免费开放。普什卡中心有一片湖水，湖畔有52座沐浴坛，人们在湖畔沐浴，鸽子成群地飞来飞去，停落在脚边。普什卡很小，步行逛街或者租自行车骑行都是好方法。山上有座庙宇，供奉着梵天的第一位妻子。上山需要约1小时，可以俯瞰普什卡。

特色饮食

小城严格遵守古老的印度教教规，全城都是素食者。在这里，禁售酒、肉，甚至包括鸡蛋。

其他

10-11月有盛大的骆驼集市。

普什卡风光

Udaipur
乌代布尔（白城）

长途交通

乌代布尔火车站只此一家。乌代布尔与焦特布尔相距很近，但没有直线铁路。

车次参考：阿杰梅尔至乌代布尔火车，坐席，85Rs。孟买与乌代布尔之间的火车不是每天都有，只有周三周五周日才有，要提前两周订票，SL和AC车厢的车票很紧张。

住宿推荐

乌代布尔火车站附近没有什么旅馆，背包客住宿地主要集中在两处。一处是Lal Ghat，附近有city palace（城市宫殿）、jagdish temple（贾格迪什神庙），一处是Hanuman Ghat。Lal Ghat比较嘈杂，Hanuman Ghat比较安静优雅。两处地方隔着皮丘拉湖（Lake Pichola），有座长桥将它们相接。

火车站出来坐tutu车30Rs/人，到city palace附近，那里有很多旅馆，一般不需要预定。简单的200Rs，条件较好的旅馆400Rs以上。大多数旅馆没有单人间的概念，一个人也是大床房，都带热水淋浴，基本没有议价空间。河对岸的所有旅馆最低300Rs，也没有还价余地。

知名景观

乌代布尔是印度最浪漫的城市之一，有"沙漠威尼斯"的美誉，因当地建筑物多为白色大理石建造，有"白色之城"的佳名。

乌代布尔风光

城市宫殿（City Palace）

套票1200Rs。景区门口有一块很长的门票项目牌，包括The City Palace Museum（100Rs）、Boat Ride on Lake Pichola（250Rs）、Refreshment with a Crystal Touch（280Rs）、Audio Guide Crystal Gallery（225Rs）、Soft Drinks with a Vintage Touch（120Rs）、All Type of Cameras（200Rs）等景点，套票虽有不理想的项目，但好处是可以多次进出。不买套票，单一门票340Rs，相机100Rs。宫殿建筑华丽宏伟，现辟为博物馆，有琳琅满目的大理石雕花、镶嵌的马赛克玻璃镜子，还有屋顶花园、湖景，整个游览约需3小时。

还可乘船游湖（350Rs）。Jagmandir岛建有湖宫宫殿，船绕小岛一圈后游人上岛休憩。坐在湖边、帷帐边喝着咖啡，优雅的情调油然而生。傍晚回到湖边，静观日落，放飞最美好的思绪。

哈鲁曼（Ahar）

门票10Rs。距离乌代布尔以北3公里，是梅瓦尔王国（Mewar）历代国王的墓地。那里每座墓碑建筑都相当精美壮观，建筑顶部是形式各异的洋葱头。大群鸽子在天空自由飞翔，有种苍茫的感觉。

贾格迪什神庙（Jagadish temple）

乌代布尔最大的神庙，1651年建造，神庙内外有十分精美的雕刻。免票，不大，早上有祈祷仪式，歌声很美。

侍女园（Saheliyon Ki Bari）

18世纪桑格拉姆·辛格武王为他的侍女建造的庭园。园内繁花似锦，泉水叮咚，如今已成为乌代布尔市民特别喜爱的休闲场所。

千柱寺（Shri Ranakpur Jrin Temple）

位于乌代布尔和焦特布尔之间，距离乌代布尔100多公里的深山中，参观不收费，带相机入内缴纳100Rs。这里是印度耆那教的五大圣地之一。Rannakpur主庙共有一千多根大理石柱，庙内以及外墙布满了各式各样的雕刻，人物姿态各异。这座石雕建筑极其精美，建筑艺术不亚于泰姬陵。有人评价说，拉贾斯坦邦最值得一去的地方就是千柱寺。

景点交通

去城市宫殿、贾格迪什神庙可以步行而至，背包客驻地Lal Ghat与Hanuman Ghat离这两个景点很近。去侍女园和哈鲁曼需坐tutu车，车资侍女园40Rs、哈鲁曼50Rs。

去千柱寺，和tutu车驾驶员说去千柱寺，他就会拉你去长途汽车站，车资40Rs。到千柱寺的车都是过路车，通常一小时一班。发车时间较早，收车时间也早，大约下午5点就收车了。从焦特布尔发过来的最后一班车，路过千柱寺时，通常不超过下午6点，千万注意不要掉车，掉车了周边没有旅馆！

游览安排

第一天，千柱寺。这个景区离乌代布尔100多公里，车程近3小时，车资79Rs。因不是终点站，上车时要请司机届时提醒下车。千柱寺的上、下车在同一个地点。去千柱寺，时间安排要大于8个小时才够用，最好早点出发。寺庙中午12点以后才对外国人开放。

禁穿短裤和长短裙入内。但现场可租衣服，每件20Rs，押金80Rs。院墙内严禁吸烟、饮食。寺庙内更严格，严禁带香烟、食品、饮料等入内。免费寄放违禁物品。脱鞋入内。不能直接拍摄庙内供奉的任何神像。非教友不能进入庙内的核心区。

第二天，城市宫殿、贾格迪什神庙、侍女园、哈鲁曼，傍晚到湖边观日落，赏夜景。

乌代布尔有三大观景点：湖对面平台、皇家花园、山头观景亭。其中，湖对面的平台是全市最佳的观景点，这个地方几乎不为人所知。去那里的路径是：顺着贾格迪什神庙（Jagdish Temple）向湖边的方向，走一条繁华的小路，下坡路，前行一里后，就会看到一座玉米状的神塔，走过神塔边上的一个门洞即到湖边。再过距王宫最近的那座跨湖小桥，沿湖往左，到第一个小十字路口后再往左，就可以看到路边有一白色城堡建筑式样的酒店。在酒店的后面，湖边的一株大榕树下，一个几十平方米的平台即是。

特色饮食

乌代布尔是旅行城市，欧美游客很多，接待外国人旅馆的餐馆有西餐，或者有部分肉食。街头餐馆多为印度传统饮食。去千柱寺，寺庙周围没有任何餐馆和摊贩，去时要自带食品、水果和饮料。附近有家小店有水卖。

其他

乌代布尔的细密画（Miniature）十分出名，当地有许多民间艺人出售自己的作品。此画源于13世纪的波斯，以类似工笔的绘法，将古代神话、寓言故事和帝王生活场景等绘于丝绸上。在乌代布尔，不仅可以买到各种细密画，还可以在画家的工作室参加课程，学习画细密画，将自己的作品带回家也是一大旅游乐趣。

桑吉

按照计划，乌代布尔之后我是去吉吉拉特邦的首府艾哈迈达巴德，之后去中央邦的桑吉。在阿杰梅尔订票的时候，售票员告诉我说艾哈迈达巴德没有直通桑吉的火车，好心的负责人特地把我引进办公室，帮我从电脑上查车次寻找解决的方案。最后我听从了他的建议，退掉去艾哈迈达巴德的车票，改从乌代布尔去桑吉，中间换了两次火车，路上整整花了一天一夜。

桑吉是中央邦的一个小村庄，有什么魅力让我舍弃一个省会，还花这么多时间跑去参观？

原因很简单，那是一处不可多得的世界文化遗产。

桑吉有一处佛教古迹遗址（Buddhist Monuments at Sanchi），虽然身处荒远乡野，却以"佛塔之城"世界闻名。从公元前2世纪至12世纪，这座高不足100米的小山丘上，分布着50多处佛教建筑，其中佛塔、修道院、寺庙及圣堂等许多历史建筑被部分保存下来。在12世纪前，这里一直是印度佛教的教理中心。

这处遗迹是欧洲人泰勒发现的，之前它沉睡了8个世纪。然而重见天日的桑奇佛塔，随即面临的却是地方官员和考古学家们粗鲁的肢解和破坏，3座佛塔皆被挖掘半毁，大塔的两座塔门也差点被拆下来送给英国女皇当做献礼。直到1912年，专业考古学者约翰·马歇尔（John Hubert Marshall）按照原貌仔细地重修复建，倾颓破败的桑奇才得以再度焕发光华。1989年，联合国教科文组织将桑奇列入世界文化遗产，这座世界上现存最古老的佛教遗迹终于得到了应有的地位。

为了深入细致地了解这处古迹，到达的当天下午我没有急于去参观，而是在斯里兰卡人开办的接待站里养够了精神，第二天一早才开始几乎每片土地都要走到、每块遗迹都要看到的"扫街"行动。这处佛教圣地，外国游人不多，我是景区第一个游客。正常两个小时即可游毕，我用了5个半小时，从游览至离开没有见到一个中国人。见到最多的是斯里兰卡人，他们都是僧侣结伴而来。其次是欧洲游客，不过他们也都是坐着长途旅游车来的旅行团。只有我，一个背着背包自助旅行的中国人，算是真正的凤毛麟角。

上山路上的风光

145

一号大塔远眺

　　桑吉佛塔遗址是释迦牟尼死后的产物，据说是阿育王时代开始修建的。
阿育王（Ashoka，音译阿输迦，意译无忧，故又称"无忧王"，前304
年~前232年），是印度孔雀王朝的第三代君主，频头娑罗王之子，是印度历
史上最伟大的一位君王。阿育王是一位虔诚的佛教徒，后来还成为佛教的护
法。阿育王的知名度在印度帝王中是无与伦比的，他对历史的影响同样也可
居印度帝王之首。

　　根据推算，桑吉佛塔遗址（包括被保存下来的其他佛塔、修道院、寺庙
及圣堂）应该始筑于公元前3世纪，止于12世纪。

　　相传，阿育王共建有8.4万座佛塔，其中8座建在桑奇，现存3座，其中最
著名的是桑吉佛塔一号遗址（又称桑吉大塔）。那个时期正是佛教鼎盛的时
代，因而桑吉佛塔遗址对研究佛教传统具有特别重大的意义。

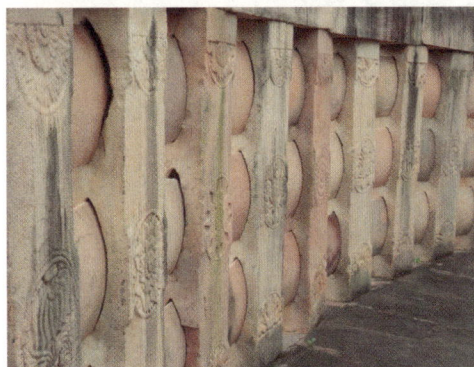

桑吉遗址

Bhopal·Sanchi
博帕尔·桑吉（佛塔城）

长途交通

　　博帕尔不是个旅游城市，是去桑吉Sanchi的交通枢纽。桑吉是印度佛教的重要遗址地。两地虽在一条铁路线上，但由于桑吉是一个小站，停靠的列车有限，因此需要从博帕尔中转。

　　艾哈迈达巴德没有直通博帕尔和桑吉的火车。乌代布尔到博帕尔（桑吉）也没有直通火车，需先坐到乌贾因，再换车去博帕尔。车次参考：乌代布尔去乌贾因，19330次列车，晚上20：35发车，第二天早6：20到，不出站接着换19711次列车，早7：40发车，上午11：45到桑吉。桑吉返回博帕尔一天有数班火车，具体看车站公告牌。桑吉和博帕尔有直通公路客车，桑吉乘车点在景区与火车站之间的十字路口。推荐坐火车去博帕尔，票价30Rs。桑吉火车站有存包处，凭票存包，需要自带锁，星期日休息。

住宿推荐

　　桑吉住宿，推荐火车站附近5分钟路程的斯里兰卡僧团宿舍，100Rs/铺。对面有农贸市场，既可以在那里吃饭，也可以买回食材自己做。

知名景观

桑吉印度佛教遗址公园（Buddhist Monuments at Sanchi）

　　坐落在桑吉村附近小山上，古迹由一组佛教建筑群构成，包括巨石石柱、宫殿、庙宇和寺院。历史大多可追溯到公元前2世纪至公元前1世纪。在12世纪前这里一直是印度佛教的教理中心，也是现存的最古老的佛教圣地，1989年被联合国教科文组织列入《世界文化遗产名录》。

　　这里最著名的是桑吉大塔（佛塔一号遗址），是古代印度人改变原有宗教信仰，转为佛教信仰的重要标志。遗址所具有的价值在某种程度上可以说，没有桑吉佛教建筑遗址，就没有后来的印度建筑艺术的发展，它给后来者提供了灵感，并拓宽了思路。第17号哥普特寺庙被认为是印度建筑风格里最具有逻辑设计思维的经典之作，它体现了中世纪印度寺庙的建筑风格和建筑原则。门票250Rs，售票处在山坡路口边上，附近还有桑吉遗址博物馆，与遗址公园通票。

桑吉遗址

景点交通

桑吉很小，从火车站步行到遗址公园只需要10分钟。

游览安排

去桑吉，路途时间较长，仅从乌代布尔到桑吉就要花费几乎一天的时间，而桑吉细看只需要3个小时。建议把此地当作休整点，到了后先住宿一夜，第二天慢慢看，之后去博帕尔，晚上坐夜间车再去下一个旅行地。

149

爰有伽蓝，基于幽谷

离开桑吉后我经博帕尔直奔贾尔冈。夜行火车看不清窗外景物，一路都是平原，大地植被很好，暮色中黑黢黢的。印度人口稠密，而村落不像我们国家东南沿海铁路沿线的那般密集，耕地大多连片，保护得很好，民居则普遍集中，房舍占地面积不大，大多以3、4层为主。车厢里不时有荷枪实弹的军人和手里拿着警棍的警察穿巡，算是维持治安，也可谓印度铁路一道独特的风景。

阿旃陀石窟

火车准点到达贾尔冈，我不熟悉坐车路线，想把包存在汽车站再去阿旃陀，待返程再去奥兰加巴德，哪知存包处不给存包，无奈之下只好背着上了7点去阿旃陀石窟的长途车。不想此举歪打正着，在阿旃陀石窟景区边上，就有过路车直接去奥兰加巴德。

印度国土广袤，而土壤层很薄，很多地区下挖3～5米就是岩石层，因此印度很多的宫殿、民居都是用石质材料建造的。马哈拉施特拉邦的丘陵、山地很多，古印度人便在那里开凿了多处石窟，创造了灿烂的印度石窟文化。在现存的石窟遗迹中，尤以贾尔冈的阿旃陀和奥兰加巴德的埃洛拉两处石窟最为著名。

阿旃陀石窟是印度最重要、最早期的石窟，建于公元前2世纪至公元6世纪。她的价值和看点在壁画，大多画于5～6世纪的笈多王朝时期，是印度古代最优秀的绘画。那些雕塑和壁画对当时的中国和东南亚的佛教石窟有很大影响。

据说，石窟的发现十分有趣且神奇。1819年，受一只巨大的老虎袭击而陷入困境的军官约翰·史密斯逃到深山密林中。这位英国驻军指挥官是应海得拉巴藩王国尼扎姆藩王的邀请来参加打猎的。当时，阿旃陀属该藩王国所辖。

躲在瓦格拉河谷中的精疲力竭的史密斯环顾四周，准备开枪射击，突然他的视线被枝叶遮盖的岩壁上的奇异形状吸引了，走近一看，是在岩石上雕刻的有精美装饰的马蹄形窗户。那天，史密斯一只老虎也没打死，却发现了阿旃陀的30座佛教石窟。

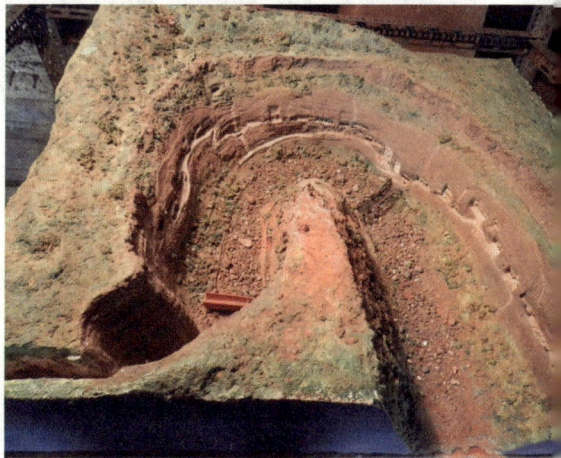

阿旃陀石窟沙盘模型

这些石窟沿瓦格拉河的流向，呈圆弧形排列在长550米、高76米的断崖上。石窟群已经很久没有人迹，一排排柱子支撑着的圆形顶部，已成为密集的蝙蝠巢。史密斯赶走蝙蝠，在石窟里刻上自己的名字，这个石窟就是现在的10号窟。

　　这个故事如同1940年法国儿童在峡谷崖壁上攀岩玩耍，偶然发现了法国西南部拉斯科崖壁上两万年前的岩画洞窟那样神奇。

　　阿旃陀石窟区只有一个入口，首先见到的是第一窟，然后依次按编号是其他洞窟，总共30个，位置大体上是横向的一排。

阿旃陀石窟区

阿旃陀石窟精美的壁画

　　洞窟是早晚两个时期建造的。属于早期的只有4个洞窟，其中第9、第10两个窟是塔堂窟，原来都有壁画，但保存下来的很少，其余两个是僧房窟。后期的塔堂窟有3个，即第19、26和29窟。僧房窟共有21个。

　　7世纪时，我国唐代名僧玄奘来"西天取经"时曾经拜访过这里，他有"爱有伽蓝，基于幽谷，高堂邃宇，疏崖枕峰；重阁层台，背岩面壑"精妙确切的记载。

　　后期的石窟，佛堂多数为前后两进，里间有庞大的石雕佛像。大部分僧房都有许多装饰，在中厅的顶部和回廊的外侧画满了壁画，正门里外和回廊

阿旃陀石窟精美的壁画

列柱面都有细致繁复的浮雕。僧房也不再是过去的朴素无华，而是成了富丽堂皇的佛陀壁画世界。

阿旃陀石窟保存的印度古代绘画不仅最多，水准也最高。由于洞窟建筑空间进深很大，光线进入很少，即使白天中厅里的光线也很暗，因而很多壁画保存了新鲜的颜色，可谓琳琅满目。

这些壁面制作相当精细，先在平整的岩石面上做两层草泥涂层。泥层表面研光，再涂白灰浆，然后作画。所用颜料除炭黑外都是矿物质，所用的青金石蓝颜料从阿富汗输入，极为昂贵。调合颜料用的是水溶胶。壁画题材的分布也有规律，在前廊正壁和列柱画佛像和菩萨像，中厅四壁主要画佛传和本生。天花板画各种纹饰、人物、动植物和几何图形。这些纷繁的纹饰显示出热带环境下到处生气勃勃的景象，增加了中厅的华丽气氛。

第17窟壁画保存得最好，佛传题材有从三十三天下凡和调伏醉象等。构图上，每幅有若干情节和场面，画面相互间以树木、假山、房屋和门庭等图型隔开。从整体来看，各场面是混杂交错在一起的，各情节间的时间顺序也不明显，这种构图正是当时印度人的时间循环观念不清的反映。

第1窟壁画保存得比较好，画面多用鲜明的对比色，画幅构图与人物描绘注重动态和表情，是阿旃陀壁画中水平最高的。在中厅正壁佛堂门的一侧画有一个手持莲花的菩萨，菩萨宝冠上插满首饰，表情庄重。笈多王朝的绘画对中亚和我国新疆的石窟壁画也有影响。1983年阿旃陀石窟被列入世界遗产名录。

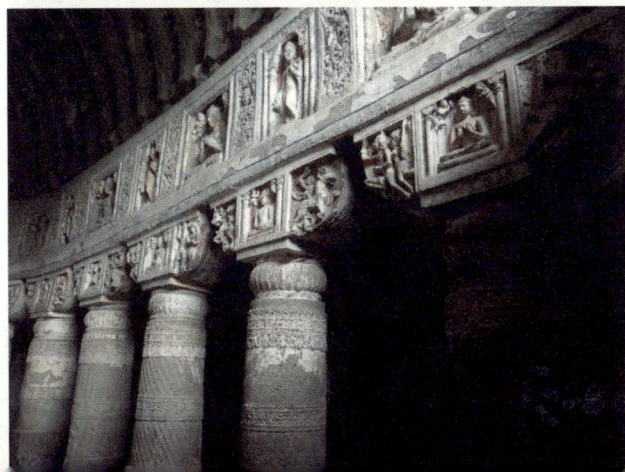

阿旃陀石窟内部

Jalgaon·Ajantn Caves
贾尔冈·阿旃陀（石窟城）

长途交通

贾尔冈火车站只此Jalgaon Junction一家。贾尔冈是去阿旃陀石窟的交通枢纽。

参考车次：博帕尔—贾尔岗，车次11078，SL，票价191Rs，晚间22：10发车，第二天早5：38到。这班车比较紧张，尽可能提前买好票。

贾尔冈没有直通奥兰加巴德的火车，有直达汽车，一天数班，半路经过阿旃陀石窟。贾尔冈汽车站到Ajantn caves 阿旃陀石窟，车资69Rs，车程一个半小时。

从贾尔冈火车站坐tutu车去汽车站，两公里，车资30Rs。贾尔冈汽车站没有存包业务。

住宿推荐

不宿贾尔冈，宿奥兰加巴德。

知名景观

阿旃陀石窟（Ajantn Caves）

周一休息。共30个石窟，马蹄形分布，建于公元前2世纪到公元7世纪，以壁画最为著名，参观需要3个小时。石窟内很黑，最好带手电。石窟内可以拍照但不能用闪光灯。进入石窟要脱鞋，建议穿便于穿脱的鞋子。有3处收费：1.下车后，先进公园，门票10Rs，公园里有个小市场，绕过市场便是景区班车停车处。这个收费可以转园子，还可以使用公共厕所。切记乘坐景区班车前，要把大旅行包寄存在这里，因为景区售票处没有存包业务。2.景区班车：单程非空调车10Rs，空调车20Rs，等车时间不会很久。3.班车下来是景区售票处，门票250Rs。这里是印度两大石窟之一，印度必游之处。看了这里的壁画，中国的石窟壁画就是小巫了，五颗星推荐。

景点交通

抵达景区门口需坐景区班车。入内游览步行。

游览安排

　　最好一早从贾尔冈出发，早班车上午7点发车，9点以前就可以到达。游览3个小时后，在原下车点等候去奥兰加巴德的过路车，票价110Rs，当晚宿奥兰加巴德。也可以一早从奥兰加巴德过来，游览后去贾尔冈住宿。

阿旃陀石窟精美的壁画

宏大精美，举世无双

埃洛拉石窟（Ellora Caves）位于印度马哈拉施特拉邦奥兰加巴德市西北约29公里处，奥兰加巴德长途站有专车也有过路车到那里，车程1小时。

那里的石窟从3世纪开始开凿，至14世纪完成，是印度规模最大的寺院群。石窟分为三大区域，沿着山崖建造，中部为印度教的16座寺庙，南端为

埃洛拉石窟

158

佛教的13座寺庙，北端为耆那教5座寺庙，由南至北近5公里，一字延伸排开。

与阿旃陀石窟看壁画不同，这里主要是观赏石雕艺术。

最南端的第1窟到第12窟为佛教窟区，里面有寺院、佛像、讲经堂等，主要的雕像是释迦牟尼像。其中最为著名的是第10窟，名木匠草舍，为大乘佛教窟。

该窟大门两壁石柱高4米，柱顶横梁刻有合十礼佛的持花信女雕像。窟内石舍利塔高8米，直径4米，周围通布庄严妙相足踏莲花的佛像。5米高的佛龛供奉高约3米的坐佛像，两旁侍立的是赤莲花菩萨和密迹金刚菩萨，众像体态匀称，慈眉善目，表情自然，栩栩如生。

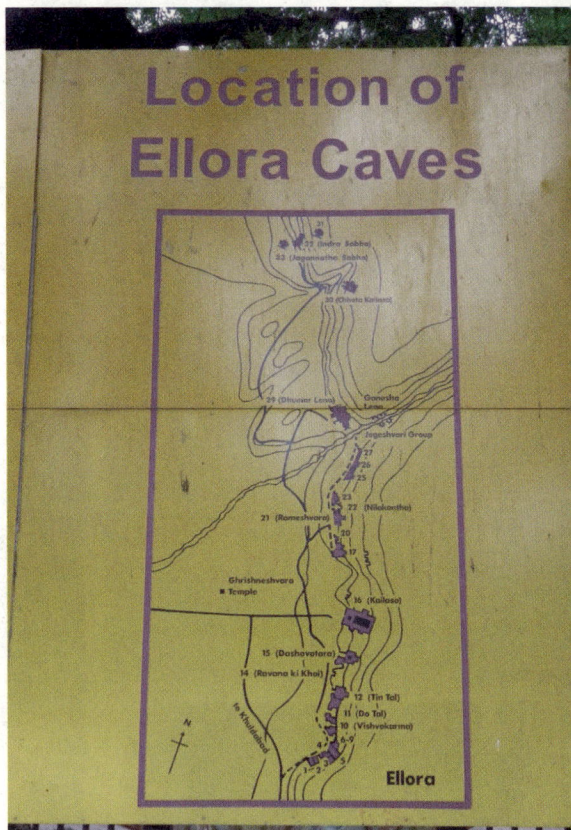

埃洛拉石窟位置平面图

位于北端的第30窟至34窟为耆那教窟区，开凿于公元8～13世纪，其中以第32窟最著名。窟内的车因陀罗·斯帕和扎格纳特·斯帕均为立像，二腿二臂被植物长藤缠绕，长发披肩，表现了耆那教徒矢志苦行的坚强意志。

最具看点的是中部的印度教石窟群。编号自第13窟至第29窟。这些印度教窟主要开凿于公元7～9世纪。印度教中有许许多多的神，因而这里的神像也就五花八门，但最多的要数大神湿婆和毗湿奴的神像。

第16号窟可以说是整个埃洛拉石窟中最为著名的一座，称作"盖拉什庙"。这座雄伟奇妙的建筑始建于8世纪，它不是凿成的洞窟，而是把一座山凿成了一座庙宇，没有加其他任何建筑材料，前后耗时一百多年，规模之宏

埃洛拉石窟

埃洛拉石窟

大、建筑之精美，居埃洛拉群窟之首。

盖拉什庙分为三部分：大门、难提殿和主殿，两殿之间有天桥连接。大门入口两侧有巨大石像雄视四方。入门之后，便是难提殿。难提殿并不大，只有8平方米大小，分为两层，殿前是雄健的神牛石雕难提，那是湿婆神的胯下坐骑，两侧有方形旗杆迎风而立。难提殿之后便是主殿，主殿长50米、宽33米、高30米，气势恢弘，壮丽不凡。

如果说，在乌代布尔的千柱庙我发出的是第二次惊叹，那么在这里就是第三次。盖拉什庙不但以雄伟著称，而且整体匀称恰到好处。特别是那些呼之欲出的浮雕，简直让人不敢相信这是1000多年前的杰作。

163

Aurangabad·Ellora Caves
奥兰加巴德·埃洛拉（石窟城）

长途交通

　　奥兰加巴德只有一个火车站。火车站与汽车站的距离比较远，通有公交车，10Rs。但最好坐tutu车，比较便捷，也是10Rs/人。

　　汽车站有到埃洛拉景区Ellora Caves的公交专线车。40Rs，车程45分钟。返程，出景区等过路车，有大巴，还有吉普车，吉普30Rs/人，车停火车站、汽车站。

住宿推荐

　　奥兰加巴德住宿较贵，基本没有还价的余地，可以根据下步乘坐的交通工具选择住宿点。汽车站和火车站附近都有许多旅馆。

　　汽车站附近最便宜的单人间旅馆，300Rs，带卫浴，没有热水。火车站附近有家YHA HOSTEL，在车站十字路口附近，有男女宿舍，公用的卫生间和淋浴间，没有热水，6人间 120Rs/铺，平时房客不多，上午9点前退房，不提供寄存行李的服务，提供早中晚餐：早餐40Rs，中餐、晚餐70Rs。

知名景观

埃洛拉石窟（Ellora Caves）
　　印度两大著名石窟之一，世界文化遗产，印度必游之地。阿旃陀石窟以壁画著称，而这里则以雕刻闻名。无论从规模格局还是雕刻艺术，其宏大、精美、细致与逼真几乎完胜中国所有的石窟，绝对属于世界石窟艺术瑰宝中的瑰宝。这里的石窟分属印度三大本土宗教，1~12号石窟为佛教，13~29号为印度教，30~34号为耆那教。门票250Rs，周二休息。

景点交通

　　景区全长5公里，一字排开。1~29号石窟必须徒步参观，去30-34号可以坐tutu车前往，距离主景区两公里，车资30Rs，也可以步行前往。

游览安排

整个游览用时大约4小时。建议一早出发。印度游必到之处，石窟中最精美的一个。建议先游阿旃陀石窟，再游这里，不然会对阿旃陀石窟有失落感。

从大门入口进去，面对的就是16号石窟，即著名的印度教主神湿婆的凯拉萨神庙 Kailasa Temple，这是整个石窟群中最棒的一处，属于精品中的精品，游览需要1个小时。之后，去参观1～15号石窟，再参观17～30号石窟。

17～28号石窟是沿着土路一路过去的，29号印度教石窟和30～34号耆那教石窟要从公路上过去。参观完28号石窟往回走，有小道通到公路上，走下去有个岔路，大约要走10分钟，地上有方向标识，一条路往29号石窟，一条路往30～34号石窟。在公路边可以乘坐tutu车去30～34号石窟。

特色饮食

PRASHANTH：既是餐馆也是旅馆，半地下，露天的，环境很好。从火车站沿着Station Road East（车站东路）走几百米，在一个小路口的把角处，推荐他家的mutton masala，120Rs，量足味美，是在印度吃到的最棒的羊肉；还有veg biryani，100Rs，也是量大味好。最后还送一小碗酸奶，咸味，酸奶里放番茄、黄瓜、洋葱，好奇特。这家店晚上像个酒吧，很多当地人过来喝酒聊天。

其他

奥兰加巴德有一条主路叫Station Road West（车站西路），一头是汽车站，一头是火车站。火车站前有一条主路与Station Road West十字相交，叫Station Road East（车站东路）。这是旅行者需要掌握的方向定位。

地球上的星星

我 看印度电影始于20世纪70年代，《流浪者》和《大篷车》是那时最深刻的记忆。两部片子是印度电影的早期代表作，虽是黑白片，但思想进步，情节生动，音乐舞蹈脍炙人口，至今五六十岁的人还能唱出影片的主题曲。后来，印度电影渐渐远离了中国人的娱乐活动。

这次到印度旅行，又勾起了我对印度电影的怀念。出发前，在网上看了一部反映印共毛派艰苦斗争的片子——《无法避免的战争》，感觉就像久旱

漂亮的印度小男孩演员

待场的演员

影片摄制中的男女主角

逢甘霖，这部影片再一次给我带来了难得的精神食粮。

电影在印度是重要的产业，每年生产大量的影片，拥有数十亿热心的观众，有"电影王国"的美誉。孟买是印度最大的电影生产基地，到了那里一定要坐在他们的电影院里，好好欣赏几部印度影片。

还没等走到孟买，在焦特布尔我就碰上了拍电影的。当时焦特布尔城堡大门口有一群帅哥靓女围在一边说话，不知道他们是电影演员，只觉得自己眼前一亮，怎么这么多漂亮的人儿齐聚在一起啦？等走到宫殿广场看到架设的摄像器材才明白是在拍外景。

正好有出戏在一处楼门口拍摄，暂时禁止出入，大家就停下来围观拍电影。那是一场谈情说爱的戏，剧中女主角在追逐男主角，把男主角堵在门口，向他发出一次次挑逗。两个人演得惟妙惟肖，围观的人一片叫好。

借着不让人过楼门口、一遍遍拍摄的时机，我走进一间展厅，里面正好有两个女演员在待场，我示意拍照，她们很乐意地配合。

放映前，起立唱国歌

　　“宝莱坞（Bollywood）”是孟买的电影基地，一到孟买我就想先去访问那个地方。攻略资料说在“印度门”以北700米的地方，但走了几个700米我也没有找到。询问路人都说在郊外，但怎么坐车不清楚。书上的信息显然是错误的，我只好放弃了去那里。

　　我沿着印度门—高等法院—孟买大学—海滨大道方向走去，不经意间发现了靠近海滨大道的“爱神剧院”。这是孟买最著名的电影院，至今已有80年的历史。影院5点半正好放映《金奈快车》，于是从海滨回来后，我在那里看了在印度的第一场电影。

　　影片说的是印地语，我一句也听不懂。这是一部爱情打斗娱乐片，故事大意是：孟买的拉胡尔送爷爷的骨灰去印度南部拉姆斯瓦兰，阴错阳差踏上了反方向的金奈快车，路上遇到了逃婚的美女米娜，于是他们与前来追婚的土匪发生了一场妙趣横生的爱情大搏斗。拉胡尔由印度的宝莱坞影星沙鲁克·汗主演，据说票房一路飘红，最后刷新了宝莱坞的历史记录。

在这座著名的影院里我有三点感受：一是放映前全场起立唱印度国歌，庄重而认真的态度体现出印度人很有爱国主义的情怀。二是电影很长，接近3个小时，中间还休息了10分钟，这是国内电影罕见的。三是票价低廉，大众接受得起。那场电影是首轮上映，座无虚席，票价分两个档次，座位好的200卢比，其他座位150卢比，分别相当于20和15元人民币。

我第二次看电影是在卡纳塔克邦的迈索尔，这座古城有多家电影院，我看的是晚场，人不多，不到100人，观众大多是普通劳动者。片子名字没有记住，是部单身汉谈恋爱的故事片，故事情节和演员演技都不如《金奈快车》，票价40卢比，才相当于人民币4元。

此后我一路向南，向东，向北，数万千米的旅行，无论在印度第二大电影生产基地的金奈，还是其他一些城市，我再没找到电影院看上电影，离开印度时难免有些遗憾。

印度电影基本是音乐片，几乎所有影片中都至少有一段唱歌跳舞的场面。把华丽铺张的歌唱和舞蹈、三角恋爱、喜剧再加上超胆侠的惊险场面，糅合成3个小时长的表演，这就是自己对印度电影的最初印象。回到国内后，我又看了一部印度电影——《地球上的星星》，才改变了原有看法。

《地球上的星星》讲述的是8岁小男孩伊翔的故事，他的世界充满了别人并不以为然的惊奇：色彩、鱼儿、小狗和风筝。大人们认为这些并不重要，而是对家庭作业、分数和学习名次更感兴趣。美术老师尼库巴以轻松、自由、快乐的教学风格启发着每一个学生，他勇于打破固有的教学规则，努力让学生自己去思考，去梦想，去想象。当发现依翔不快乐并有学习障碍时，这位老师采取了一系列的特殊辅导，最终帮助伊翔找回了自己，找回了快乐。影片告诉我们：其实每个孩子都是特别的，需要耐心去呵护。

像这样一部十分感人的关于儿童成长的印度电影，打破了印度影片过去给我的印象：情节多为通俗闹剧，里面夹杂很多公式化的成分，比如命运不

这个印度小孩子能否像电影《地球上的星星》里的主人公一样快乐地生活呢？

佳的情侣、愤怒的父母亲、腐败的官员、绑匪、心怀阴谋的恶人、沦落风尘的善良女子、失散已久的亲人和被命运分开的兄弟姐妹，还有戏剧性的命运转折和种种机缘巧合等。现在，印度电影已经进入一个新的里程，他们要诠释的正是面对现实，面对未来。

Bombay
孟买（影城）

长途交通

孟买有多座火车站，其中Dadar，Kalyan Junction和Mumbai CST是主要客运站，承担着去往不同方向的客运。Mumbai CST车站是历史最悠久、最知名的，车站的主体建筑是世界文化遗产。

从奥兰加巴德到孟买，既可以选择汽车也可以选择火车。公家运营汽车从Aurangabad bus stand发车，售票处在汽车站里，晚20点有一班，第二天清晨4点到，路上走八九个小时，票价450Rs。私人长途车也是这个价钱。

火车车次参考：17058，到孟买CST车站，SL，360Rs，晚上23：25发车，第二天早7:10到。

孟买没有地铁，但有城市火车（相当于中国的轻轨车）。这种火车几分钟一辆，将孟买的3个火车站串联在一起，设有女士车厢，5Rs，买票在订票处，十分方便。不过不同的铁路局在不同的站台上下车，买票和上车时一定要问清楚。

住宿推荐

孟买住宿比北印城市贵。单人间，公共卫浴，最低价格也要在600Rs以上。推荐孟买CST车站附属旅馆，每铺250Rs，空调大间，公共卫浴，干净整洁，凭火车票登记住宿。

知名景观

印度门（India's door）

正对孟买湾，是孟买标志性建筑，高46米，外形酷似法国的凯旋门，是为纪念乔治五世和皇后玛丽访印而建，是孟买旅游必到景点。印度门附近的港口是印度海军的重要基地。在这里坐轮渡可以前往海湾中的岛屿。

威尔斯王子博物馆（the Prince of Wales Museum）

印度最大的博物馆之一，珍藏着十分珍贵的各个时期的艺术品和文物，其中还有一些名贵的雕刻和大型的藏品。我国明清时代的瓷器也有收藏。另外，博物馆建筑本身也是一个艺术品，伊斯兰风格，大方优雅不失贵气。

海滨大道（Seaside Boulevard）

如果把孟买形容为公主，那么海滨大道就是她脖颈上的项链。大道像新月般沿着海滩边缘延伸，南亚的绝美风光在这里尽展妖媚。

巴布尔纳特寺庙群（Babur Nutter Temples）

位于孟买西南部巴克湾，附近还有摩坷拉可希米寺庙。从印度门可以走过去，道路较远。印度门附近是步行区，需要走出1公里才有公交车可乘。

象岛石窟（Like the Island Grottoes）

位于孟买湾东北部的一座小岛上，最大的看点是上面有4座在岩石上雕凿出的印度教庙宇和7座石窟。其中湿婆神庙有各种湿婆雕刻像，比较出名的有湿婆三面像、舞蹈的湿婆和半女之主等。

孟买街景

景点交通

去象岛，在印度门附近的码头乘船过去，其他景点坐公交车和步行即可。

游览安排

需时1-2天。

第一天。早上去印度门方向，步行：维多利亚火车站CST—邮电总局—印度广播中心—国家银行—印度门—印度门附近海岸。之后返回，路上参观博物馆，再朝着孟买大学方向步行：印度门—威尔斯王子博物馆—孟买美术馆—高等法院—孟买大学。午餐后穿过体育场，下午沿着海滨大道步行2～3小时，感受南亚海滩的迷人风情。傍晚看完落日返回路上经过著名的爱神电影院（百年老影院），入内看一场印度电影。再步行回维多利亚火车站CST旅馆。

第二天。在维多利亚火车站CST的汽车总站坐124路公交车去洗衣场。参观后沿着洗衣场—马哈拉希米跑马场—贫民窟—哈吉阿里清真寺（大海里的一座清真寺）步行返回。在那里可以远眺帕蒂尔体育场、印度国家表演艺术中心，再步行至马哈拉克希米寺参观。观后坐108路公交车沿着海滨大道转一大圈回到维多利亚火车站CST。

建议：去过阿旃陀石窟Ajantn Caves、埃洛拉石窟Ellora Caves的，就没有必要再去象岛。

特色饮食

孟买是旅行城市，英国色彩浓厚，有许多西餐馆，海滨大道附近的披萨店做得很地道。另外，这条街上还有许多印度餐馆，其中有难得见到的经营川菜的中国餐馆。

其他

孟买是印度两家铁路公司的总部所在地，中央铁路公司总部位于贾特拉帕蒂·希瓦吉终点站（前维多利亚终点站，印度最繁忙的火车站之一）；西部铁路公司总部靠近教堂门。孟买铁路兴建于1853年3月，是英国人在印度兴建的第一条铁路，也是全亚洲最古老的一条铁路。这个铁路系统由3个南北向贯穿全市的单独的网络组成，以乘客密度之高和功能利用之高而著称。西部铁路公司在城市西部运营，而中央铁路公司覆盖大都会区中部和东北部。

生命就是人的光

孟买位于印度的中部，去果阿邦的火车深夜23点发车，从这里一路向南。火车不再穿越坦荡的平原，而是经过一处处丘陵、山地，有时还要钻过隧道。停靠的车站，规模也不如北方城镇的大了，椰林开始大片大片地出现，还有各种各样的热带水果，这一切表明自己已经进入印度南部的纵深地带。

仁慈耶稣大教堂

果阿风光

　　果阿是印度最小的一个邦，位于印度南部的中段，濒临阿拉伯海。印度的邦相当于中国的省，果阿邦首府在帕纳吉。帕纳吉是个海港，在葡萄牙入侵时期，果阿曾为印度的首都，至今仍保持着葡国的风情。

　　果阿由4个小市镇组成，每个市镇相互间隔30～40千米，民居和街道散布在海岸线的丘陵上。这里的风情与北部大不一样，西方文明的色彩相当厚重：面包、咖啡、酒……出现了，特别是酒吧和基督教堂，这在印度北方是根本看不到的。

　　这里的城市公共设施也比较健全，大多是殖民时期留下的，今天依旧发挥着作用。人们的衣着也发生了变化，穿社会装的越来越多，穿民族服装的则多为女性。

　　果阿以海滩闻名，来这里的多是度假的欧美游客，火车上我的对铺就是美国来的旅客。第二天中午12：40到达果阿，下车点在马尔冈站，帕纳吉不通火车，必须从马尔冈坐1小时的公交汽车才能到达。在印度南部，中国游客属于凤毛麟角。这种情况或许和中国游客出游时间普遍不长，而印度景点太多太丰富有关——还不等跑到南方，签证时间就用光了。

　　果阿不大但历史文化积淀丰富，仁慈耶稣大教堂和修道院是世界文化遗产。这个大教堂是亚洲最主要的基督教朝圣地之一，供奉着圣弗朗西斯·泽维尔的灵柩和遗体，每10年开放一次供公众瞻仰朝拜，我到的不是时候，有些遗憾。

下了火车，把包一存，我便立刻去了首府帕纳吉。先参观了几处教堂，之后沿着海岸漫步，一直走到港口的轮渡处折回。

帕吉纳很美，是个宜居的地方，许多街区保存着印度−葡萄牙风格的建筑，尤其是城市喷泉公园一带，最能代表果阿的生活、建筑和文化。居民生活得十分悠闲，一栋栋别墅五颜六色，千姿百态，没有重样的；孩子们在草地上做着游戏，体育爱好者在运动场、在泳池展开激烈的竞争，还有不少年纪稍大的钓鱼爱好者，在海边一字排开布下一根根海杆……这里，天空蔚蓝，海面深蓝，浪花雪白，沙滩金黄，红花绿荫，空气清新，要不是后面的征途还很长，我真想住下来享受几天。

热季的印度南方，天气像孩子的脸，说变就变，刚才还是阳光灿烂，不一会儿海面上聚集起厚厚云层，排山倒海般向市区扑来。暴风雨迅猛来临，雨势之急、雨量之大，在国内没见识过这样的场面。躲雨的雨亭紧靠着海边，眼看马路被水淹没了，几乎和大海连成了一片，正担心的时候，雨戛然停了，太阳出来了。

雨后的帕纳吉青翠欲滴，夕阳把余辉洒向大地、树木、房屋，到处金灿灿的一片，港口附近的海面，万吨巨轮进进出出，成群的海鸥围着渔帆上下飞翔。

天色终于暗了下来，港口对面的小镇远眺并不大，需坐摆渡才能过去，打算住一晚第二天去那里。询问附近旅馆的价钱，第一家开价3782卢比，第

遍布果阿的基督教教堂

做晨祈的牧师

二家1474卢比，想不到房价还带尾数零头，走南闯北还真是第一次遇到。马尔冈的房价600卢比一晚，我自然选择了回程。

在果阿，给我印象最深的是基督教堂，不仅有知名度，而且遍布城市各个角落。为了体验当地居民的日常生活，第二天一早我几乎跑遍了马尔冈的所有街道，到了居民区的深处，最后走进了主路边上的一所基督教堂。

里面正在做晨祈，我悄悄地在后排空位坐下。牧师正在诵读圣经中的段落。20分钟后祈祷结束，大家退场。

正准备离去，牧师径直朝我走来，大概他布道时发现了我是在场唯一的外国人。他问我从哪里来，我告诉他从中国来，他点点头。又问我是基督徒吗？我说是来旅行的，果阿的教堂世界闻名，所以一早来体验参观。我的英语不是很好，磕磕巴巴，断断续续，但他明白了我的意思，再次微笑，说："愿神保佑你。"

走出教堂，我反复揣摩耶稣"生命就是人的光"的含义。是啊，生命诚可贵，只有生命存在，人才会存在；只有生命放出异彩，人生才有意义。印度之行还有很长的路，要好好保护自己的生命，不追求生命出彩，唯愿顺顺利利把后面的路走完。

Goa·Madgaon·Panaji
果阿·马尔冈·帕纳吉（欢城）

长途交通

　　果阿是印度最小也是最富有的一个邦，曾是葡萄牙殖民时期印度的首都，由帕纳吉（Panaji，旧称Panjim）、马尔冈、伽马城、马普萨等4座小镇组成。果阿的首府在帕纳吉，帕纳吉是个海港城市，没有铁路，坐火车要到马尔冈。

　　从孟买到马尔冈有多趟火车，孟买的几家大车站都有去马尔冈的始发车。马尔冈火车站只有一座，均为过路车。车次参考：孟买维多利亚火车站Mumbai CST去马尔冈Madgaon，10111次列车，晚间23：05发车，第二天下午12：30到达。

　　马尔冈有前后两个出入站口。后出入站口直接面对小镇的社区，有载人摩托车等候在天桥下，他们去公交总站车资10Rs。汽车总站有发往帕纳吉的客车，车资30Rs。建议大包存在火车站，背个小包去帕纳吉。

　　帕纳吉与马尔冈相距30公里，两地有公交客车相通。当地交通虽然方便，但公交系统并不发达，居民更多使用个人交通工具，如两轮摩托等。

住宿推荐

　　帕纳吉是旅游城市，条件好的旅馆标间都在10000Rs以上。也有比较便宜的家庭旅馆，一般是400Rs，公共卫浴。可以一边游览一边寻找旅馆。从帕纳吉汽车站进入老城区，那里的家庭旅馆较多。许多外国游客来这里度假，一般都直接住在海滩附近。

知名景观

　　果阿是亚洲主要的基督教朝圣地之一。当地许多教堂和修道院被列入世界文化遗产，其中仁慈耶稣大教堂供奉有圣方济各·沙勿略的遗骸，被视为果阿的主保圣人，每10年开放一次供公众朝觐。

　　帕纳吉等小镇保存着大量印度-葡萄牙风格的建筑。喷泉区被指定为文化保护区，是展示果阿地区生活、建筑和文化的活的博物馆。一些庙宇也深受葡萄牙文化的影响，特别是Mangueshi庙。

　　果阿自然风光以海滩闻名，动植物资源丰富。

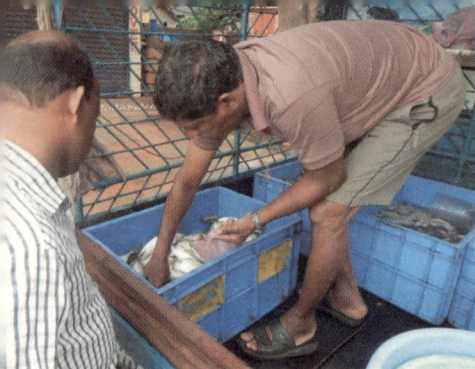

果阿风光

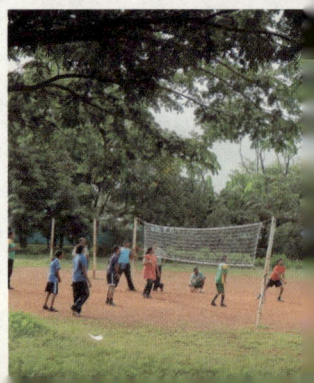

景点交通

帕纳吉、马尔冈都很小，城区一般游览步行即可。如果去海滩，可以乘坐tutu车。

游览安排

第一天，到达后先把大包存在马尔冈火车站，之后过天桥从后出站口去公交总站，再坐公交客车到帕纳吉。步行游览帕纳吉的主要街道、海滨、教堂、公园、港口等，晚宿帕纳吉。

第二天，继续游览帕纳吉街区，然后选择一处海滩游玩，果阿著名海滩有阿兰博尔海滩、安朱纳海滩和巴加海滩，坐tutu车前往，最后坐车返回马尔冈，步行游马尔冈市区。晚上坐车去下一个城市。

特色饮食

米饭和咖喱鱼是果阿的主要食物。果阿的各种鱼类料理非常有名，椰子和椰油常和辣椒、香辛料、醋等一起用于调味。在西餐中会出现一些猪肉料理，如Vindaloo、Xacuti、Sorpotel等。而一种果阿特有的炖煮蔬菜（坎特坎特Khatkhate），则在印度教或基督教的节日里广受欢迎。这道菜的原料至少有5种蔬菜、新鲜椰子以及特制的果阿香辛料。在圣诞节，一种被称为bebinca的多层蛋制甜点最受欢迎。至于酒类，则有果阿本地的腰果酒和椰酒。

其他

果阿深受西方文化的影响，当地人喜欢过西方的节日，也喜欢听西方的英文歌曲。传统的Konkani歌谣也很受欢迎。在一些特别的场合，人们会以本地的Manddo歌谣配曲载歌载舞。此外，果阿的Trance音乐（一种电子音乐）也很有名。

科钦

继续向南走。从马尔冈往科钦的火车是过路车，23：40发车，上车蒙头大睡，清早醒来，阳光灿烂，火车正穿行在椰林之中。路轨贴近海岸线，可以看到不远处的阿拉伯海。沿线民居都是方形大屋顶，外涂夺目的颜色，掩映在绿林中，在金色阳光的照耀下，分外鲜亮。

科钦美景

科钦城市风光

这里的印度教庙宇也发生了变化，一是数量少了，二是规模小了，三是外观不再是白色、褐红色，而是多以彩色的瓷雕作为外部装饰。而且，基督教、伊斯兰教堂大量出现。

印度国土形状像倒三角形，越往南走越抵向它的顶角。科钦属于南部喀拉拉邦最大的城市，这里离最南端的科摩林角只有一箭之遥了，想到很快就能走到印度的好望角，心里充满了完成印度之行的自信。

14:40火车到达科钦，出站时碰上了两个中国小伙子。一位在上海工作的孙由池，一位在广州工作的禤（音"宣"）嘉蔚，他们是在加尔各答相遇结伴的，小孙的目的地是土耳其、阿富汗。在印度南部，我和他们的路线基本一致，于是走到了一起。

科钦是个渔港，由几个小岛连在一起，被《美国国家地理》杂志先后评为"全球十大乐土"和"一生必游的五十地之一"，这个临海的城市融合了海滨的魅力和绿色的天堂，显得古朴而舒适，也给游人带来无与伦比的轻松

183

科钦滨海风光

科钦城市风光

和愉快。

　　科钦是西方殖民主义者入侵印度最先的登陆点。在几个世纪西方文明的浸润下，这里有很多欧洲人后裔，还有很多混血儿，形成了特有的欧陆风情。如果说果阿是葡萄牙风格，那么科钦几乎就是欧洲板块的拷贝，除了葡萄牙建筑外，还有西班牙、荷兰、英国乡村的建筑，以及大量天主教、基督

科钦渔民

教的教堂。

倘徉在浓郁欧风中的科钦，我看到了印度最古老的教堂——圣法兰西斯，看到了有450年历史的葡萄牙宫殿，还有葡萄牙殖民者登陆的科钦古堡。

旭日东升和夕阳西下的中国网架区场景，是我对科钦最美好的印象：天空一片橙红，海面微风习习，海豚在追逐，海鸥在飞翔，轮渡游弋在各岛之间……当归帆纷纷靠岸，卸鱼的劳动号子响起，岸边鱼市熙熙攘攘……渔港的一天就这样掀开它的一页：从星光到曙光，从清静到喧嚣，再到无声无息，一个轮回接着下一个轮回……

在科钦，感受的不仅仅是欧式风情，更多的是迎面吹来的中国风，这让我无限惬意。

Cochin
科钦（港城）

长途交通

飞机

科钦每天有航班飞往新德里、孟买和清奈等印度国内的主要大城市，科钦机场距离市区约30公里，从机场到市区没有机场巴士，打车费用约500Rs。

火车

科钦市内有3座火车站，分别为Eranakulam，Junction和Ernakulam Town。这些车站承担着不同方向的客运。

汽车

科钦汽车站有发往卡卡拉邦各地的班车，车况和路况都不太理想，长途旅行不推荐乘坐汽车，推荐火车。

车次参考：马尔冈至科钦Eranakulam站，815公里，SL，322Rs，晚间23：40发车，第二天下午14：40到。

住宿推荐

背包客一般去主岛的旧堡区埃尔纳古勒德住宿，在那里可以找到经济实惠的旅馆。在火车站门口坐公交车去轮渡码头，车资20Rs。码头到主岛旧堡区，轮渡5Rs。下船后步行10分钟就可以走到旅馆区。各色房屋都有，一般房间600Rs。

传统堡垒饭店 Fort Heritage Hotel，这是一家建立于17世纪的荷兰宫殿式建筑，重新修整和装饰后保留着建筑的优良结构和高雅大气的装饰，距海岸的中国鱼网景点很近。饭店的小花园很漂亮，烛光中的晚餐气氛温馨而浪漫。

知名景观

这个临海城市适合度假，在此可以享受无与伦比的愉快和轻松。到处都是绿色植被，海滨的魅力与西方风情的融合让这里显得古朴而舒适。马拉巴海岸边上的别墅成片，既有中世纪的葡萄牙、荷兰样式，也有英国乡村的风格。位于海滨区的圣弗朗西斯教堂是印度最古老的教堂，那里还有一座450年历史的葡萄牙宫殿，还有被中国渔网群围着的科钦堡和一座始建于16世纪中叶的犹太人教堂。各岛之间有渡船往来。站在海边可以听到海鸥的歌唱，有时还能看见海豚追逐的身影。

景点交通

海岸附近的景点，步行即可。参观圣弗朗西斯教堂、默丹杰里宫、犹太教会堂，离旧堡区有4公里，可以包tutu车前往，也可以步行。包tutu车一日游200Rs搞定。

游览安排

第一天，一早去海边中国渔网区看日出。早餐后，顺海岸线依次游览炮台、早期葡萄牙殖民者登陆地（当年探险者达·伽马就埋葬在科钦）、葡萄牙人城堡遗址、别具特色的别墅区、航海博物馆等。中午，购买鲜鱼、大虾去当地餐馆加工，喝啤酒品海鲜。午睡后去海滨游泳，感受阿拉伯海的冲击力。下午17点去剧场欣赏印度独特戏剧卡塔卡利（Kathakli）的演出，200Rs。晚饭后，月光下海滨散步。

第二天，包tutu车去科钦老城区，参观圣弗朗西斯教堂、默丹杰里宫、犹太教会堂，以及犹太人住宅区等。傍晚去海边中国渔网区看日落。

第三天一早，在渔网区附近停车点乘公交赴科钦汽车站，车资9Rs。在那里乘长途车去阿勒皮。

特色饮食

科钦老城有各种餐馆，当地人早餐通常在上午10点，午餐在下午14点，晚餐在晚上21点，多数餐厅只从午餐时间开始营业。应该尝尝puttu，一种由米粉、椰子和咖喱制成的点心；Vellayappam，用米粉和酵母制成的薄烤饼；还有 Thali，一种以香蕉叶或金属托盘盛起的素食餐。

在科钦炮台海滩（Fort Kochi Beach），可以找到许多以传统方式烹调鱼类和海鲜的摊位。不妨买来请他们加工，这里大虾1公斤550Rs，相当人民币23元一斤。

推荐：Kashi Art Cafe店，招牌菜是天天都有不同创意的套餐；Elite Hotel餐厅经营大众口味的炒饭和印度菜，经营时间从清晨到深夜。

科钦海鲜

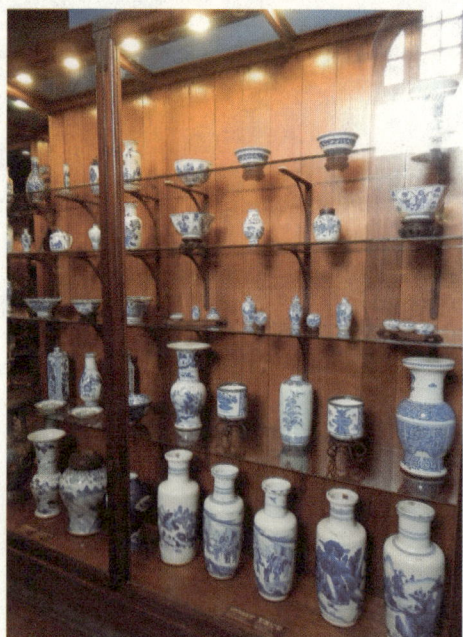

中国瓷器

编织品

香料

其他

　　科钦拥有优良的海港，水上运输非常发达，有"阿拉伯海皇后"的美誉，也是印度喀拉拉邦最大的城市。其地域包括埃尔讷古勒姆市、柯枝古城、贡巴兰吉和外围岛屿。港口部分位于群岛与狭长半岛之上。在这里可以购买一些印度香料带回去。

迷人的科钦海岸

Alleppey·Kollam
阿勒皮·奎隆（回水城）

长途交通

　　阿勒皮、奎隆，是印度喀拉拉邦南部的两个港口城市，位于文巴纳德湖和阿拉伯海之间，周边水网稠密。两个城市有铁路、公路和运河相连，其中，水路被美国《地理杂志》评为"人生50个必到地方之一"。从科钦到阿勒皮可乘公交车，科钦堡要到新桥桥头坐车，埃尔纳古勒姆去阿勒皮的公交车路过新桥桥头，1小时车程，车资41Rs。阿勒皮汽车站离旅游码头只有300米，旅游旺季两个城市水上相互有"回水游"项目。阿勒皮和奎隆都只有一个火车站，在没有"回水游"的情况下，可去火车站乘车。阿勒皮码头至火车站tutu车60Rs。

住宿推荐

　　参加"回水游"，晚上可宿目的地城市。

知名景观

喀拉拉邦的滞水巡游（Back Water Touris）
　　在印度南部的西南沿海，有许多河流潜在椰林中，与海岸线若即若离，最近处甚至只有几米距离。这条河的源头是南阿拉伯海。当3～5月季风来临海潮涌起时，海水趁势漫过沙滩，进入低洼处形成河汊和湖泊；到了雨季，暴涨的河水又漫过沙滩返回大海。一年年周而复始，于是这个奇特自然现象就有了个特别的名字——"回水"（backwater）。回水是不流动的河，是细长的湖泊，又是曲折天然的运河。

　　这是一条宁静而美丽的椰林水道，清幽幽的河流在茂密的绿树林中迂回曲折地流淌，两岸高大的椰树，临风摇曳挺拔婆娑，独木舟摇荡在美丽的倒影中，风光旖旎，构成了喀拉拉邦独特的古老浓郁、宁静致远、和谐安详的自然和社会生活画面。当看遍了北印的古庙和单调的平原景色后，在这河网交错的绿色椰林中巡游，实在是一种心灵复归宁静的享受。

景点交通

坐散客游船，可以从阿勒皮一直行驶到奎隆。也可以坐船屋，船屋游程一般是下午两点从阿勒皮出发，翌日中午返回，但不去奎隆。

游览安排

时间一天。回水游有两种路线：北边可从南印的重镇科钦南下到阿勒皮，之后再乘游船南下到奎隆；也可从南端的特里凡特朗乘车北上，从奎隆坐船到阿勒皮，再换车北上至科钦。这条线路是沿着印度次大陆西边的阿拉伯海岸线走。一般最普遍的游船是从奎隆和阿勒皮双边对开，每年8月到来年3月间，上午10点出发，下午6点半到达，船资300Rs，两地的旅馆都可以预约。

Trivandrum
特里凡得琅（太空城）

长途交通

航空
拥有印度第五大国际机场特里凡得琅国际机场。

铁路
市内有3个火车站。分别为Kochuveli、Trivandrum Cntl和Trivandrum Pett站。铁路通科钦、科摩林角和马杜赖。

公路
南印度客运中心。

知名景观

有天文台、博物馆、植物园、美术馆和喀拉拉大学。市南16公里处的科瓦兰海滩号称南印度最美的海滩。还有著名的维克拉姆·萨拉巴伊空间科研中心。

游览安排

需时两天。

第一天，先去坐落于市区巴士总站对面的室利·伯德默纳伯斯瓦米寺（Sri Padmanabha Swamy Temple）。那是一座具有印南特色的印度教寺庙，建于1733年。寺内有一座石塘，还有7层楼高的尖顶大塔，非印度教徒不能进入，只能在外面观赏它的外形及其石柱上的精致雕刻。接下去寺庙对面的街心公园——甘地公园（Gandhi Park），是为纪念圣雄甘地而建的公园，内有甘地的塑像。再坐电动三轮车前往维利旅游度假村（Veli Tourist Village），也是一个公园，特别之处在于它是维利湖（Veli Lake）和阿拉伯海（Arabian Sea）的交汇处，一条窄窄的木桥把它们连在一起，碧绿的湖水和蔚蓝的海水浑然一体，波澜不惊；热带树木与高大的椰林相互辉映，徜徉其中令人心旷神怡。

　　下午包车到位于特里凡得琅南16公里处的印南著名海滩柯瓦兰（Kovalam Beach）。喀拉拉的海岸线长达600公里，印度许多很好的海滩在喀拉拉邦。Kovalam Beach由三个相邻的新月形海滩组成，最南边的是灯塔海滩（Lighthouse Beach）。海滩并不长，但热带风情浓郁，沿线分布着许多的沙滩、岩岸和椰子树。落日的余晖洒满平静的海面，只有寥寥无几的人在游泳，而大多数人或在沙滩漫步，或三五成群在打沙滩排球。可以脱掉鞋子，卷起裤腿，体验沙子与海水在脚下恣意跳舞的感觉。当夜幕徐徐降临，沿沙滩鳞次栉比的店铺与小餐馆亮起灯盏时，映得海滩五彩缤纷。

　　第二天，参观天文台、博物馆、植物园、美术馆和喀拉拉大学。

其他

　　特里凡得琅（马拉雅拉姆语：Thiruvananthapuram，英语：Trivandrum）是印度西南部喀拉拉邦的首府。位于马拉巴尔海岸的南部，北距科钦220公里，人口60万。工业有炼钛、橡胶、炼油、造纸、陶瓷等。郊区多椰林和稻田，有橡胶和咖啡种植园。文教中心，目前是印度最大的空间技术中心。

一片汪洋都不见

满怀希望我去了阿勒皮。

阿勒皮是印度喀拉拉邦南部的港口城市，位于文巴纳德湖和阿拉伯海之间，那里水网稠密，有公路和运河通往附近其他城市。外国游客来此都是参加"回水游"的。

观看回水游的人们

什么叫"回水游"？是当地特有的一个地理奇观旅游项目。

在阿勒皮至奎隆一带，有许多河流潜在椰林中，它们与海岸线若即若离，最近处甚至只有几米远。这条河的源头是南阿拉伯海，当3～5月季风来临海潮涌起时，海水会趁势漫过沙滩进入椰林低洼处形成河汊和湖泊，等到了雨季，河水开始活跃，暴涨的河水一部分漫过沙滩返回了大海。这样一年年的周而复始，于是它就有了个特别的名字——"回水"（backwater）。回水可以说既是一条不流动的河，是细长的湖泊，又是曲折天然的河道，这就是"回水"的由来。

这条滞水巡游（Back Water Touris）的椰林水道宁静而美丽，被旅行界公认为全球必到的50地之一。清清幽幽的河流在茂密的绿树林中迂回曲折地流淌，两岸高大的椰树临风摇曳、挺拔婆娑，船上人家保留着传统的民族特色，独木舟摇荡在风光旖旎的倒影中，在看遍了北印的古庙和单调的平原景色后，在这河网交错的绿色椰林中做这样的巡游，实在是一种心灵复归宁静的享受。

遗憾的是到了阿勒皮码头后得知，阿勒皮与奎隆之间的散客游船停开一个月了，理由是淡季没有游客。无奈我只好坐火车去科摩林角，路上经过了奎隆、喀拉拉邦首府特里凡得琅。这两处地方本来都是要停歇几天的，现在只好一晃而过。

火车终点是科摩林角镇。科摩林角位于印度国土的最南端，北纬8度处，隶属泰米尔纳德(Tamil Nadu)邦，为适应旅游业的发展，近两年通了火车，原本的渔村如今也成了热闹的旅游热点。

科摩林角素有印度"天涯海角"之称，东边为孟加拉湾，西边是阿拉伯海，南边是浩瀚无边的印度洋，三股巨大的海水在此汇合，形成了令人叹为观止的三色海。每年4月满月前后是观看科摩林角美景的最佳时节。届时，来自三大水域的海水涨势最猛，使得三色海分界线更加鲜明。那时，每天日落之际同时伴着明月升起，斜阳落日映衬着海上明月，日月同辉，景色无比壮丽。

古代印度人将此地称作"地之终点""天之尽头"。人于此，回首北望，脑海依稀浮现出泰姬陵、红堡的影子，似乎几千年浩大古老的印度文明终于在此与大自然交汇融合。向南远眺，无边的印度洋正敞开她宽阔的胸怀，吸纳着来自阿拉伯海和孟加拉湾的海水。仔细分辨，面前的海水清晰地呈现出深蓝、蔚蓝和浅绿三种颜色。深蓝无疑是最远处的印度洋，浅绿色则是阿拉伯海，蔚蓝是孟加拉湾，三股海水汇于一体，浩浩荡荡地一直向天尽头奔流而去。

由于地理位置独特，印度教的神仙，还有印度的圣人、贤者也汇聚在了这里：

离岸200多米有两座小岛，一座叫维沃卡南达岩，一座叫提鲁瓦鲁瓦岩。

维沃卡南达岩是印度历史上最伟大的宗教改革家维沃卡南达冥想悟道的地方，那里建有他的纪念馆，馆内塑了一尊真人大小的雕像，作沉思状；另有纪念石碑及冥想室，游客可在黑洞洞的冥想室坐下来冥想片刻。

距离维沃卡南达纪念馆不远的地方，有一座供奉印度教大神湿婆之妻库马瑞女神像的寺庙，作为印度教圣地已有两千年历史。传说当年她只身在此独斗魔鬼，将世界从魔鬼手中解脱出来。庙中央有一个玻璃房，罩着一只传说是她的大脚印的物品，印度人走到那里个个神情庄重而虔诚。

维沃卡南达岩风光

199

提鲁瓦鲁瓦岩风光

提鲁瓦鲁瓦岩是纪念印度诗人提鲁瓦鲁瓦的，塑像比真人放大了近30倍，高大巍峨，迎风而立。这位诗人在印度家喻户晓，是印度文化史上杰出的代表人物。

在小镇的最南端，有卡尼亚古默里庙，是印度教圣地之一，建于12世纪。庙内布满印度壁画和雕像，每逢假期各地的信徒会到庙里来祭祀，并在庙外浴场沐浴。男性须赤膊，光脚，身缠围巾才准进入，这点有别于其他印度教寺庙。

位于卡尼亚古默里庙旁边

提鲁瓦鲁瓦雕像

的是甘地纪念馆，建于1956年。圣雄甘地的骨灰缸曾存放于此。每逢甘地生日，即10月2日的中午时分，阳光会穿透馆内屋顶的天窗直射到曾存放甘地骨灰缸的基座上。

还可以去附近的渔村看看，那儿保持着昔日印南渔民的生活景象。以海为生的人们对大海有着不同寻常的情愫，他们织渔网，造木船，在海边生，在海边长，世世代代，潮起潮落，咸涩的海水融汇了无数渔翁辛勤的汗水。

观赏日出与日落是不可缺席的。这个小镇以日出、日落的美丽景色闻名，每到清晨，游客便聚集在小镇的东海岸边，等待孟加拉湾的日出。到了下午5点又会聚集在海滩路一带，观赏阿拉伯海的日落。

站在科摩林角——三水汇聚的印度好望角，你会怎样？

像提鲁瓦鲁瓦站着迎风，还是像维沃卡南达坐着思考？

Comorin
科摩林角（天涯城）

长途交通

　　科摩林角是印度泰米尔纳德邦旅游小镇根尼亚古马里（Kanniyakumari）的岩石海角，为南亚次大陆的最南点和豆蔻丘陵的最南端。现已修通铁路。参考车次：从阿勒皮坐火车到科摩林角，过路车，12511车次，上午11：10上车，1小时坐到终点kayamkulam，然后换下午12:40去根尼亚古马里（Kanniyakumari）也就是科摩林角的C16D4V2T2次列车，联票，硬座，236公里，90Rs，下午7点到达。

住宿推荐

　　走出科摩林角火车站广场，再沿右首街道走过去，走到十字路口时再右转，附近街道有许多旅馆。推荐hotel narmadha，大床间，带卫浴，450Rs。

知名景观

卡尼亚古默里庙
　　位于镇内的南端，印度教著名寺庙，建于12世纪。庙内布满印度壁画和雕像，每逢假期各地信徒会涌来祭祀，并在庙外浴场沐浴。男性须赤膊、脱鞋及身上绕围巾才准进入寺庙，寺内禁止摄影，随行物品须在门口寄存，不得带进庙内，寄存相机每架100Rs。进庙免费，开放时间：每日04:30～11:30及17:30～20:30。

维沃卡南达纪念馆
　　坐落在城镇南端对面200米的小岛上，建于1970年。修士斯瓦米·沃卡南达于1892年到访这里，并在海中岩石上冥想而得"开启"，后来成为伟大的宗教推动者。馆内建有一个纪念石碑及冥想室。开放时间：每日07:00～11:00及14:00～17:00，馆内严禁摄影。免票。

维沃卡南达纪念馆

■ **甘地纪念馆**

位于卡尼亚古默里庙的旁边，建于1956年。圣雄甘地的骨灰缸曾存放于此，每逢甘地生日，即10月2日的中午时分，阳光会穿透馆内屋顶的漏口直射到曾存放甘地骨灰缸的基座上。开放时间：每日07:00～12:30及15:00～19:30。免票。

甘地纪念馆

灯塔

观赏镇内及海岸景色的最佳地方，塔高38米，是镇内最高的建筑物。开放时间：每日15:00～17:00点，费用1Rs，塔顶不准摄影。在这里看印度海域，东边为孟加拉湾，西边是阿拉伯海，南边是浩瀚无边的滔滔印度洋，三股巨大的海水在此汇合，形成了令人叹为观止的三色海。

库马瑞女神庙

科摩林角所在地坎亚库马瑞有一座印度教大神湿婆之妻库马瑞女神像。传说她当年只身在此独斗魔鬼，将世界从魔鬼手中解脱出来。科摩林角海边的岛上建有一间庙宇，内有一个不大的玻璃房，房中央是一只被精心呵护的大脚印，不准拍照，不准大声喧哗，传说这就是当年湿婆大神驾临人间的仙踪。免票。

库马瑞女神庙

苏钦德勒姆庙

位于镇外北面约10公里处，是印南最古老的印度教寺庙之一。庙内石柱上的雕刻非常精巧。非印度教徒亦可入内参观。免票。

渔村

位于镇的东海岸，那里依旧保持着昔日印南渔民的生活色彩。织渔网、造木船是当地居民生活的主要部分。附近有罗马天主教堂，哥特式建筑，建于1956年。

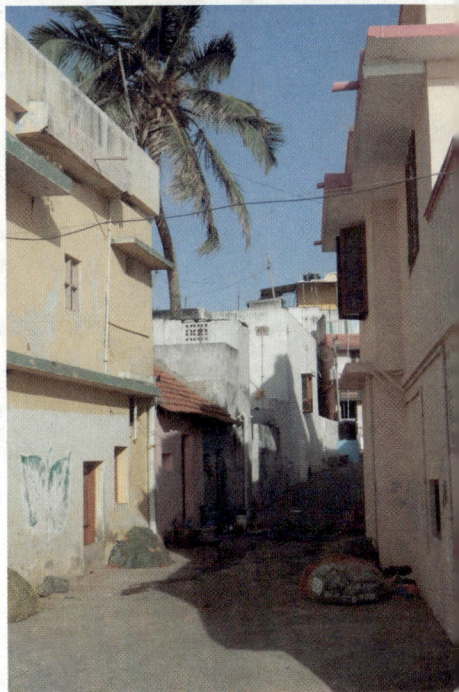

渔村风光

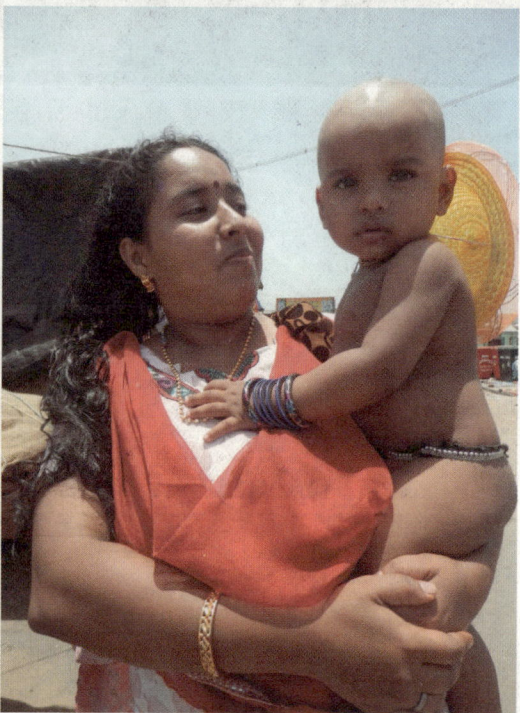

渔村风光

观赏日出与日落

　　小镇以日出、日落的美丽景色闻名，每当清晨5时左右，游客便聚集在小镇的东海岸边，等待孟加拉湾的日出。傍晚17点后，则聚集在海滩路一带，观赏阿拉伯海的日落。

观赏日出与日落

景点交通

　　去维沃卡南达纪念馆、库马瑞女神庙需坐轮渡上岛，船资34Rs，上岛费20Rs。其他景点均在小镇附近两公里范围内，步行游览即可。

游览安排

　　一天。清晨，看日出，参观渔村。早餐后坐船上岛，参观维沃卡南达纪念馆、库马瑞女神庙，返回后参观卡尼亚古默里庙、甘地纪念馆。午后，或坐车去苏钦德勒姆庙（汽车站乘车，15Rs），或去海滩自由市场购物，上灯塔看海景。傍晚观赏落日。

特色饮食

　　腰果、椰子和海鲜是当地特产。

万里寻芳几回看

科摩林角是印度国土的最南端，隶属泰米尔纳德邦。走到这里，印度之行走完了一多半，这时自己刚到印度时的胆怯已消失得无影无踪。我一直这样认为，长途旅行能适应3天，适应1周就没有问题，能适应1个月，3个月就没有问题，我对自己顺利完成旅行充满了信心。

离开科摩林角，折回向北，我开始周游泰米尔纳德邦。按顺序去了马杜赖、坦贾武尔、蒂鲁吉拉伯利、默哈伯利布勒姆，最后到达首府、印度第四大城市金奈。

泰米尔纳德邦因其丰富的历史传统而独具魅力。这里讲泰米尔语、索拉诗塔语（Sourashtra）和英语，不仅地方语言听不懂，就连印式英语也更加让人摸不清头脑，这儿的发音、拼法及用词和北印度还不一样；报刊、招牌多用泰米尔文字。

泰米尔纳德邦的人种和民族构成与北方也不尽相同，很早就有了自己独特的文化——泰米尔文化。这个文化最早创于乔拉时代（850～1279年），涵盖建筑、绘画、舞蹈、音乐、戏剧、文学、青铜器工艺品等，源远流长。杰出的青铜器代表便是造型匀称美丽的舞王像。风靡世界、享誉全球的印度舞蹈和印度音乐也多源自这里。

虽然今天的泰米尔纳德邦深受伊斯兰教和基督教的影响，但有着古老传统的印度教依旧存在，据说这里有3万多座印度教寺庙，有"寺庙王国"的美誉。知名的印度教名胜古迹遍布全邦：印度七大圣城之一的岗吉布拉摩，寺庙里的壁画具有很高的艺术价值；著名石窟摩哈波里布拉摩雕刻绘画具有独特风格；底鲁德里是有名的湿婆神圣地；基登巴拉姆也是古圣地之一……我在这个邦7天时间走马灯一样跑了6座城镇，其中对马杜赖和坦贾武尔的两处世界文化遗产印象最深。

马杜赖的米纳克希神庙以最大、最富丽堂皇的印度教寺庙拔得头筹，而坦贾武尔的布里哈迪斯瓦拉神庙以塔最高、林伽最多、露天庭院最大在印度教寺庙中遥遥领先。

马杜赖是一座有着2500年灿烂文化的历史名城，12世纪后一直为邦迪耶王朝的首府。公元初年起，这里就人文荟萃，建立了泰米尔语文学团体，此后一直是达罗毗荼文化艺术的中心。

米纳克希神庙位于城市中心，被视为这座城市的地标，庙里供奉着米纳克希女神和她的丈夫湿婆神，以及他们的两个孩子——象头神伽尼什、南迪（湿婆神的坐骑牛）。围绕神庙而形成的马杜赖，城市名称据说与天上掉到人间的神酒（Mathuram）有关系。因为这里的人们建造了一座神殿献给湿婆神，湿婆神来到此地赐福于人们，在这里遗落了神酒，由此而得地名。马杜赖与泰米尔纳德邦其他著名的神殿城市相比，尽管不是一座精美的城市，但却有一座绝伦的神庙，你可以不喜欢它，但是无法不仰视它，而且马杜赖还是一座现代和发展中的城市。

米纳克希神庙是南印度最负盛名，也是印度教中最大、最富丽堂皇的寺庙，建于16～17世纪。寺庙外型采用传统南印寺庙特有的梯形设计，整座大庙由997根石柱撑起密封式屋顶，庙顶有"经轮"状的饰物，外墙有无数雕像组成，非常宏伟。庙群的中央建有一巨型金莲池，供信徒沐浴洁身之用。所有石柱、石梁、石壁皆有精美的雕刻，柱廊可作为信徒休憩之用。神庙东、西、南、北各有一座高耸的塔门，4座塔门象征镇守四方门户，尤以南门最为壮观，最为漂亮，高48米，站在城市的任何角落都可以看得到。每个塔门上

精美绝伦的宝塔建筑

大庙里用黄金做成的湿婆的林伽

东大门宝塔

雕刻着印度教神话中的人物和动物，栩栩如生。

　　庙内另有博物馆，展示印度教的神像、雕刻品和图片。被列入世界文化遗产名录的米纳克希神庙，是南印度建筑、雕刻、绘画等艺术的杰出代表，每天从四面八方到此朝圣的香客络绎不绝。印度教徒认为，米娜克希是湿婆妻子帕尔瓦蒂的一个化身，她掌管人类的姻缘与生育，所以印度人会来这里

马杜赖的米纳克希神庙

求神保佑其娶妻生子，人气也特别的旺。到米纳克希神庙顶礼膜拜，就如同到恒河中沐浴一样神圣。每年四五月间，寺庙会举行盛大的祭祀活动，信徒从各方而至，盛极一时。

坦贾武尔的布里哈迪斯瓦拉神庙（俗称大庙）是在泰米尔纳德邦看到的第二处列入世界文化遗产名录的古迹。11世纪初，坦贾武尔是南印度朱罗王国的首都，在国王罗阇罗阇的动议下修建了这座供奉湿婆神的神庙，与其他的印度教寺庙不同，它有巨大的露天院落，有长240米、宽120米的矩形回廊环绕。在它的外侧，还有用砖块砌成的每边长约350米的高墙。

神庙的大门精雕细刻，非常华美。门两侧还雕有巨大的守门神像。庙内有牡牛殿、两个相连的宽敞礼拜殿、前殿和毗摩那（至圣之所），它们建在同一条东西轴线上。整个工程耗时7年，将始于默哈伯利布勒姆的南方石造寺庙建筑艺术发挥到了顶点，堪称朱罗王朝时期南印和南亚寺庙建筑的典范。

布里哈迪斯瓦拉神庙的毗摩那（至圣之所）最具看点，底面是一个每边长25米的正方形的圣室，圣室上面建有维马纳姆高塔，塔高13层，巍峨壮丽。据神庙石碑上的铭文记载，11世纪初，有祭司、舞者、鼓手、吹笛人、洒水人、点灯人、洗衣人等600多人生活在这座寺庙里，每天他们在神庙里祭祀半天，其余时间去国王赏赐的农田干活。石头上刻着他们与寺庙的契约：使用耕地的代价是参与神庙的建造，并在举行宗教仪式时担负豪华神车的拖拉工作。

1930年，在布里哈迪斯瓦拉神庙内发现了建庙时期的大量壁画。这些12世纪的壁画被17世纪的壁画覆盖，因此保存完好。壁画的内容主要是印度教传说中的湿婆神形象。

从这两处印度教寺庙的建筑情况可以发现，南印度神庙的建筑是有严格的规制的。从6世纪起，修建庙宇的材料一律使用石头。木头和泥土由于不耐久，只能用于人的住所。神庙位置一旦选定，通常都是座西朝东的制式。至于圣殿的形状、布局和建筑式样，则视信奉的对象及信仰的教派而定，具体设计和施工通常由祭司和工匠商量确定。

坦贾武尔的布里哈迪斯瓦拉神庙

213

泰米尔纳德邦人文风情

公元1000年前后建造的坦贾武尔布里哈迪斯瓦拉神庙气势恢宏，三座门廊巧妙地把祭拜者同内院分开。最外面的门廊建造时间较晚，在15～17世纪，后面的两座则是朱罗时代的建筑作品。

在内院里，首先迎接祭拜者的是座将近6米长的卧状神兽石雕像，那是湿婆神的座骑。然后，穿过主神殿的3座"曼达帕"（亭子）来到至圣之所，那里供奉着湿婆神的生殖器象征——林伽。林伽的上方是一座高66米、有13层的天宫大宝塔建筑。这个建筑有意被做成窟洞状，构建成一种将"林伽"同宇宙联接在一起的孔隙空间。这里的装饰之精细，神龛和壁柱之众多，顶上装饰的8匹公牛和描绘印度教万神殿的群像雕刻，使它成为朱罗艺术的一件杰作。

在底部，有平行的两堵墙把至圣之所围住，形成一条两层高的通道。下层以其壁画之精美而著称于世，7层则有《舞论》中介绍的约80种舞姿的优美浮雕像。《舞论》是一部公元1世纪时的论著，也是印度古典舞蹈的滥觞。

主殿周围有一组保护性的小神殿，其中之一是专门奉献给罗罗王的精神导师喀鲁武拉的。

布里哈迪斯瓦拉神庙的内墙上刻满了铭文，上面都是关于世俗生活的记录，包括社会、历史、军事、经济、行政管理、艺术和手工艺。泰米尔君王罗阇罗阇除了把与寺院生活有关的事件记录下来，还记录了他统治时期的重大事件。他的继任者随之效法。主殿墙上刻着国王和他姊姊赠送的礼物清单，他的妻妾、侍从和官吏们赠送的礼物则列在神龛和寺庙的柱子上。国王送给大庙的礼物奢侈无比：祭典仪式使用的各种器皿；装饰雕像的金首饰，上面镶嵌有珍珠和宝石；为寺庙提供土地、钱财和供应大米的村庄；在神沐浴用水中加入樟脑、豆蔻等香料的用量；为寺庙提供酥油（用作灯油的一种纯净黄油）的牛群名称；仪式上参与演奏和表演的乐师、歌手、舞女；还有婆罗门奴仆、会计、财务主管、金匠、木工、洗衣工、理发师、占星家、卫士的情况，甚至详细记述了每个团体的收入和任务。

神庙的最高管理权属于国王及其军队，附近村庄的议会具体管理神庙的

泰米尔纳德邦人文风情

公共财产。从神庙得到贷款，利息部分用于祭祀仪式的开支。因此，当地居民与神庙都有着千丝万缕的关系。

那些铭文还描绘了那段时期的经济生活状况：当年有过一种货币制度，国家的经费主要来自所得税和土地税，所有贷款的利率都是12.5%。对公共产业，如村庄的集体资金、手工业者居住的地区，以及道路、水井等是不征税的。城市也因不同社会阶层的聚集居住，职业的分工，生产场地的划分，形成了不同功能的路段和区域，有一条"弓箭手街"，一条"乐师街"和一个"手工业者及店主区"。

总之，罗阇罗阇国王把坦贾武尔神庙变成了他那个时代城市与农村生活的中心。这座神庙不仅是一座宗教大厦，同时也是朱罗王国的一座历史、文学、艺术和建筑的纪念碑。

Madurai
马杜赖（千庙城）

长途交通

马杜赖是泰米尔纳德邦第二大城市，印度教七大圣城之一，也是达罗毗荼文化的中心。航空、铁路、公路均可到达马杜赖。科摩林角有到马杜赖的火车。参考车次：12634次列车，276公里，SL，188Rs，下午5:20发车，晚上9:45到达。

住宿推荐

建议住宿在马杜赖火车站附近，不仅离米纳克希神庙很近，而且离汽车站也近，出行方便。站前老街区巷子里有许多小旅馆，一般大床间在600Rs以上，带卫浴设备。

知名景观

米纳克希神庙（Sri Meenakshi Temple）

马杜赖标志性建筑，坐落于市中心，是印南的建筑、雕刻、绘画等艺术的杰出代表，世界文化遗产。免票参观，不允许带相机和包进入，存包30Rs。寺庙外型采用传统印南寺庙的梯形设计，庙顶有"经轮"状的饰物，外墙有无数雕像，非常宏伟。建于16~17世纪，庙内供奉米纳克希神和湿婆神。庙群中央建有一巨型金莲池，供信徒沐浴洁身之用。997根石柱皆有精巧的雕刻，柱廊可作为信徒休憩之用。寺庙的外围建有4座塔门，以高48米的南门最为壮观。庙内另有博物馆，展示印度教的神像、雕刻品和图片，门票50Rs。

蒂鲁马来宫

位于市区南方，是一座具有回教建筑特色的皇宫。门票50Rs，带相机每架30Rs。宫内的壁画及柱梁上的雕刻均是17世纪的杰出艺术品，非常精巧细致。

蒂鲁玛莱·纳亚克宫（Thirumalai Nayak Palace）

印度回教徒的宫殿，建于1636年，大部分都已颓塌，但从遗存的美丽花园、围墙、入口大门，大厅及舞厅等，仍可看出昔日它的风貌。宫内所设甘地博物馆，展出的许多老照片是印度历史的写真。

▌斯里·梅那喀西寺

印度教寺庙。建筑占地6公顷，有12个高塔，高度45～50米；四角外缘有9层楼的塔阁，南面的最高为50米，共4个大门；圆柱列立、内部装饰精致讲究的千柱大厅辟为寺庙艺术博物馆，里面的许多铜塑和石雕的神像、珍贵的古代南印度手抄稿和印度教各类宗教用品等都值得一看，非教徒可入内，门票50Rs。

此外，在旧市区东边5公里处有一个水池，每年1～2月初在这里举行为期12天的提巴姆节庆（Teppam Festival）的水上活动，十分热闹。

▌景点交通

米纳克希神庙、蒂鲁马来宫离火车站很近，可步行前往。蒂鲁玛莱·纳亚克宫、甘地纪念馆同在一处，现辟为公园。可在火车站附近的汽车站坐公交车前往。

▌游览安排

第一天，上午步行游览米纳克希神庙，下午参观蒂鲁马来宫。第二天，坐tutu车去甘地纪念馆、蒂鲁玛莱·纳亚克宫和斯里·梅那喀西寺。

Thanjavur·Jabber Gnam
坦贾武尔·贾伯格纳姆（大庙城）

长途交通

　　坦贾武尔和贾伯格纳姆相邻很近，都是泰米尔纳德邦的城市，铁路和公路均可到达，但公路更为便捷。从马杜赖到坦贾武尔，先在火车站附近的汽车站坐专线公交到郊外长途汽车站，车资10Rs，20分钟；再坐长途客车，车资90Rs，3个半小时车程，车停坦贾武尔新区汽车站。从坦贾武尔去贾伯格纳姆，两个小时的车程，车资47Rs，在坦贾武尔新区汽车站上车。

住宿推荐

　　如果坐火车到坦贾武尔，宿火车站附近（老城区）；如果到坦贾武尔新区汽车站，宿汽车站附近旅馆，单人间200Rs，公用卫浴。火车站与汽车站距离5千米。

知名景观

布里哈迪斯瓦拉神庙（也称朱罗神庙，Brihadishwaya Temple）

　　世界文化遗产。位于坦贾武尔老城附近，建于11世纪初，是印度南方寺庙建筑的巅峰之作。神庙用花岗岩砌成。主殿建在长方形庭院内，在方形二层主殿之上有13层角锥形悉卡罗（塔），高61米，顶部盔帽形盖石重80吨。主殿内供奉有印度现存最大的石雕林伽，主殿第一层走廊上雕有湿婆的108种舞姿（其中27幅浮雕未完成）。主殿内部分墙壁有壁画，内容多与湿婆神话有关。它向后人展示了自古代至13世纪，活跃在南印度泰米尔地区的德拉吠陀人的王国——朱罗王朝的繁盛。免票。

皇宫博物馆（Palace Museum）

　　在坦贾武尔的老城区内，门票10Rs。常年失修，建筑破旧，文物不多。

艾拉瓦德斯神庙（The temple of Airavatesvara）

　　世界文化遗产。在贾伯格纳姆的城区边上，现辟为遗址公园，遗迹部分不开放，可在公园里漫步，公园里古木参天，绿荫蔽日，免票。

景点交通

从坦贾武尔火车站或汽车站去布里哈迪斯瓦拉神庙，坐同一趟公交车，6Rs。从布里哈迪斯瓦拉神庙去皇宫博物馆可步行前往。

从贾伯格纳姆汽车站去艾拉瓦德斯神庙遗址公园，5Rs。

游览安排

上午：坦贾武尔汽车站—布里哈迪斯瓦拉神庙—皇宫博物馆—返回坦贾武尔汽车站。

下午：坦贾武尔汽车站—贾伯格纳姆汽车站—艾拉瓦德斯神庙遗址公园—返回贾伯格纳姆汽车站。

晚上：坐夜间长途汽车去蒂鲁吉拉伯利。

特色饮食

贾伯格纳姆汽车站很大，附近有许多美食小吃，可以品尝Dal，这是印度主要的素食菜之一，由几种大豆混合香料经长时间熬制而成。 Tandoori：印度式的烘烤。Lassi：印度酸奶。印度甜品：香浓甜滑，非常值得品尝。Chutney：印度小蘸料，微酸中带点薄荷的香味。

听石头讲过去的故事

印度的铁路十分发达，但我从马杜赖一直到金奈，一周时间没有坐火车而是改乘了汽车，因为当地的汽车比火车还要便捷，不仅省去不少候车时间，而且跑在城乡之间便于自己更深入地看到印度南部民间的情况。

从马杜赖长途站出发至默哈伯利布勒姆，一路有几处看点值得关注：

马杜赖汽车站向北3公里处有一"虎头蛇尾"巨石。坐在车上，初看像卧狮，近看像两头掐着架、谁也不让谁的虎，待车身一转，它的侧面逶迤两千米长，又像条蛇。令人惊叹的是，如此之大居然是独立的整体岩石，堪比澳大利亚沙漠中世界第一的艾尔斯巨石（Ayers Rock）。

马杜赖往坦贾武尔的中途经过一古堡，遗迹保存完好，位于一丘陵上，山头不高，规模不大，建有城墙，可以想象出当年是一个小地霸的营盘。

在贾伯格纳姆有许多茅草屋顶的栅栏房屋，应该是南印度传统民居的遗存。

印度南部经济发展很好，穷人要比北方少很多，一般人家都是小康状态。基础设施、公共卫生、精神面貌、乡村建设与中国东南部地区相比富裕程度差异不大。

坦贾武尔到贾伯格纳姆只有两个小时的车程。贾伯格纳姆也有一处世界文化遗产——艾拉瓦德斯神庙。神庙近在城区边上，现辟为遗址公园，遗迹部分不开放，可在公园里漫步，园内古木参天，绿荫蔽日。汽车站有直接发往那里的公交车。

游毕贾伯格纳姆的艾拉瓦德斯神庙遗址公园，当晚9点坐夜车直奔海边的默哈伯利布勒姆，第二天凌晨两点到达。

海岸神庙

默哈伯利布勒姆（Mahabalipuram），在中国旅行者中有很多的译法，如"马哈巴利普拉姆"等，中国地图出版社的出版物译为默哈伯利布勒姆，这是中文唯一标准地名。像南印度的其他城市一样，这个地名很让人迷惑，因为它不止一个名字，另外的名字还有：玛默拉普拉姆、马默拉、玛马普兰等。

默哈伯利布勒姆距离邦府、印度第四大城市金奈（Chennai）58公里，原为海边的一个小渔村，现为旅游小镇，两地互通公交车。默哈伯利布勒姆是印度教古代遗迹比较集中的地方，建于7～8世纪，由当年帕拉瓦（Pallava）王朝资助建造。马默拉(Mamalla)是当地地名的土语叫法，本意是"伟大壮士(The Great Wrestler)"，是对于拔罗婆的统治者Narasimhavarnan一世的尊称，自从小村拥有了这顶桂冠后，一跃变成了繁荣的中心地。

默哈伯利布勒姆于1985年被联合国授予世界遗产名录，其有三大看点：一是海岸神庙（Shore Temple）。南印度第一个岩石神庙，也是印度教标本级代表建筑之一，对后世的印度教寺庙产生过重要影响。神庙距离海边很近，规模不大，风化侵蚀的程度非常严重。二是"五车庙"。由整块海边岩

五车庙

恒河降凡浮雕

石雕刻而成的庙宇，其中由神驾驭的五架战车惟妙惟肖，十分令人惊叹。三是"恒河降凡"浮雕。地点在免费的雕塑公园内，是印度最巨大的露天石浮雕，上面密密麻麻雕满了栩栩如生的人物和动物形象。很多人看过之后丈二和尚——摸不着头脑，其实这是一则关于恒河与性的故事，它能让人更明白恒河在印度人心目中的地位，也让人对印度人的性观念更加迷惑。

来听听这块巨石讲述的神话故事吧。

恒河降凡浮雕主体左半部细节

恒河降凡浮雕主体右半部细节

　　这块矗立在雕塑公园里的浮雕有两个名字，一是"恒河降凡"，二是"阿周那苦行图"，由浮雕和前面的水池构成。画面巨大，长约70米，高约30米，必须用超广角镜头才能摄下全景。即使走马观花匆匆而过，浮雕上呼之欲出的神仙、人物、动物等形象也能让人印象深刻。画面隐藏着很多的隐喻和神秘，是印度神人交汇、错综复杂神话故事最精彩的荟萃。

　　整座浮雕可以分为左、中、右三个部分。

　　浮雕前的水池象征大海，中部的裂缝区域象征印度的圣河——恒河。巧妙的是，当雨季到来，浮雕上方的积水会顺着这条裂缝潺潺流下，象征恒河奔腾，倾泻而下，汇入大海。这个独特的设计手法，打破了浮雕作品一向为静态的局限，通过创造出水流的动态，将二维的浮雕提升到了具有纵深感的三维立体境界。

　　这座浮雕不仅画面巨大，表现手法独特，而且画幅上的所有神仙、人、动物都包含着神秘密码，是两个神话故事"恒河降凡"与"阿周那苦行"的融合。只有一点点端详，一步步破解，才能深刻理解它的内涵。

　　另外，整个浮雕右侧的石壁上还有两只互相抓虱子的猴子雕像，形象逼真，更加深了整个作品的写实主义色彩和谐趣的风格。

　　默哈伯利布勒姆的古迹位于印度南端的泰米尔纳德邦，为7世纪印度南部

默哈伯利布勒姆至今仍然是南印度石雕工匠聚集、佳作频出的地方

最强大的帕那瓦王朝时期所建。无论神庙建筑结构还是岩石雕刻都反映了风格的变化。公元642年，帕那瓦国王那拉斯哈瓦曼战胜了查路基恩王朝的普拉凯辛二世。艺术历史学家珀西布朗认为，帕那瓦国王可能把雕刻家和工匠当作"战俘"带回了甘吉普拉姆和默哈伯利布勒姆，因为时至今日，这里仍然是南印度石雕工匠聚集、佳作频出的地方。

让灵性回归

离开金奈，向迈索尔进发，路上经过IT城——卡纳塔克邦首府班加罗尔。印度的IT业全世界出名，尤其软件设计集中在这个城市。很想去看看IT城，可软件设计就是"码农"们在写字楼里写程序，有什么好参观的呢？又有谁会让你随便参观？再说，那里也没有什么重要的人文古迹和自然风光，高楼大厦都是千篇一律的火柴盒样式，考虑再三我没有下车，眺望着铁道线边上的建筑群，算是对这座城市做了巡礼。

迈索尔远景

目的地迈索尔是南印度的文化与宗教中心之一，位于卡纳塔克邦南部、查蒙迪山山麓盆地中，风景秀丽，有"印度公园"之称。这个城市的火车站和其他城市不一样，印度大多数城市的火车站都有数座，而这里只有一座，所以问火车站的位置，当地人都很熟悉不会说错。

迈索尔主要景点有：迈索尔大王宫、代瓦拉杰市场、查蒙迪山。

值得记载的是，自己生平第一次爬了印度的神山——查蒙迪山。

查蒙迪山距离市区大概13公里，那天一早背着相机徒步前往，没有地图，只知道远远的山巅方向就是目的地。到查蒙迪山，市区有公交车直通山顶，但为了看看附近的乡村和小镇，我既没有坐车也没有沿公交线路的公路走，而是走了一条自己认定的也能到那里的小路。

实践证明我算计错了。中途一个高尔夫球场和一个赛马场挡住了去路，说通保安放我穿越过去后，我又被一条小河挡住，那里没有桥也没有船，逼得我不得不沿着河岸往回走了半个小时。向路人打听还要走多远才能找到桥时，一个骑摩托车的印度人告诉我说还很远，他见我犯难，免费送了我一程。如果没有他的帮助，真不知道要走到什么时候。

他直接拉我到了查蒙迪山的上山路口，这里云集着许多青年男女，当天是休息日，他们都是结伴来郊游的。查蒙迪山不是很高，从山脚到山顶的垂直高度不过500米，植被繁茂得看不到山顶，只能沿着一条两米宽的石阶道上去。

查蒙迪山是印度教的一座神山，第一个惊喜是这里的每个石阶都涂有胭脂。从山脚到山顶，数千米长的石阶走了近两个小时，该有多少级石阶？上山的虔诚教徒会一步一哈腰地给每个台阶

查蒙迪山的石阶梯

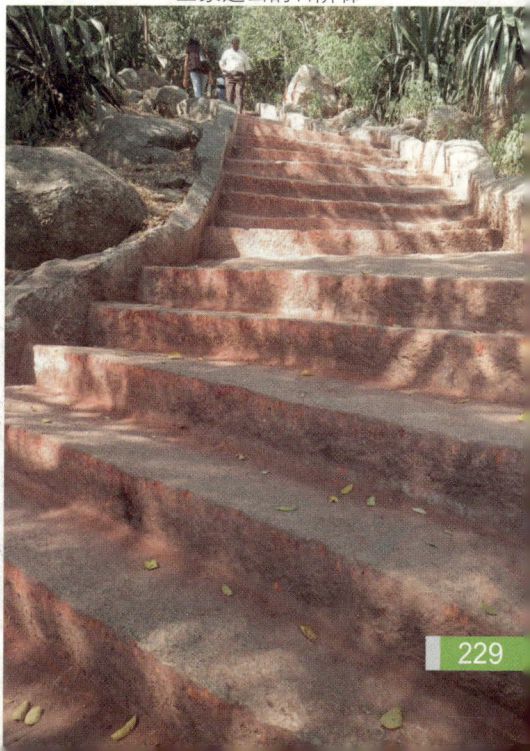

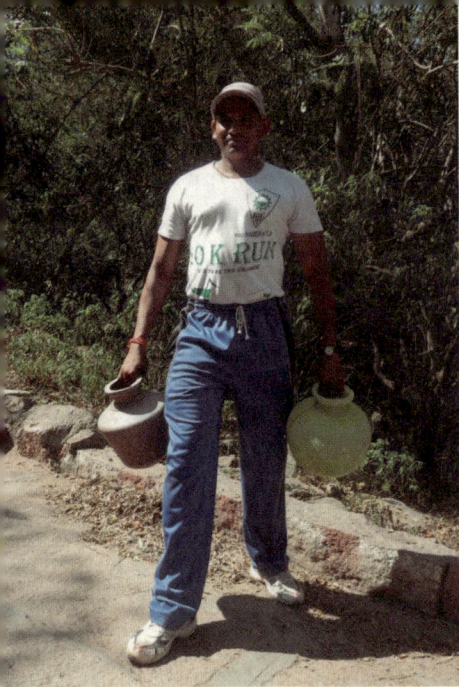
路遇神人，手拎两罐水下山，在练习功力？

点涂胭脂，他们要付出多大的辛劳！

山不算高但很陡，走得我浑身是汗，带来的水很快喝完了。天气太热，即使坐着不动也要冒汗，何况连续两个钟头的爬山，还顶着烈日。满山虽是植被，却唯独山路无遮荫之处，晒得头皮发烫，只好取出雨伞遮荫。印度人见我一个老头打伞爬山，可能从来没见过，都露出惊异的眼神。我呢，就当没看见，反正我是外来的，为了保证自己不中暑，怎么做都是对的。

第二个惊喜是半山看到一座神牛难提的雕像。塑像由整块巨石雕塑而成，高4.8米，黑色，是很吸引游客的景点。

第三个惊喜，是在快接近山顶时，遇到了一些带着面具，脸上涂着油彩的小朋友，他们在扮演印度神话故事中的角色，有的像

下山的印度姑娘们

半山一座神牛难提的雕像

扮演神猴的孩童

猴神，有的像猪八戒似的大鼻子象神，他们友好地摆出各种POSE配合拍摄，风趣又招人喜爱。

爬上查蒙迪山顶，才发现原来是一块像足球场一样大小的平地，有几座高大的建筑物，其中一座是印度教神庙，庙前广场人声鼎沸。这个庙不大，当天祭拜的人特别的多，只能分批进去，不少人手持鲜花在耐心排队。我参观过很多印度教寺庙，不想去凑那个热闹，便选择参观了附近的一个宗教博物馆。

印度教僧侣

山顶印度教神庙

Mysore
迈索尔（皇城）

长途交通

迈索尔铁路只有一座火车站，通班加罗尔、马德拉斯和浦那。班加罗尔每天有10班火车到迈索尔。从班加罗尔每半小时就有一辆开往迈索尔的空调大巴，用时4个半小时。坐车参考：金奈CENTRAL火车站到迈索尔，239公里，16222次列车，SL车厢，222Rs。

住宿推荐

迈索尔有很多酒店，下车后会有很多人上来拉客。推荐甘地广场周围或者王宫附近的酒店，交通比较方便。从火车站去那里，当地的三轮摩托车（aotu）车费不超过40Rs。甘地广场周围的小旅馆每间200Rs，带卫浴，没有热水。当地退房从入住开始起算时间，24小时为一天，超过24小时另算一天。

知名景观

迈索尔大王宫

又称Amba Vilas宫，印度撒拉逊建筑风格，之前是木质结构，1879年烧毁后由英国建筑师哈里•伊万重新设计，于1912年完成。最吸引游客的是气势宏伟的会客厅，里面有华丽的穹顶，吉祥图案的石柱，还有枝型吊灯、铸铁大柱、比利时染色玻璃等，按照印度神灵孔雀的方位排列。沃德亚王朝最高统治者镶满宝石的黄金宝座更是让人感到震撼。门票：200Rs。

迈索尔大王宫

迈索尔大王宫内景

艺术宫

陈列有陶制品、檀香木、象牙、奇石、家具、古代乐器等藏品。在这里还可以看到绘画大师拉伽·拉维·沃玛、俄罗斯画家伊万托斯拉夫·罗恩奇的作品，还有迈索尔传统的金叶画。门票：120Rs。

代瓦拉杰市场（Devaraja）

从Dhanvantari路到新区广场的Sayyaji Rao大道，是迈索尔最多彩的一条路，这里有市区主要的蔬菜、水果、杂货、饮食市场，从早到晚人头攒动，迷人风情吸引着世界各地的摄影师们前来捕捉镜头。

查蒙迪山

位于近郊，山上有印度教神庙，还有一座高4.8米的神牛难提的雕像，是周边印度教徒朝拜之地。不收门票。

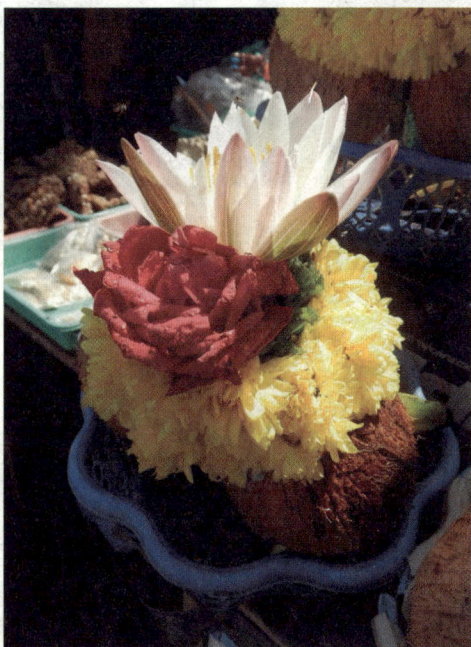

代瓦拉杰市场

迈索尔动物园

19世纪由国王投资兴建。园内饲养了很多国内外稀有动物，种植有大量珍贵植物。门票：20Rs。

■ 铁路博物馆

　　坐落在迈索尔火车站后面，现存许多罕见的实体火车头、车厢和铁路设施，并通过绘画、照片和铁路故事，展现了印度铁路的发展历程。门票10Rs。

　　此外，还有迈索尔大学里的民俗博物馆（Jayalakshmi Vilas Mansion）、迈索尔地区自然历史博物馆（新德里的自然历史国家博物馆的下属单位）、圣费米诺大教堂、甘地广场上的纪念钟楼、清真寺和城东7千米山脊上的Lalitha Mahal宫等。

迈索尔的众多景点

景点交通

迈索尔大王宫、艺术宫、代瓦拉杰市场、甘地广场上的纪念钟楼等景点可步行游览。如需乘坐当地的三轮摩托车（aotu），从王宫至市内不超过40Rs，至查蒙迪山往返150Rs，也可以乘坐公交车，路上经过迈索尔动物园。铁路博物馆可利用候车时间参观。

游览安排

第一天，上午甘地广场上的纪念钟楼、迈索尔大王宫、艺术宫；下午市区老街、代瓦拉杰市场。晚欣赏电影，当地电影院很多。步行。

第二天，上午坐公交车去查蒙迪山，在王宫附近坐车，25Rs。返回路上在动物园下车。下午，参观迈索尔大学。晚离开迈索尔，前往下一个旅游地。

特色饮食

代瓦拉杰市场有许多当地传统小吃摊，餐馆经营印度餐、西餐。

其他

迈索尔是南印度的文化与宗教中心，风景秀丽，有"印度公园"之称。当地的达萨拉节盛名远播。节日来源于印度神话盘达瓦王战胜魔鬼的传说。现在的达萨拉节已演变成为汇集舞蹈、音乐、戏剧的文化盛宴，为期9天。

惊叹的失落

来印度之前，我根本没有想到去汉皮，既不知道这个地名，也不知道在什么地方。在阿格拉，一位中国女驴友建议我去那里看看，还写了英文地名的字条，我查中英文对照版的印度地图没有找到。在科钦，遇到两个中国小伙子，他们也有去汉皮的想法，帮我找到了地图上的位置，但在马杜赖我们就分手了，因为后面行程不一样。于是，独自旅行了一大圈，先去了其他地方，最后我从迈索尔到了汉皮。

汉皮废墟

汉皮不通火车，火车先坐到浩斯皮特，之后换乘半个小时车程的汽车到那里。汉皮连镇子都算不上，只是一个小村，几十户人家，周围都是乱石岗。下车时，我根本无法相信这是古印度一个土邦的首都，但600年前她确实是土邦的首都。

眼前一片废墟，联合国1986年将其列为世界文化遗产地，这是印度面积最大、内容最丰硕的考古区。这个区域有多大？如果徒步将主要部分走完，至少需要3天！面对如此巨大的废墟，我发出了惊叹。

景区绝大部分都不收费，只有3个重要的遗址收联合门票250Rs。住宿没有任何星级宾馆，要住只有私人旅馆或者住老百姓的家里。一下车我立刻被一群拉客的包围住了，他们都希望我去他们那里住。见一个中年汉子敦厚老实地站在一边，便问他家有地方没有，什么价钱，我主动把生意给了他。

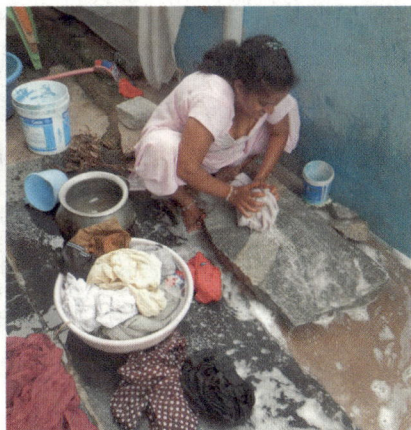

房东夫妇

汉皮村街景

他的家境不是很好，但人非常友好，家里很干净。我的住室和他的住室紧挨着，家里没有多余的摆设，只有生活必需品。他给了我一把锁，而他的房门无论有人还是无人都是敞开的，一方面可见对客人多么负责，另一方面又可见当地民风多么淳朴。在他家的两天，我只见过他两面，一次是下车跟着他到家，前后10分钟，给了我钥匙后他就离开了。再一次是在车轮大庙前，他卖明信片，我没有认出他，他认出了我，告诉我他是房东我才恍然大悟。能接触到印度老百姓，能深入了解到他们的生活状态，这也是我在汉皮的一大收获。

　　汉皮遗址不仅区域很大，而且建筑艺术、雕刻艺术极其精美，这让我再次惊叹不已。

　　据有关资料介绍，公元1336年，维查耶那加尔帝国（Kingdom of Vijayanagara）在印度南部的德干高原上兴起，领域包括今天的卡纳塔克邦、玛哈拉施特拉邦和安得拉邦，首都就是今天的汉皮Hampi。

　　汉皮因棉花和香料贸易而致富，成为中世纪世界上最美丽的城市之一。14~16世纪期间，富有的布迦王子兄弟在大臣诃利诃罗的协助下，建造了宏伟的"胜利城"，城里有令人赞叹的各式庙宇和富丽堂皇的宫殿。

　　如今走进古迹中，用巨大的岩石修建而成的寺庙随处可见，露天的王后浴室及巨大的阶梯看台依然显现出宫殿建筑的精华。可惜1565年达利戈达战役后，穆斯林占领了汉皮，胜利者在城中大肆抢掠达6个月之久，洗劫一空后，城市便成了现在的模样。

　　汉皮的旅游景点分布区域广泛，大致分为三个区域：

　　一、汉皮中心区：有地标维鲁帕克萨寺、Hemakutam寺（成龙拍戏的地

汉皮中心区遗迹

239

方）、Krishna寺、Hemakuta寺、Courtesau's街。

二、汉皮上区：通巴德拉河上游、维塔拉寺群区（音乐神柱、石制战

汉皮上区遗迹

车）、King's Balance区、Achyuta Rava寺。

　　三、汉皮下区：Zanana Enclosure区（莲花状房屋、花园、瞭望塔）、

汉皮下区遗迹

汉皮居民

赫扎拉罗摩寺、Mahanavami Dibba区、露天的王后浴室、地下寺庙等。

这座遗址城市最特别的地方在于，用巨大的岩石修建而成的寺庙随处可见，几乎所有建筑都是以石材为主体，这种视觉上的震撼在全印度的古迹中是独有的。以世界遗产的头衔重新包装的汉皮城，不仅让世人看到了已消逝的王朝文化，独具风采的艺术品，更重要的是它至今仍是人们朝圣的印度教中心。

许多中国来的旅行者十分喜欢这个地方，问他们为什么喜爱，有回答因为遗迹的，有说因为苍凉美感的，有说因为这里是成龙电影《神话》的取景地的。

行走在汉皮的遗址上，我总会有种异妙的感觉在心头萦绕，凝望那些散落在大大小小石头间的宫殿神庙，仿如跨越了时空隧道，看到了那个歌舞升平、商旅繁华的盛世，那个遍地黄金与珠宝、四处瓜果与牛羊的王朝……

与几百年前的汉皮默默相望，无语，对她会心微笑……

表面是一座被遗弃的废都，而她实际依旧活在全世界旅行者的心上。

Hampi
汉皮（椰城）

长途交通

　　汉皮不通铁路，先坐火车到浩斯皮特车站，出站坐公交206路，半小时车程到汉皮，车资16Rs。返程，一般情况下206路终点为浩斯皮特汽车站，直接去火车站的车次有固定时间，可向当地人打听。汽车站到火车站还有1公里距离，没有公交车，要坐tutu车、摩托车或者步行。火车参考：迈索尔至浩斯皮特，16592次列车，下午18：15发车，第二天上午7：42到，SL车厢，930公里，250Rs。

住宿推荐

　　不住浩斯皮特，直接到汉皮村住宿。当地没有星级宾馆，都是家庭旅馆和小招待所。一般每个房间100～400Rs。有卫浴，但没有热水。

知名景观

　　汉皮古遗址在印度所有的世界遗产地中面积最大、遗迹最丰富。
　　汉皮近百处景点绝大部分不收取门票，唯独Vittala Temple、Lotus Mahal、Zanana Enclosure需要购票（3处景点为联票，250Rs，一天有效），事实上它们的确是古城最棒、最具观赏价值的地方。

景点交通

　　步行需要安排2～3天。搭乘当地人开的摩托车、tutu车一日游、二日游，200～400Rs。

游览安排

　　方法一：1天。游览3个景区。比较紧张，像赶路。包车。
　　方法二：2天。第一天，上午汉皮中心区；下午汉皮上区。第二天，上午汉皮下区；下午中心区周边村庄，小市场，傍晚离开。步行，部分包车。

方法三：3天，一天一个区。步行，轻松愉快。

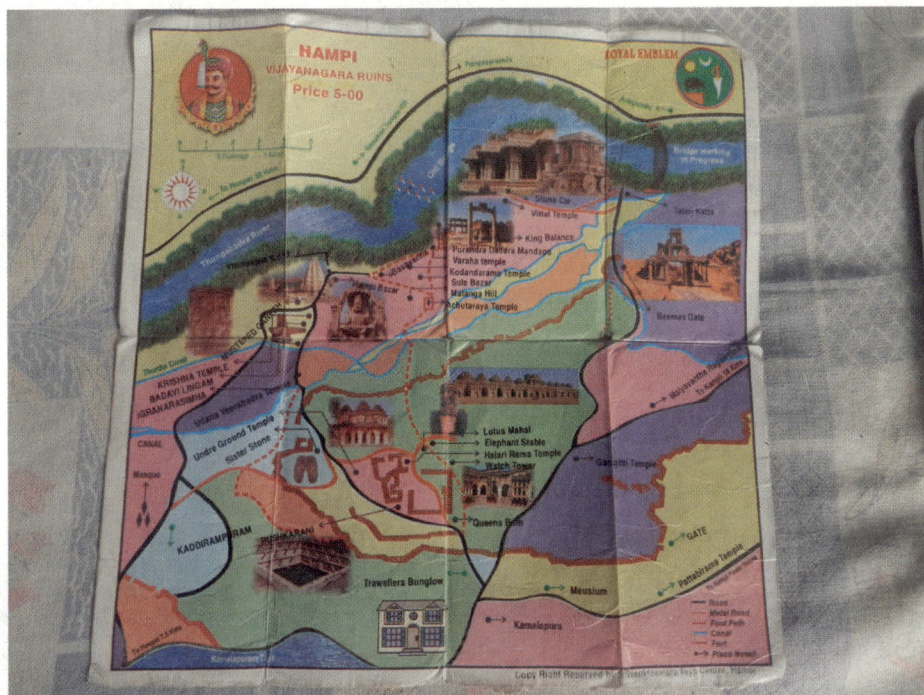

游览图

特色饮食

汉皮中心区地标Virupaksha Temple寺庙前是商业区，餐厅、礼品店、茶室等大多集中在这里。吃，在这里有很多选择，街上中文、日文、韩文、英文的招牌或菜单也很常见，还有一家西藏风味餐厅。不过，这里是宗教圣地，菜品基本都是全素。

其他

最佳旅游时间为11月至来年3月。

逐渐抚平的内疚

在海德拉巴参观四塔寺时，天气多云，一点也不适合风景照的拍摄，我找了好几个角度拍下的四塔寺都不满意。转到塔的南面时，正好有太阳光从云隙中投射出来，就在我按下快门的瞬间，一个七八岁的孩子突然闯进了镜头。

我很不高兴，向他摆摆手示意走开，他没有走开反而直对着镜头走来，还伸出了小手。要钱啊，我没好气地大声说：No！No！

对铺的一家人

孩子依旧没有离开，我只好移动位置。待重新找好角度，他又过来了。我有些生气，没等他开口，一边转移一边继续喊道：No！No！表示没有钱。

我跑到塔的西侧，他没有再跟过来，看到他流露出一种失望的神情。他向站在十几米远的母亲张望了几下，母亲示意他赶紧走吧。哦，这个孩子不是要钱的，是想让我替他拍张照片啊，好吧，等我拍完四塔寺再给他拍。但等我拍完回头看孩子时，孩子和母亲已经不见了。在塔的附近找了一圈，我依旧没有发现他们母子的身影。

印度人很喜欢照相，无论大人还是孩子，即使得不到照片，只是看一下相机里的身影也会十分高兴。我很懊悔处理得太简单，误会了孩子，没有满足他的愿望，每每想起他的失望眼神就有一种内疚感。

第一位对铺

从海德拉巴到加尔各答，即从印度中部到东北部，火车走了25个小时，这是在印度坐火车距离最远、时间最长的一次。从起点坐到终点，对铺先后换了四拨人。我主动和他们打招呼、聊天，愉快的交往使得我的内疚渐渐消失了。

头一个对铺是从海德拉巴上车的中年男子。他是手机软件工程师，带着一块泡沫塑料板回家乡去。他告诉我，那块两米见方的板是花了1000卢比制作的，用于家中对印度教神祇的祭拜。

他下车后上来的是一家子，祖母带着儿子、儿媳，还有小孙女。那个孩

247

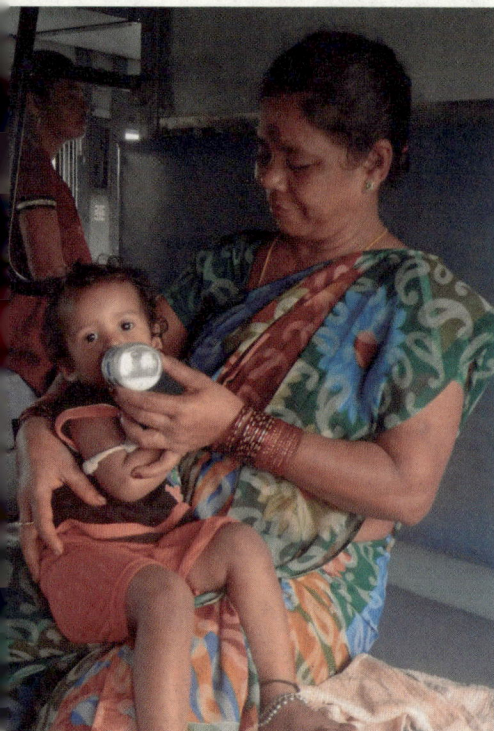
第二位对铺

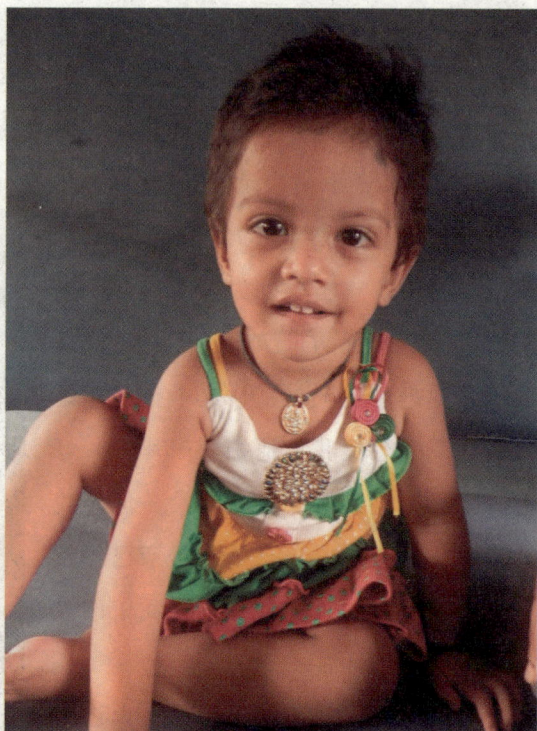
第三位对铺夫妇带着的一岁孩子

子只有一岁，非常可爱，只要我一逗她，她就会咯咯直笑，而别人逗她则不笑，跟我很有缘份啊。他们不会讲英语，我又不懂印地语，沟通虽然有些困难，但下车时他们一再说"再见"。

接着是一对年轻夫妇带着一个孩子，孩子是个1岁女孩。男的是做了5年的教师，每月收入有15000卢比，在当地属于中等偏下收入，妻子是全职太太，他们带着孩子去女方家探亲。双方英语都不是很好，我们只能用比划猜测的方式交流，但彼此都能明白对方的意思。

最后一位对铺是个家在加尔各答即将毕业的大学生。他的英语比较好，还耐心教了我几句印地语。我顺便向他打听了加尔各答的情况，以及到站后

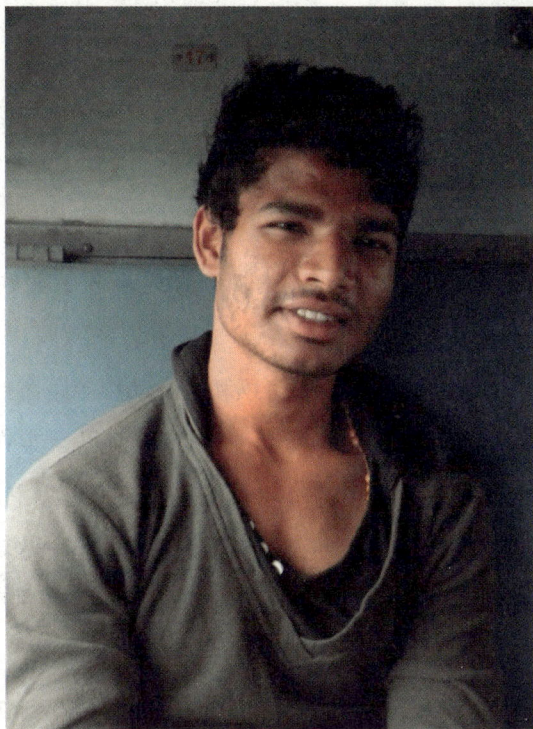

最后一位对铺

去背包客一条街——萨德街（Sudder St）坐车的方法。他一一告诉了我，还写在了纸上。他对我的手机非常感兴趣，问了价钱，说要比印度的便宜很多，问我能不能帮他买一个，我说，可以，但中国手机的中文操作系统你看不懂啊，买了没有用啊。他笑笑作罢。

火车驶进加尔各答的时候已经万家灯火，这个城市超大，从郊区到市中心走了一个多小时。

善待动物

在中国，无论城市还是乡村，野生动物很罕见，小孩子要识别动物，必须由父母领着去动物园；而在印度，整个国度就像一个天然的动物园，每天都可以和野生动物零距离接触。

到印度的第一天，在首都新德里，走在市中心的国王大道上，两耳不绝的是各种鸟类的鸣叫声，松鼠在身边蹦蹦跳跳，根本不怕人。让人惊奇的是，政府各部委办公大院里的树林里，居然栖息着一群群猴子，连总统府也不例外。它们养儿育女，成年累月生活在那里，没有人驱赶它们，也没有人伤害它们。

在印度旅游的三个月里，我不仅看到像猴子、松鼠、鸽子、梅花鹿这样的野生动物在每个城市里都有，到了乡村、郊野，更是野生动物的自由天地。毫不夸张地说，印度处处有神牛挡道、灵猴抢吃、百鸟不惊、松鼠欢跳的镜头。去动物保护区，不用走很远，极目所至就可以看到珍稀动物。在桑吉，曾看到野生孔雀翩翩起舞的情景，当时来得太突然，竟忘了抢拍。

印度野生动物资源非常丰富。在这些动物中，大象、神牛、蛇、猴子是印度人崇拜的动物。大象在印度的文化和社会生活中一直代表着温和憨厚。

加尔各答的动物园早在英国殖民时期就已闻名遐迩，到达后我特地参观了那里。一是想知道印度的动物园是什么样子，二是近距离地探访印度特有的四大野生动物。

加尔各答动物园占地面积不亚于北京动物园，收养的种类非常多，分成一个个小馆。动物馆舍没有北京的大，也没有北京的整齐漂亮，但门票绝对低廉，成人门票只要20卢比，相当于两元人民币，儿童票更便宜。许多收入不高的人都能带得起孩子经常前来观赏。

印度动物

倘徉在动物园,会发现所有动物笼舍与游人之间都有一道2～3米的"安全隔离带",主要目的是避免游人的喂食或逗弄干扰动物的正常生活,当然也有更好地保护游人免受凶猛动物袭击的考虑。除了拒绝游客投食挑逗、违者罚款外,动物活动区都和游人处于同一平面,体现了人与动物的平等。

这样做是出自观念的转化。过去,动物都被关在铁笼中,供主人和来宾近距离喂食逗弄。随着时代的发展进步,印度人意识到动物园更重要的职能应是保护珍稀动物,为那些在大自然中濒临灭绝的动物提供一个安全的避风港,帮助它们在接近自然的环境中繁衍生息,而娱乐大众的功能应该放在次要地位。如今游人可以直接看到印度野生动物王国中鼎鼎有名的"四大家族"——孟加拉虎、亚洲狮、印度犀牛和印度象,与它们进行前所未有的"亲密接触"。

孟加拉虎

在印度,人们把老虎尊为"国兽"。孟加拉虎是世界上奔跑速度最快的动物之一,它的体长可以达到10英尺,体重一般在180～260千克。优雅又不失敏捷的孟加拉虎自古悠闲自在地生活在印度这片富饶的土地上。目前,印度孟加拉虎保护区已经增至19个,覆盖面积达3.3万平方千米。比较著名的孟加拉虎保护区有:干哈国家公园、孙德尔本斯国家公园、科比特国家公园、卡兹然伽国家公园等。

亚洲狮

狮子被认为是丛林之王。亚洲狮是大约10万年前从非洲狮群中分离出来的一个亚种。较之非洲狮，亚洲狮的体形较小，鬃毛也比较短，且腹部的皮肤有长长的折痕。现在只有在印度古吉拉特邦的吉尔野生动物保护区里才能看到野生亚洲狮的身影。该保护区占地约1450平方千米，有大约300多只野生亚洲狮生活在那里。

印度犀牛

世界上一共有5种犀牛，即白犀牛、黑犀牛、印度犀牛、爪哇犀牛和苏门答腊犀牛。其中，白犀牛和黑犀牛生活在非洲，其他三种则属于亚洲犀牛，其中印度犀牛只生活在印度北部的阿萨姆邦和邻国尼泊尔的一些地区。

鉴别印度犀牛和非洲犀牛的方法是，一看犀牛角，印度犀牛头部长有一只角，而非洲犀牛则长有两只角。二看犀牛的皮肤，印度犀牛的皮肤上有深

深的折痕，好像穿了铠甲一样，而非洲犀牛的皮肤比较光滑，没有折痕。

犀牛都是食草动物。印度犀牛通常以青草、水果、树叶和农作物为食，其中高高的象草是它们的最爱。印度犀牛为了避免一天中气温较高的时段，通常会在早晨或是傍晚出来活动。它们的体重通常可以达到2000千克，寿命约为40年。在印度的阿萨姆邦，有两个野生犀牛保护区，分别是卡兹然伽国家公园和马纳斯野生动物保护区。

印度象

印度象是列入《国际濒危物种贸易公约》濒危物种之一的动物，属于亚洲象的一种，是亚洲大陆现存最大的动物，也是当今世界体型第二大的陆地动物（仅次于非洲象）。全身深

灰色或棕色，一般身高约3米，体重可达6吨。印度野象现约有2.5万头，占全部亚洲象的50%以上。给游客当坐骑的大象基本是人工驯养出来的家象，它们与野象的性情和外貌都有些许的不同。

想象一下吧，看着威风凛凛的孟加拉虎在你身旁不远的地方悠闲踱步，你的心是否会因此而狂跳不已？这种奇妙的观赏野生动物之旅，是否会成为你最值得回忆的人生经历之一？

加尔各答动物园内的雕塑——不堪负重的地球，这个雕塑表达的主题是，保护地球，保护生物，已经刻不容缓，让我们一起行动起来。保护动物，善待动物，让地球家园永远美好。

骑马俱乐部

踢足球的孩子们

地球不堪重负

与鲜花相伴的生活

印度不仅是野生动物的家园，还是鲜花盛开的国度。

印度人爱花，渗透到了骨子里，渗透到了生活的每个角落。

祭拜神祇，他们很少使用香料，而是使用鲜花。一把把、一束束，恭恭敬敬摆放在神祇的面前，这种敬拜仪式每天要进行数次，全民如此。

走亲访友，他们也多用鲜花表示祝福。走在大街上，如果有人向你示好，也常常会以一朵鲜花相赠。

鲜花

穿戴打扮，更是少不了用鲜花装饰。头上，脖子上，身上，手上，脚腕上，都是鲜花的领地。不仅女士们用鲜花妆扮，男士们同样可以用鲜花修饰自己：比如胸前袋口别一朵玫瑰，或者脖子上挂一串白茉莉，还有手拿着一朵花的……

印度鲜花市场

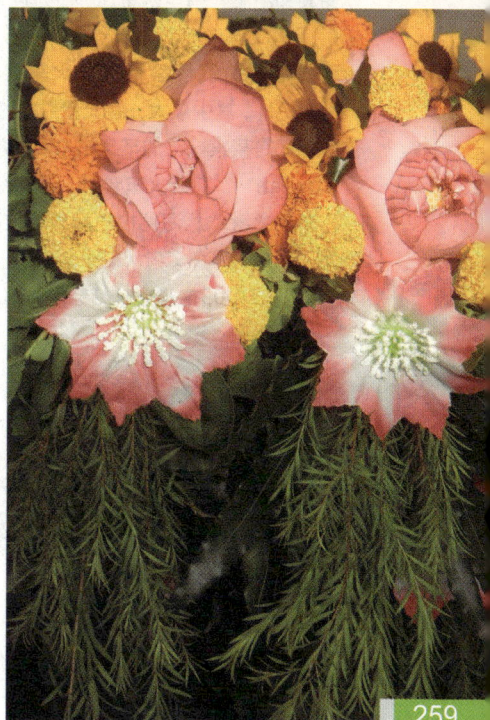

　　印度人口众多，大家天天都在使用鲜花，鲜花生产无疑是这个国家的重要产业，可想而知鲜花市场又该有多么的庞大。

　　自踏上印度国土的那天起，我就沉浸在鲜花的海洋中，没有一天不看到鲜花摊，也没有一天不闻到鲜花的芬芳。走到加尔各答，拍摄豪拉大桥时，我不经意发现桥下有一个巨大的鲜花交易市场，于是毫不犹豫地冲下去，用镜头展开了"扫街"行动，也目睹了印度鲜花市场的盛况。

Kolkata
加尔各答（衰城）

长途交通

　　航空、铁路、公路均可抵达加尔各答。

　　航空：加尔各答机场有一大一小两个候机楼，相距不远。大的主要供印度人使用，人很多，很热闹。小的专供外国人使用，人特别少，环境比较好。机场到市区主要乘坐出租车，建议近处打表，远处一口价，机场到背包客聚集地萨德街300Rs，上车前讲好更合算。

　　如果想省钱，坐公交车和地铁，可以出机场大门向警察打听公交308路停车点，注意机场不是308路公交车的终点站，20分钟才有一班，停车点距离机场还有一段路，坐到地铁线的达姆达姆站，车资10Rs，30分钟。下车点是加尔各答的另一个火车客运站平坦火车站（SEALDAH），同样也不是308路的终点站，所以要请售票员届时提醒一下。下车后坐地铁，6Rs，20分钟，到博物馆站，这里靠近背包客住宿地萨德街。

　　反之，这也是从萨德街去飞机场的路线。在达姆达姆地铁站找308路停车点，方法是：出地铁车站大厅往左拐，约50米，右边有一个小路口。顺小路口过去不远，走到一个三角形路口，街心花园里面有一个塑像。面对塑像往左拐，约300米远，有一个大路口。就在那里等候308路公交车。需要提醒的是：（1）308路公交车是招手停车。（2）人站在小路口，面对大街，乘往左边开的车。车就停在这个小路口的右首边。站在这个位置，能够看见左边不远处，有一个公路、铁路立交涵洞。乘车就是往那个方向去。（3）上车后，要特别提醒售票员到机场站时喊一下。（4）308路车等车时间长，乘车前先要计划好时间。

　　铁路：加尔各答有两个火车客运站。一个是平坦空地站SEALDAH，一个是豪拉站HOWRAH，其中最大、客流量最多的是豪拉火车站（Howrah R. S.）。一般情况下，火车票上显示的都是某某城市的某某站，而加尔各答的豪拉站，在车票上并不显示城市的名称，仅仅显示"Howrah"，拿到火车票时，要注意是哪个火车站。

　　车次参考：从海德拉巴塞康德拉巴德火车站到加尔各答豪拉火车站，742公里，下午16点始发，第二天下午17：45到，SL车厢，票价500Rs。从雅格方向过来，22911（19305）次列车，晚间23：03格雅火车站经停，第二天上午6：45抵达加尔各答。

住宿推荐

　　加尔各答最有名的背包客一条街是萨德街（Sudder Street），那里有许多中低档旅店。无论从哪个火车站出来，坐去印度博物馆INDIA MUSEUM 的地铁或公交车即可，下车就可以问到萨德街。

　　穷游背包客常住Hotel Paragon和Hotel Maria，条件简陋，是最便宜的两家。Hotel Paragon，多人间床位220Rs，双人间370Rs。公用卫浴。Hotel Maria就在Hotel Paragon的

隔壁。单人间300Rs，双人间350Rs。

条件稍好的旅馆有：morden lodge，在Hotel Paragon对面。单人间350Rs，双人间700Rs。CENTER POINT GH：单人间700Rs，双人间800Rs。CONTINENTAL GH：单人间400Rs，公共卫生间。

条件好点的推荐：Hotel VIP International，标准大床房，24小时热水，2400Rs。有电视、电话、空调，服务员会帮你拿行李。酒店：D.K.International Hotel，双人间2000Rs（含早餐），位于Marquis Street，邻近萨德街。

知名景观

胡格利河（Hooghly River）

河流南北走向，贯穿于整个城市，连接东西两岸的是豪拉桥。河西岸，是加尔各答豪拉火车站，车站西侧称为豪拉区。北面有白鲁尔庙（6千米），南面有植物园（8千米），都是加尔各答的知名景点。

白鲁尔庙（Belur Mutt）

印度教寺庙，是继承圣人摩克里希那教义的白鲁尔的弟子所建的寺庙，礼拜寺建筑以融合了清真寺、教堂和寺庙的风格而闻名。白鲁尔生前建立的罗摩克里希那传教会总部也在寺内，故这里又是世界印度教教会的总部和中心。

植物园（Botanical Garden）

位于城市西部，距市中心约20公里。从步行街或豪拉乘巴（55或56路）、小巴（开往E.Garden方向的）非常方便，车程1小时。园林建于1787年，是东印度公司以收集草药为目的建造的古老植物园，园内有12000种以上的植物。内有世界最大的榕树，高25米。园子很大，出示护照可以开车入内。开放时间：7:00~17:00，不收门票。

伯勒斯纳特耆那教寺庙（Pareshnath Temple）

又名希塔尔那吉寺庙Sheethalnathji Temple：加尔各答有两座耆那寺，一座位于胡格利河畔的斯威贝寺，另一座位于市区北方的迪格姆贝，通常提到的耆那寺是指迪格姆贝寺。迪格姆贝寺建于公元1867年，是加尔各答最优美的建筑物之一。石材、陶片、镜片、玻璃等建筑材料，使得格姆贝寺显得气派华丽。寺前的庭园有美人鱼、马其顿士兵、阿拉伯贵族等雕刻。这里还奉祀耆那教的预言者辛塔鲁那托的塑像，塑像被安置在银制的莲花座上，额头上镶有钻石。开放时间：7:30~12:00、16:00~18:30，不收门票，内部禁止拍照。

达克希涅斯瓦尔神庙（Dakshineshwar Kali Temple）

印度教圣地。位于加尔各答市北14公里处，坐落在恒河岸边。在那里总可以看到信徒们虔诚祈祷、闭目冥想的场面，有时还可以听到人们颂扬神灵的歌声。传说在胡格利河边洗洗手洗洗脚会变得神清气爽，乘着渡船吹吹风是令人心旷神怡的美事。开放时间：6:00～12:30，15:30～20:30；周六、周日休息。不收门票。神庙内禁止拍照。交通：在地铁达姆达姆站下车，坐9/1巴士，每15分钟一辆，需要25分钟。

泰戈尔故居（Tagore House/Rabindra Bharati Museum）

泰戈尔是印度家喻户晓的一位诗人、哲学家和印度民族主义者，是第一位获得诺贝尔文学奖的亚洲人。他的书房和卧室保持着原来的面貌，展室里陈列着一代文学巨匠孟加拉文的手稿。现在故居依然作为罗宾德拉•巴拉蒂大学（Rabindra Bharati University）的一部分，聚集着学习历史和艺术的学生们。附近还有用大理石建造的殖民地时期富豪的宫殿——大理石宫殿。开放时间：10:00～16:30；周一休息。门票：50Rs，进内参观需存包脱鞋，展室内不准拍照。交通：在地铁Girish Park站西南500米处。

纳科达清真寺（Nakhoda Mosjid）

加尔各答最大的清真寺，是一座巨大的圆顶会教寺院，两座塔高达46米，内部大厅可容纳1万名伊斯兰教徒同时祈祷。据说这里是仿照阿克巴大帝的陵墓建造的，内部空气流通顺畅，有好几个大厅。这里教徒们默默地诵读《古兰经》的情况会给你留下深刻的印象。开放时间：6:00～20:00；5:00、12:30、16:00、17:00是祈祷时间，比较拥挤，所以最好避开。交通：位于政府大厦北面1公里处，从麦丹公园北面、位于步行街的市内电车总站坐开往Bag Rajar的电车可以到达。坐地铁在Central或M.G.Rd.下车后大约还有700米。

阿苏托什印度艺术博物馆（Asutosh Museum of Indian Art）

位于加尔各答大学校园内。这个博物馆值得看的是Folk Art的收藏。二层展列有许多孟加拉各地画师和手艺人的民间手工艺品，还有很多从麦迪尼普尔出土的文物等。开放时间：10:45～17:00；周六、周日休息。不收门票。进内参观需存包脱鞋，展室不准拍照。交通：在地铁Central站向东300米处。

印度博物馆（Indian Museum）

1875年建造的意大利风格建筑物。馆内展示丰富的印度文化遗产，分为考古学、艺术、民族学、地质学、物产和动物学六大部门，其中考古学展厅陈列丰富，从印度的古文明时代到伊斯兰教时代的物品均有展示，佛教和印度教优美的艺术品也收藏于此。艺术部门展示了印度各地的纺织品、地毯、金属及象牙制的艺术品。民族学部门介绍印度各地的风俗习惯和风土人情。地质学部门号称亚洲最大的地质学展览馆。一进门右侧排列着巴罗克式塔门的浮雕，卜修拉荷出土的《写情书的少女》等石雕也深受人们喜爱。此外，还有很多动植物学、地质学的资料。二层展示微缩画、印花布、服饰、部落民族的用品等。慢慢看的话要花两天的时间，粗略地参观也要半天时间。开放时间：3～11月：10:00～17:00，12～2月：2:00～16:30；周一、节假日休息。门票：150Rs，相机费50Rs。交通：位于焦龙基路旁，在地铁Park St.站北面。

■ 比拉天文馆（Birla Planetariurn）

位于维多利亚纪念堂附近焦龙基路的麦丹公园一侧。开放时间12:00～18:30，周一休息，周日及节假日10:00～18:30。门票20Rs。

■ 尼赫鲁儿童博物馆（Nehru Children's Museum）

展有世界各国的人偶，孩子们的绘画等物品。位于从焦龙基路一直往南，过天文馆的地方。开放时间：11:00～19:00，周六、周日休息。不收门票。

■ 圣保罗大教堂（St.Paul's Cathedral）

这是一座启用于1847年，高约60米的哥特式基督教堂，内部装饰有色彩斑斓的玻璃窗，纯白色的建筑在周围红花绿草的掩映下，显得幽静而典雅。开放时间：9:00～12:00，15:00～18:00，免票，寺内禁止拍照。

■ 美术研究院（Academy of Fine Art）

收集了大量刺绣布、染布等，也有工笔画。乘市内电车在天文馆站下车，进入双岔路口的右面一条路就到了。开放时间：12:00～18:30，周一休息。门票5Rs。

■ 麦丹公园（Maidan Park）

位于胡格利河和焦龙基路之间的大公园、南北长约3千米，是市民休闲的好场所。免票。

■ 维多利亚纪念堂（Victoria Memorial Hall）

位于麦丹公园东南方，融合了文艺复兴时期和伊斯兰建筑风格的一座白色宫殿。高贵典雅，是加尔各答最美丽的建筑物。是1905年为纪念当时兼任印度皇帝的维多利亚女王而建造的，于1921年完成。石材仿照泰姬陵川克久拉霍纯白大理石建造，分博物馆和美术馆两部分。博物馆展品多达3500件，有25个展室。美术馆有印度史书，维多利亚时代的史迹素描，还有女王小时候用过的钢琴，两代总督的肖像画，以及从印度各地收集来的美术作品。维多利亚纪念堂里的Calcutts Gallery画廊，以古老绘画、地图、照片等形式描述了加尔各答以及印度的历史。开放时间：10:00～17:00，闭馆前1小时停止入场。周一、节假日休息。门票150Rs，禁止带相机。晚上维多利亚纪念堂有声光表演，时间：18:15孟加拉语，19:15英语；周一、节假日休息。演出票价：前排20Rs，后排10Rs。

■ 新威廉堡（Fort William）

位于麦丹公园的中央河畔附近，当年是英国统治印度的据点，建成于1773年。威廉堡一面临河，三面是壕沟，可随时引进河水，堡内侧有3层重墙，附近有美丽草坪。城堡内部至今由邦政府使用，不对外开放。

■ 伊甸园花圃（Eden Gardens）

位于麦丹公园的一侧，花圃内的水池种有许多睡莲、荷花，别具雅趣。水池旁有缅甸式的佛塔和露天音乐室，在此远眺胡格利河的落日，别有一番风味。

■ 沙希德尖塔（Shahid Minar）

麦丹公园北侧、焦龙基路附近，有一48米高的大圆柱，那就是沙希德尖塔。此塔集土耳其式圆形屋顶、叙利亚式圆柱、埃及式基座于一身，登塔顶可俯瞰加尔各答城，为纪念英国入侵尼泊尔（1814年）而建。

■ 迦利女神庙（Kali Temple）

位于市区南面的一座印度教寺庙，建于1809年，是加尔各答最具民俗气息的地方，据说加尔各答之名即源于此。乘坐沿焦龙基路运行的32、33路市内电车，在地铁Kalighat站下车，朝附近的Jatindas Park站方向住回走一点，在一个十字路口处左转就到了。开放时间：4:00～14:30；17:00～23:00。免票，神庙内禁止摄影，需脱鞋才能进入。

■ 动物园（Zoo logical Garden）

园内遍植热带林木，1876年为纪念爱德华七世来访而建，园内的动物采取开放式饲养，其中以白虎最为著名。位于麦丹公园南边，从步行街乘往迦利女神庙方向的巴士或市内电车在动物园站下车。开放时间：9:00～17:00，周四休息，门票20Rs。

■ 萨德街（Sudder St），焦龙基路（Jawaharlal Nehru Rd），新市场（New Market/Chandni Chawk Market）

位于麦丹公园东面一侧，是加尔各答最热闹的大街，周边是欧洲风格建筑群，街道旁大饭店、餐馆、工艺品店林立，店铺有2000余家，从纱丽店、珠宝店、书店到食品店等无不尽有，购买时需要耐心地跟老板讨价还价。

■ 仁爱会总部（Mother Teresa of Calcutta、Cali love will、MOTHER'S HOUSE）

位于萨德街之东的一条主街上，从萨德街走到那里大约半小时，向当地人询问，几乎人人都知道。1979年诺贝尔和平奖获得者特蕾莎修女曾在这里工作了一辈子，其献身慈善事业的事迹为世界人民所敬仰。上午开放参观，不收门票，志愿者还可以在这里做义工，工作时间不限。

景点交通

加尔各答的主要景点，大多数可以乘坐地铁METRO到达。周一至周六正常运行，周日上午关闭，下午15点到晚上22点运行。人工售票，约10分钟一班车，票价按里程收费，4～8Rs，从北至南17个车站，依次是：•Dum Dum•Belgachia•Shyambazar•Sovabazar•Girish Park•Mahatma Gandhi Road•Central•Chandni Chawk•Esplanade•Park Street•Maidan•Rabindra Sadan•Bhowanipore•Jatin Das Park•Kalighat•Rabindra Sarobar•Tollygunge。

游览安排

精华一日游

　　早餐后坐地铁或者出租车去卡利女神庙Kali Temple。游毕沿着Shyama Prasad Mukherjee Rd参观人行道上的露天农贸市场（两小时）。返回后沿焦龙基路Jawaharlal Nehru Rd.游览沿途各个景点，先沿着焦龙基路东侧南下，而后沿着焦龙基西侧北上。先是印度博物馆Indian Museum（3小时）—午餐后比拉天文馆Birla Planetariurn（半小时）—尼赫鲁儿童博物馆Nehru Children's Museum（半小时）—圣保罗大教堂St.Paul's Cathedral（半小时）—美术研究院Academy of Fine Art（半小时）—麦丹公园 Maidan Park（走过）—维多利亚纪念堂Victoria Memorial Hall（两小时）—新威廉堡Fort William（走过）—伊甸园花圃Eden Gardens（走过）—圣约翰教堂St Johns Church（走过）—沙希德尖塔Shahid Minar（走过）—新市场New Market/Chandni Chawk Market购物、晚餐（3小时）—胡格利河Hooghly River、豪拉大桥、豪拉火车站（1小时）。

轻松三日游

　　第一天，上午印度博物馆，下午沿焦龙基路Jawaharlal Nehru Rd.游览沿途各个景点，先沿着焦龙基路东侧南下，而后沿着焦龙基西侧北上。比拉天文馆Birla Planetariurn—尼赫鲁儿童博物馆Nehru Children's Museum—圣保罗大教堂St.Paul's Cathedral—美术研究院Academy of Fine Art—麦丹公园 Maidan Park—维多利亚纪念堂Victoria Memorial Hall（两小时）—动物园—国家图书馆（距离动物园很近，步行5分钟）—然后折回—新威廉堡Fort William—伊甸园花圃Eden Gardens—圣约翰教堂St. Johns Church—沙希德尖塔Shahid Minar—返回旅馆。

　　第二天，先去参观仁爱会总部，之后去曼地尔庙—豪拉火车站—植物园—白鲁尔庙Belur Mutt—返回火车站后步行回游豪拉大桥—桥头市场—泰戈尔故居Tagore House/Rabindra Bharati Museum—返回后到新市场New Market/Chandni Chawk Market购物、晚餐。

　　第三天，早餐后坐地铁或者出租车去卡利女神庙Kali Temple。游毕坐地铁去伯勒斯纳特耆那教寺庙Pareshnath Temple，达克希涅斯瓦尔神庙Dakshineshwar Kali Temple（下地铁后步行或者搭乘tutu车）。回来萨德街Sudder St，焦龙基路Jawaharlal Nehru Rd购物、晚餐。

特色饮食

　　萨德街是印度唯一的唐人街（现在已没有中国人经商），除了印度餐馆、西餐馆外，还有中餐馆，有兴趣的可以去品尝。

　　三明治：在Mirza Ghalib Street，邮局对面，从萨德街走到底左拐过了 Center Point 不远就是那家摊位，他家的蔬菜三明治很不错，黄瓜青椒洋葱土豆胡萝卜西红柿CHEESE，再烤一下，35Rs，味道很好。

FOOD PLAZA：印度博物馆附近，他家的炒面和MOMO都不错，价格实惠。MIX VEG CHOW 55Rs，蔬菜多，味道好，也很干净。

　　RADNI：在Mirza Ghalib Street，LP有推荐，他家的MUTTON BHUNA，80Rs，PLAIN RICE 18Rs，羊肉很地道，味道很棒，就是量小了点，他家的米饭最便宜。

　　PRINCE：挨着RADNI，他家的MUTTON BHUNA 和PLAIN RICE和RADNI价格一样，味道也没啥差别，羊肉也很好吃，但是客人太多，早餐供应有奶茶，晚上没有，他家的MIX VEG 20Rs，可以加上ROTI，再来杯奶茶当早餐吃。

　　在ESPLANADE BUS STAND 有很多水果摊位，香蕉3根10Rs，橘子5个10Rs。

其他

　　去特蕾莎修女（Mother Teresa）创建的仁爱之家做义工：做当天临时义工，带上护照早上7点前到Mother House即可。做更长时间的义工需提前登记，周一、三、五下午15点在仁义之家附近的register登记，找不到就去Mother House问在哪里。仁爱之家有许多不同的Center：孩子的，无家可归者的，垂死病人的，不同的Center对义工有不同的要求。你可以自己选择，也可以让管理者指派Center。　Mother House每天早上为义工免费提供早餐，水果、面包、热奶茶，7:20左右早餐时间结束，开始祷告并用歌声送别即将离开的义工。之后跟随不同的队伍去工作地工作，上午工作到12:00，一般不超过12:30，10:15～10:30是Tea Time，工作地会为义工免费提供饼干和热奶茶；下午工作通常是15:00～17:00。做义工的最后一天，早餐时间结束后，可以在管理处领取纪念品。

Darjeeling
大吉岭（雪城）

长途交通

　　从加尔各答到大吉岭没有直达的火车，必须先坐到西里古里（Siliguri），然后从那里转乘吉普车。从加尔各答到西里古里，500多公里，12个小时，SL，350Rs，在锡尔达火车站上车。可以乘坐tram（印度的有轨电车）到那个火车站。火车抵达西里古里的新杰尔拜古里（NJP）火车站。

　　西里古里是交通枢纽，北上可到大吉岭、锡金，南下接通加尔各答，往西是比哈尔邦的印度平原，往东可通阿萨姆邦的首府古瓦哈提。去大吉岭，最便捷的方式是坐吉普车，每位170Rs，3小时，每车10人。也可以乘坐80公里长的喜马拉雅铁路（绰号玩具火车）到大吉岭，那是一条窄轨铁路，只有60cm宽，1999年被联合国教科文组织宣布为世界遗产。公路和铁路交通经常由于雨季的泥石流而中断。

　　最近的机场在西里古里附近的巴格多格拉，距离大吉岭大约93公里。印度航空公司、Jet航空公司和德干航空公司是3个主要运营商，经营连接德里、加尔各答和高哈蒂的航线。

住宿推荐

　　当地有不同旅店，一般双人间都是300Rs。

知名景观

　　大吉岭以茶叶和大吉岭喜马拉雅铁路闻名世界。

大吉岭茶园

　　在英联邦国家，大吉岭茶是上好的茶叶代表。其红茶汤色橙黄，气味芬芳高雅，上品带有葡萄香，口感细致柔和，被誉为"茶中的香槟"。一丛丛茶树整齐地排列在海拔750～2000米以上的山坡上，树龄多在百年，茶工们身穿红底绣花的民族服装，把茶筐带子勒在额头上，以头代替双肩承担筐子的重量，这种打扮和劳作的方式极具地方特色。据说这里的第一棵茶树是由英国殖民者从中国引进的，最早的茶叶技师也来自中国。

■ 大吉岭喜马拉雅铁路

它将市镇和山下的平原连接起来，是印度少数还在使用的蒸汽机车的铁路之一，1999年被联合国教科文组织宣布为世界遗产。

■ 老虎山、帕德马加·奈杜 – 喜马拉雅动物园、寺院

都是值得参观的地方。哥特式教堂、总督官邸、大吉岭种植园主俱乐部以及当地民居，佛教寺院的宝塔，均有建筑特色。古姆寺（距离市区8公里）、不丹寺还保存着古代佛经手稿。

景点交通

在大吉岭人们通常步行，也可以骑自行车、摩托车，或乘坐出租车。

游览安排

需时两天。

第一天，乘坐喜马拉雅铁路"马克吐温号"小火车，从市中心走到火车站也就10分钟。小火车分单程线和环线，环线全程3个多小时，从大吉岭出发，最后返回大吉岭，票价240Rs。单程线比环线便宜，有5站，按站计费。有一等座和二等座之分，一等座的价格是二等座的三四倍。买二等座的话只要20Rs。建议坐到第三站索纳达(SONADA)，票价24Rs，车程90分钟。小火车时速很慢，适合观光旅游。沿途风景很美。下火车后步行返回，一路参观茶叶园、寺院。也可以乘坐吉普车返回，路上有很多返回大吉岭或前往西里古里的吉普车。晚上去酒吧听歌，大吉岭被认为是一个音乐中心和音乐爱好者的圣地，唱歌和演奏乐器是居民最为平常的消遣，西方音乐在年轻人中很流行，大吉岭是摇滚音乐的主要中心。

第二天，一早先去老虎山（Tiger Hill）看日出，可以看到世界第三高峰——干城章嘉峰。返回后去锡金首府甘托克，大吉岭有许多直达那里的吉普车，需办通行证，在大吉岭就可以办理。从汽车站步行至办理通行证的办公室只要10分钟，问当地人在哪里办去Sikkim的Permit即可。如果再有时间就在城区闲逛、购物。大吉岭有几座寺庙，有的就在城中心，有的坐小火车会途经，有的在山上，问路人，不难找。

特色饮食

　　馍馍，一种将猪肉、牛肉和蔬菜包在面皮里制作的蒸饺，再放入汤里食用。歪歪，一种将面条包裹起来的小吃，可以干吃，也可以带汤吃，还可以用奶牛或牦牛的奶制作的硬奶酪——车皮伴着吃。土卡帕，一种带汤的面条，在大吉岭也很流行。大吉岭红茶，最流行的饮料，产自著名的大吉岭茶园，此外还有一种用当地粟制成的啤酒——昌。

其他

　　大吉岭位于印度的大东北，不仅是外国背包客喜爱的地方，也是印度本国人常选择的旅游度假地。全城依山而建，一条主干道，坡度很大，有点像西藏的樟木。这里海拔两千多米，气温比西里古里要低不少，冬天来时衣服要穿够。

帮助苏加塔

苏加塔是救助乔达摩·悉达多的牧羊女的名字，她住的村庄后来就被叫做"苏加塔"。到菩提伽耶的第二天清早，我去寻找这个村庄。天蒙蒙亮出门，看到不少没有钱住宿的佛教信徒都是就地睡在大街上。

按照攻略指点的方向，我走出了菩提伽耶好几里路也没有找到。问当地老乡，老乡说很远，究竟有多远，他们的语言我听不懂，只好按照自己感觉的方向走，但最后也没有找到。不过，将错就错的访问，使我看到了其他村子的真实情况。

返回后整个上午参观摩诃菩提寺。午餐后，退房，存包，然后我继续寻找苏加塔。

走在街上，正巧碰上到达当晚免费用摩托车载我去泰国庙的一位老师，他会讲简单的中国话，告诉我苏加塔在菩提伽耶的东面，沿当下道路走到缅甸寺再向东，过河就是。我一早也是依据一座缅甸寺的方位找过去的，但不清楚还有一座缅甸寺，难怪找不到啊。

走到桥东的缅甸寺的路口，再次碰到了这位老师，他热心邀请我坐他的摩托去，我没有好意思上他的车，而是继续步行。桥上有位19岁的小伙子和我同一方向，我们边走边聊。小伙子英语非常流畅，在大专学校学习，告诉我他们村离苏加塔村不远，边上也有古迹，于是我跟着他先去看了"库塔"——古代印度佛教寺院的宝塔遗迹。

他家就在库塔的边上，我问可否去家里看看，他答应了，于是我见到了他的爸爸、妈妈和妹妹，看了他们的家，他们的土地，他住的小屋。当地农民主要种植水稻，旱地则种植咖喱——印度饮食中不可缺少的烹调原料。咖喱是一种能结出巨大果实的植物，我还是第一次见到。

佛祖曾经沐浴过的尼连禅河

　　小伙子叫萨热玛，家里地不多，应该算穷人。穷苦人家培养一个大专生肯定是不容易的。虽然很穷，但这家人见有一个外国人来访非常的客气，很快泡来一杯奶茶递到了我面前。这让我体验到印度人和中国人一样，有"有朋自远方来不亦乐乎"的感觉。

　　走出萨热玛的家，我又遇上了骑着摩托车的那位老师，这是我到菩提伽耶后与他的第四次相遇，惊异之外感觉和他有某种缘分了。萨热玛告诉我，这位老师当年教过他，他也曾在"苏加塔小学"学习过。老师说正要回学校，提议我一起去学校看看，于是我坐上了他的后座，萨热玛也开了辆摩托车跟上。

　　"苏加塔小学"就在苏加塔村头。那天是星期天，学校不上课，但我见到了在校门口操场上玩耍的孩子们。苏加塔村非常贫穷，民居几乎一色茅草房，砖瓦房几乎没有看到。学校是唯一的砖瓦房，也是最好的建筑，但也只有一间办公室，两间教室。

　　我让老师打开教室看看，只见里面漆黑一片，原来教室的窗户不是玻璃

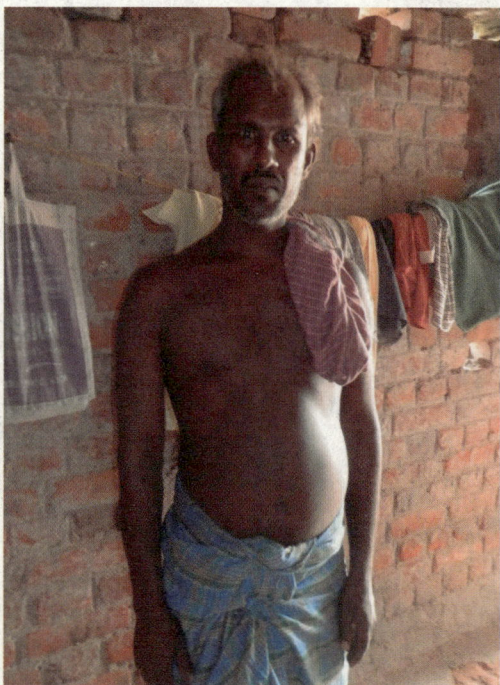

萨热玛的家和家人

咖喱种植园

村头合影

的，而是木板的，来人开窗，走人关闭，还免去了玻璃被打破的担忧。教室里没有座椅板凳，孩子们都是席地坐着学习的。

老师告诉我他叫库玛，自师范学校毕业后就在这里工作，萨热玛就是他教出来的早期学生之一。尽管学校条件极差，但库玛热爱这里，热爱孩子，始终坚守在教师的岗位上。

校舍

教室

旅行者赞助的水井

孩子们

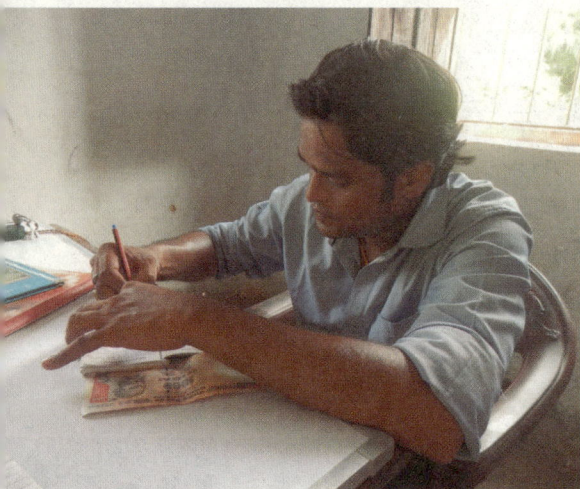
库玛老师

劳作中的村民

　　我发现，他和孩子们的关系很好，孩子们见到他都像见到亲人一样，没有一点生疏感。萨热玛也说，库玛老师非常好，他们非常喜欢这位老师，如果不是老师的鼓励，自己也不会学习到大专。

　　库玛老师说，菩提伽耶很穷，农村更穷。印度政府很重视教育，但只能救急不救穷，现在学校的一切都来自佛教徒的捐赠。校舍、村民和孩子喝水的井，还有孩子们的笔和作业本，自己使用的电脑，都是捐赠的。

远处的山，大概还有十几里路，那是佛祖修行了6年的地方

　　我翻看了学校的留言薄，上面用各种文字写着鼓励和赞扬这所学校和库玛老师的话，应库玛老师的邀请，我也提笔写道：

　　我来自中国北京。为寻找菩提的真义来到印度，来到菩提伽耶。一个偶然的机会，在苏加塔村，认识了这所学校的老师和同学。我为老师在如此艰难的环境下努力工作而感动，也为牧羊女的子孙今天的贫困生活而难过。不过，我想，一切都会改变的。回国以后我会向中国读者介绍这位老师和这所学校，让更多的中国人关注这所学校，也希望这个曾经给了佛祖帮助的地方的百姓，日子一天天好起来。

　　　　　　　　　　　　　　　　　　中国朋友　　徐天铎

佛祖曾在这棵大树下被牧羊女救助过

　　离开苏加塔小学，库玛老师、萨热玛同学带我去看了牧羊女救助佛祖的地方。那个地方离村子还有两里路，也是在一棵大树下。根据常识判断，如果是原树，树龄绝对应该在3000年以上，实地看到的情况还真差不多，附近还有几棵类似的大树，我相信那是一棵原树。

　　这棵树不是菩提，是大榕树，树底中央有一个巨大的空洞，前后相通，据说佛祖曾经在洞内躺过，我坐了进去，库玛老师帮我留了影。

Gaya·Nalanda·Rajgir·Bodh Gaya
加雅·那烂陀·王舍城·菩提伽耶（佛城）

长途交通

菩提伽耶Bodh Gaya、王舍城Rajgir、那烂陀Nalanda是印度的佛教胜地，它们最靠近的火车站是加雅Gaya。菩提伽耶距离加雅13公里，那烂陀距离加雅70多公里，王舍城在那烂陀与加雅的中间，与那烂陀距离10多公里。

乘车参考：从加尔各答豪拉火车站至加雅站，202公里，12175次列车，下午17：45发车，第二天凌晨1：45到，SL车厢，票价250Rs；13009次列车，晚上20：35发车，第二天早上4：55到，SL车厢，250Rs。

大吉岭到加雅，乘坐吉普车到西里古里，再坐到加雅的汽车。14个小时的车程，下午16点发车，第二天上午6点到，450Rs，在西里古里穿过一个嘈杂的集市后便是汽车站，如果不找中介，车费会更便宜。

住宿推荐

凌晨到加雅，建议先游那烂陀、王舍城，之后去菩提迦耶住宿。如果下午到加雅，直接去菩提伽耶住宿。菩提伽耶有很多寺庙为朝圣者和旅行者提供住宿，推荐：

BURMESE VIHARA 缅甸寺

菩提迦耶有好几个缅甸寺，这家位于从加雅过来的路上，建的比较早，离菩提大庙走路10分钟。信众住宿免费，走时自愿捐款。新楼的三人间带卫生间，房间卫生条件一般，旅游者一般400Rs。

泰国寺

住宿房间漂亮干净，经常客满，食宿免费，走时自愿捐款。负责人吴玉凤，泰籍华裔，会讲中文，可以提前邮件或者电话预定。

中华寺

单间600Rs，多人间300Rs/铺。

韩国寺

食宿免费，可以自己做饭，寺庙很小也较远，过了泰国寺还要走一大段路。

建议：当寺庙客满时，可以去大菩提寺附近的商业街找旅馆，最便宜的单人间，带卫浴，没有热水，200Rs。

■ 摩诃菩提寺（大菩提寺）（Mahabodhi Temple）

佛祖悟道的地方，位于菩提伽耶。大菩提寺边上的菩提树下就是佛陀悟道的地方。参观免票，带相机100Rs。脱鞋进入，存鞋免费。

摩诃菩提寺

■ 灵鹫山（Vishwa Shanti）

佛教八大圣地之一，即佛经以及《西游记》中提到的"西天灵山"，位于王舍城。参观免费。山不高，可以徒步上去。坐缆车，每人50Rs。山上有一处能容纳10多人的平台——释迦摩尼的说法台，迄今香火不断。附近稍高一点的山是多宝山，山顶有日本人设计修建的世界和平塔。

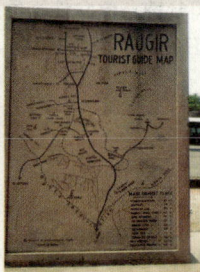

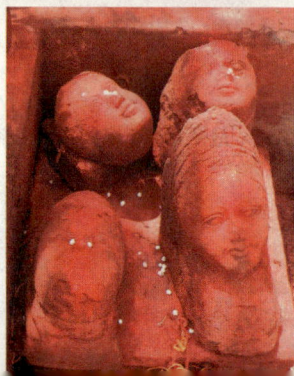

灵鹫山

那烂陀遗址（全称那烂陀僧伽蓝）（Nalanda）

位于那烂陀。佛陀曾于此说法三月，佛祖涅盘后，帝日王即于此处创建伽蓝。后成为印度佛教史上最大的寺院，也是世界第一所佛教大学的遗址，曾拥有上万名学生、2000名教师和900万卷藏书。唐僧也曾在这里学习。门票100Rs。附近建有唐玄奘纪念馆，门票50Rs。

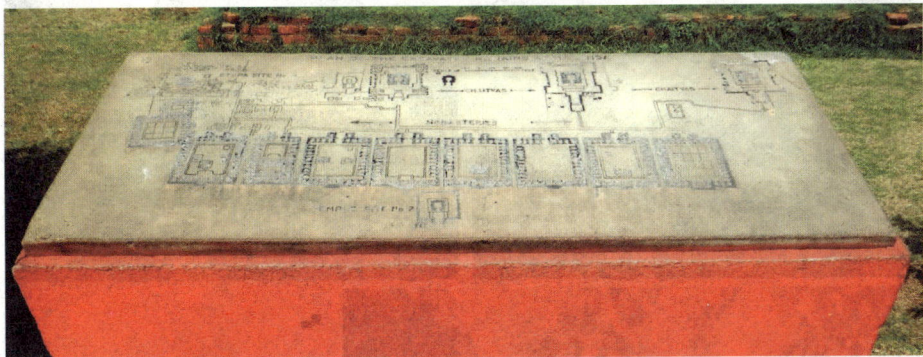

那烂陀遗址

各国寺庙

　　位于菩提伽耶，20多座，造型各异，构成了壮丽的寺庙群。有中华寺、宁玛（红教）寺、孟加拉寺、泰国寺、日本寺、缅甸寺、藏传佛教寺、GREAT BUDDHA STATUE巨佛等。

各国寺庙

苦行林、苏加塔村（Sujata Village）

佛陀悟道前活动过的地方，位于菩提伽耶。从最早的缅甸寺门口对着的一座桥走过去，过河进村子有个STUPA，这个STUPA是后来重建的，继续往前走，穿过农田就是当年牧羊女救助佛祖的地方。

苦行林、苏加塔村

景点交通

去那烂陀，在火车站前坐长途客车，70Rs，车程3小时，停那烂陀路口；再坐tutu车或者马车到那烂陀遗址处，10分钟，10Rs。与遗址大门相对的是遗址博物馆。从遗址大门前行1.5公里是唐玄奘纪念馆。

返回那烂陀路口，坐返程车去王舍城，10Rs，1小时车程，下车后坐马车去灵鹫山，100Rs。

再坐返程车到加雅火车站，50Rs。再坐tutu车或拼车，20Rs，到菩提伽耶。

游览安排

两天。第一天，那烂陀、王舍城。第二天，菩提伽耶大菩提寺、各国佛庙、苏加塔村。

特色饮食

大菩提寺外的商业街上有许多当地的饮食便当。米饭咖喱，外加两个小饼，20Rs，味道很好。还有现做的印度甜点，3~4Rs/个。

其他

菩提伽耶邮局离大菩提寺很近，上午11点开门。

仰望星空看到的你

在瓦拉纳西待了四天三晚，我住的是一家条件不错的旅馆，不少欧美背包客也住在这里。从旅馆去古城、去恒河只有15分钟路程，跑出去累了可以随时回来休息，非常方便。

五楼上面是个大天台，站在上面眺望市区尽收眼底。晚上天台也是休息的地方，拉起几张行军床，躺在上面仰望星空，享受清风的吹拂，好不惬意。由于房间闷热没有天台凉快，于是洗完澡后我索性锁上房门，跑到这里睡了两个晚上。

望着星空，看着北斗，星转斗移，遐想翩翩。瓦拉纳西的夜空，苍穹的中心是墨蓝色的，靠近城市边缘的上空则有薄薄的雾气，说明当地空气也有了一定程度的污染。星星不是很多，不时有飞行器从空中划过，天快亮的时候还有不少燕子在空中飞舞。

我开始盘点访问瓦拉纳西的印象：没有恒河的瓦拉纳西是难以想象的，这里的条条道路通恒河；而有了恒河的瓦拉纳西又是匪夷所思的，这里传统与现代并存，圣洁与污浊混搭，无时不刻不在挑战你的感官极限。瓦拉纳西作为印度的文化中心，声名远播；而来过这里的人，则对它口碑不一，各有说辞。我的印象绝没有故意埋汰的成分，只是看问题的角度不同。

印象一：没有多少古建的历史名城

瓦拉纳西是恒河中游的古老圣城，其历史可以追溯到6000年前。中国高僧玄奘造访这里时，看到这里"天祠百余所，外道万余人"。奇怪的是，有着如此悠久历史的古城，居然不像印度北部其他历史名城有古堡有宫殿，这里没有保留下多少古迹，就连200年历史以上的建筑也踪迹难觅。

鹿野苑，佛祖释迦牟尼开悟得道后第一个传道的地方，离市区10多公里，现在只是一处遗址地，早期建筑荡然无存。

据说这里是印度教湿婆神创造的城市，而供奉湿婆神的古老金庙也不过建于1776年。金庙有座金黄色的尖塔，据说用了880千克的黄金，非印度教徒是不允许入内参观的，站在狭小的巷子里，就是踮起脚尖伸长脖颈也看不到它的面貌。

能作为这个城市名片的，最为壮观的，是恒河左岸一字排开的上千座庙宇。有的宏伟壮丽金碧辉煌，有的小巧别致精雕细刻，虽建筑风格各异，形状多姿多彩，但仔细看也都是现代砖瓦水泥制成的作品。只有庙宇墙角上带有做工精巧的石雕佛龛以及鎏金的房顶，还能给人留下古老东方文明色彩的印象。我非常赞同美国作家马克·吐温当年来这里讲学时的幽默，这座城市"比历史古老，比传统古老，甚至比传说还要古老。它看起来比所有这一切加起来还要老上两倍多"。

能反映古老印度宗教文化的，只能在市民的日常生活中找到，在恒河岸边进行的三大活动中找到——河祭、沐浴和焚尸，此外还体现在宗教节日中。瓦拉纳西每年的宗教节日有400多个，有时一天要过两次节，这些宗教节日活动几乎都是在那些寺庙里进行的。

古老的文化还能在大学里找到。瓦拉纳西自古重视教育，是文化学术的交流中心，这个城市的贝拿勒斯大学是印度最高的学府之一，也是收藏和研究印度宗教文化的中心。要读懂瓦拉纳西，那里是必到之处。校园面积极大，步行几个小时依旧还在她的范围内。学校设有100多个院系，拥有两万名学生，学校的博物馆是东方文明研究中心，藏有大量的雕刻艺术品。

留在这座城市的历史记忆

印象二：按照神祇安排的方式生活

瓦拉纳西的地位犹如基督教的耶路撒冷，是印度教徒心中的圣地。中国唐朝高僧玄奘当年历经千辛万苦，最终要到的极乐西天，指的就是瓦拉纳西。印度教徒认为的人生四大乐趣——"住瓦拉纳西、结交圣人、饮恒河水、敬湿婆神"，有三个要在瓦拉纳西实现。

我观察到：无论是朝圣者，还是生活在这里的居民，他们似乎都是按照神祇的意思生活着的，他们有着极强的承受力和适应力。

印象之三：修行僧

在瓦拉纳西，聚集着大量的修行僧。这些修行僧大多淡定而坐，手持象征湿婆神的三叉戟，深邃的目光蕴含着望尽尘世的超脱与释怀。他们不着一物，裸体暴露自己于人前，没有丝毫羞怯，没有丝毫冲动，泰然自若。

他们把"以天为衣，以四方为家"之神祇精神演绎得淋漓尽致。满身的灰尘，打结的长发，破旧的衣衫，遍体的斑点伤痕，这看似心酸的情景在修行僧眼中却丝毫未见。他们坚定的眼神、自信的微笑都在告诉世人，信仰就是他们生命的全部。

任何与物质相关的苦痛都微不足道，他们只为求得灵魂的洗礼与升华。观者可以真切触碰这个特殊人群的内心世界，他们的挣扎、忧郁、热望不加掩饰地呈现出来。

而这一切都指向信徒的终极期望——超越轮回，从尘世中获得永恒的解脱。他们绝非常规意义的风雅居士，他们是在用常人难以想象的意志力修炼德行。

在我看来，他们绝非在折磨自己，更非与自然作对。相反，他们以最本真、最决绝的方式彻底与自然融为一体，与神灵心性相通。在他们看来，"财产和这些财产所带来的快乐"是修行的障碍，只有舍弃所有世俗的享乐，才能净化其身，最终实现通灵天国的大彻大悟。

我还发现，不止修行僧是这样，凡是来到瓦拉纳西的，无论是朝圣者还是扎根此地的人，都在想借助这里改变自己命运的轨迹。他们居住、工作、沐浴、河祭、交友……直至焚尸西归，每一个环节都在期望自己的来世无限美好。

旅馆服务生迪普就是这样的其中一位。他是个孤儿，20岁，一头卷发，家乡在孟买一带，父亲失明时母亲跑了，父亲去世后，旅馆老板收养了他，他在瓦拉纳西工作已经好几年。他说，没有瓦拉纳西就没有他的新生活。他在这里什么都干，整理房间，清洁卫生，替客人跑腿办事，勤快而善良。

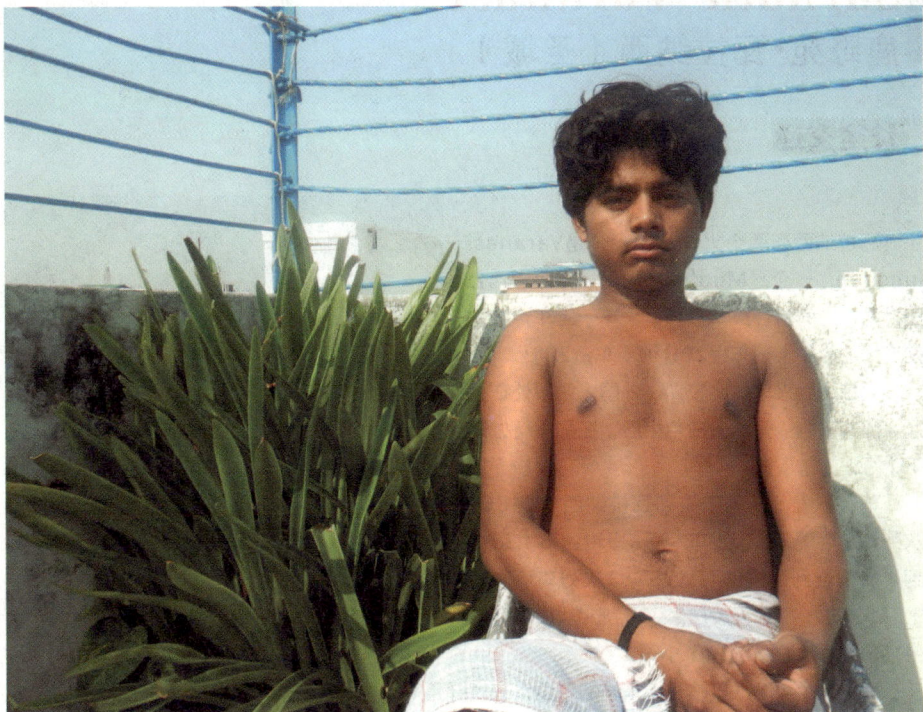

迪普

他告诉我很喜欢这里的工作，老板和同事也很喜欢他。他没有读过书，但英语很好，我问他怎么学的，他说，住在这里的旅客哪个国家的都有，必须用到英语，天天见面，天天对话，慢慢就学会了。他还告诉我，他的理想是将来有一天也有自己的旅馆，能接待很多的游客。

他的话让人觉得他很可爱，同时也让人心酸。和他一样的穷人在瓦拉纳西还有很多，他们犹如天际中的星星，瞬间闪亮又瞬间消失。我祝迪普好运，也祝像迪普那样希望改变命运的人好运。也许，这就是瓦拉纳西，信仰力量超越生死的一座城市。

Sarnath·Varanasi
鹿野苑·瓦拉纳西（圣城）

长途交通

瓦拉纳西有两个火车站，一个是Varanasi junction，一个是Mughal Sarai，相距十几公里。两站之间有公交车直通，大车，上车点在站前广场的大路上，车程20分钟，车资20Rs。

瓦拉纳西火车站

瓦拉纳西火车站比较大，外国人售票处在大厅大门的右侧，有一道白色小门，在那里可办理下个行程的车票。

车次参考：从阿格拉到瓦拉纳西，14864次列车，晚间9：20发车，第二天上午8：35终到。从格雅到瓦拉纳西，13151次列车，晚间9：15发车，第二天凌晨2：35到。从加尔各答坐火车到瓦拉纳西需14个小时。

瓦拉纳西长途汽车站在火车站的对面。去鹿野苑（Sarnath）在这里乘车。

火车站去恒河边上的旅馆聚集区（Manikanika Ghat）没有公交车，一般坐tutu车或者人力三轮车，大约4公里，车资50～60Rs。如果坐autorickshaw（公交大车），只能停在Maidaging附近，下车后还要走1公里才能到烧尸庙（burning ghat），上车地点在火车站对面马路的十字路口处，告诉司机去Maidaging，车资10Rs。

住宿推荐

恒河边的住宿基本都在小巷里。Hotel Kumiko（久美子旅馆）名气很大，当地司机都知道kumiko在哪里。久美子旅店有新老两家，老店便宜，多人间床位80Rs，单人间200～300Rs，新店有wifi。也可以住在老店，去新店大厅用wifi。旅馆烟味重，简陋。从Main Ghat往南走一两百米就到了，在恒河边有很大的标志，上台阶就是。

SHANTI GH（亮丽人生GH）：在Manikabnika Ghat的附近小巷里，单人间100Rs，不提供被子，公共卫生间，热水在顶楼的厨房里，需要自己去提水；双人间大床房、公共卫生间150Rs；双人间带卫生间200Rs，但窗户都在楼道里，没有阳光，需要自己带锁锁门。顶楼餐厅正对恒河，上

YOGI LODGE旅馆

网40Rs/小时，早上7点有1小时的免费船游恒河。

距离恒河步行20分钟的Hotel Kalapi，大床间，250Rs，公共卫浴。

知名景观

■ 恒河：看晨浴、看日出、看火葬、看河祭

看晨浴、日出要起早，7点前在Manikanika Ghat附近上船，船往Main Ghat方向行驶，船费每人100Rs，左边是日出，右边是印度教信徒的恒河晨浴，场面非常壮观。Main Ghat是烧尸庙，走到那里会看到火葬情景。恒河祭，地点在Manikanika Ghat附近，每晚6:30开始，半小时左右，想拍照的早点去占位置，不收费。

■ 鹿野苑

佛祖弘扬佛法的圣地。有牟拉甘陀库底寺、昙麦克塔、唐玄奘潜心修行地遗址。 鹿野苑景点：一天。

恒河日出

1.Dhamekh Stupa公园：RS100，主要看那个STUPA，体积很大，外面也可以看到。附近院子有个Jain Temple印度教庙宇，站在那里也可以看到和拍摄STUPA。

Dhamekh Stupa公园

2.牟拉甘陀库底寺mulgandha kuti vihar：从Dhamekh Stupa 往前走不远就是，1931年建造的，里面有个菩提树，据说也是从斯里兰卡那棵二代树上剪枝移过来的。比较有特色的是庙里的壁画，日本人画的。

牟拉甘陀库底寺

3.考古博物馆Arch museum：回到主路，另外一个交叉的路上，门票RS5，博物馆里有一些不错的佛像，比那烂陀博物馆的要好。

4.chaukhandi stupa：从museum往前走1公里，是佛祖第一次遇到弟子的地方，建有一个佛塔，免费。

■ 湿婆金庙（Golden Temple）

在恒河附近的小巷中，非印度教徒只能从二号门（Gate 2）进入。手机、相机、液体饮料一律不许带入，存包50Rs。

此外，还有杜尔迦庙、印度之母庙、拉玛王庙、贝拿勒斯印度大学、新印度金庙、林讷格尔堡等景点。

贝拿勒斯印度大学校门   金庙

景点交通

看晨浴、看日出、看火葬、看河祭，均在恒河岸边，步行即可。

去贝拿勒斯印度大学，可在Manikanika Ghat附近坐tutu车，车资10Rs。从贝拿勒斯印度大学去林讷格尔堡tutu车20Rs。

去鹿野苑，在火车站前的长途车站上车，不是专线车，是途径鹿野苑路口的车，10多公里，12Rs，40分钟车程，下车后还要坐tutu车5Rs。回程时在公交车鹿野苑下车的地方等车。包tutu车来回要300Rs，可坐7人。

游览安排

两天。

第一天，上午漫游各个码头。那里的码头有好几十个，水落时码头连成一片，可以亲临火葬现场，就近看火化仪式，净化灵魂。恒河岸边的金庙和一个尼泊尔庙不要错过，都很知名。午餐后去贝拿勒斯印度大学参观博物馆、新金庙；再去林讷格尔堡。晚上回到恒河岸边看河祭。

第二天，恒河泛舟看日出，看沐浴，逛街购物。午餐退房后先到火车站存包，再去鹿野苑。按牟拉甘陀库底寺Mulgandha Kuti Vihar—遗址公园Dhamekh Stupa—考古博物馆顺序游览。游毕去火车站。

特色饮食

Blue Lassi，在背包客中享有盛名的酸奶店，在恒河附近的小巷中，问当地人都知道在哪里。店里的酸奶不仅美味，而且货真价实，还有免费wifi可以使用。

其他

这里的恒河日出是印度最美的日出，这里的色彩是印度最绚丽的，这里的信徒是印度最虔诚的，这里的小巷是印度最容易迷路的。

快乐时你就跳

欧恰，许多中外旅行者认为那是座童话般的小城。克久拉霍没有直达欧恰的长途客车。发往阿格拉的火车经过欧恰站但不停车，只能到最近的占西站下车。

占西尘土飞扬，没有像样的街道和楼房，从火车站到汽车站路比较远，没有公交汽车，只能坐tutu车，在汽车站再坐电动车（可以与人拼车）到欧恰。

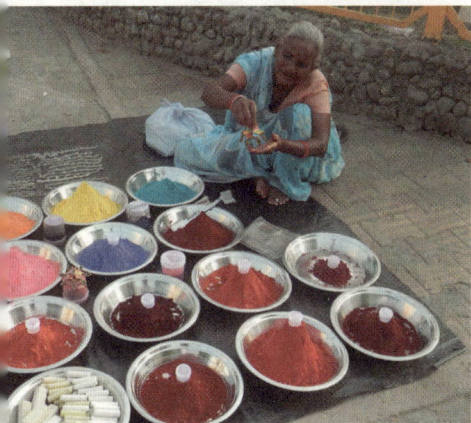

"洒红节"里的人们

路上，不少敞篷汽车上坐着欢快的人群，伴随着喇叭放出的音响，他们大声欢唱，同时向路人和其他车辆上的人大把撒着红粉——一种着了颜色的香料。不少人被他们撒得头上、脸上、衣服上到处都是。这些红粉有吉祥如意的意思，但粘在身上，吹不走，抖不掉，若拍打更暴得满处都是。

难道自己遇上了传说中的"洒红节"吗？

印度的民间节日很多，全国性的节日加上地区性的节日，总共有上百之多。最大的民间节日有三：

一是排灯节（Diwali迪瓦利节），或称屠妖节，是印度教庆祝"光明驱走黑暗，善良战胜邪恶"的节日，印度历8月（Kartika）的第15个满月日（公历11月间）举行。

二是十胜节（Dussehra），又称Vijaya Dashami，为印度历第7个月Asvina的第10个日子，通常是在公历的9月至10月间，庆祝活动前后持续10天。该节日源于史诗《罗摩衍那》，为的是庆祝印度教教徒心目中的英雄罗摩Rama与十首魔王罗波那Ravana大战10日，并最后大获全胜，故称"十胜节"。

三是洒红节（Holi），又称胡里节，是印度历最后一个月Phalguna的月圆之夜，通常在公历的2月至3月间。洒红节源于古人期盼丰收的活动，是印

293

度历的传统新年。

根据时间判定，应该是印度人在过十胜节。十胜节的时间跨度很长，节日本身10天。前9天就要开始搭台演戏，从罗摩降生始，一直演到罗摩最后彻底战胜罗波那。这种活动被称为"罗摩里拉"，一般都在室外演出。到第10天晚上，庆祝活动进入最高潮。

很多地方都会选一个大大的空地，上演Dussehra的压轴戏。届时会搭起三个巨大的纸质凶神，分别代表作恶多端的十首魔王罗波那，以及与他同流合污的弟弟和儿子。各地的纸人大小不一，有的甚至有几十米高，它们被糊成花花绿绿、凶相毕露的模样，内部塞满了火药和爆竹。三魔一手持剑，一手握盾，龇牙咧嘴，形象可憎，但最终会被熊熊大火点燃。

各地过这个节日的迄止日期略有不同，节日通常由祈祷祭拜、彩妆游行、喷洒红粉、歌舞狂欢、燃放焰火等活动内容组成。

20天前我在迈索尔就看到了彩妆大游行的一幕。队伍浩浩荡荡，数十辆彩车引得观看的路人把街道堵得水泄不通，或许那时他们正在为过节做热身准备。

印度人是性情奔放的民族，快乐时就会挂在脸上，群众性的载歌载舞场面更是让人感动不已。面对镜头的他们毫不羞涩，反而跳得更加欢快更加热烈了。尤其是孩子，他们最喜欢过节，可以忘情地欢跳，可以恶作剧般冷不防地撒红粉，还可以享受节日里的美味佳肴，何不乐哉？

从占西到欧恰大约20公里的一路，我们遭受着高音喇叭的喧嚣折磨，还要拉紧门窗提防对面车辆上冷不防喷洒过来的红粉袭击，心情既紧张又兴奋。

满以为到了欧恰就消停了，哪知这里也是一样，到处都是过节的欢乐人群。人们在街上相互喷洒着红粉，伴随着音乐扭动着腰肢。入夜，街上还不时传来喧嚣声。

到达后的第二个晚上，更是看到了印度人过节炽热的一幕，他们将寺庙里的湿婆神抬出来游行。

晚7时左右，估计是约好的时辰，小城街巷里传来了震耳欲聋的鼓乐声，

迈索尔彩妆游行

欧恰洒红节

接着从不同的角落走来5支队伍，每支队伍抬着一个湿婆神像。神像摆放在一处寺庙的高台上，当地的军政要员悉数到场，在一位德高望重的老者引领下人们开始祭拜。之后，他们又抬着神像顺着寺庙广场游向大街，游向河岸。

走在前面的是两个吹螺号的，螺号响起，神像起步。吹螺号的后面是孩子们和鼓乐队，之后是载歌载舞的人群，神像被欢乐的人群簇拥着，扮成仙女的妇女队伍紧跟在神像后面，她们手持亮着彩灯的花束，边走边舞。彩灯由电线串联接通，由一台发电机供电，一些壮男推着发动机小车，马达的轰鸣声伴随着音响声，好不热闹。

看热闹的人群边走边唱，一直跟到一里外的河边，在那里还要举行河祭、篝火晚会，最后点燃纸质魔鬼，象征恶魔Holika被毁灭。

亲历印度人过节，会感到他们的庆贺方式很有特点，特别是互相泼洒彩色的粉末颜料，既欢乐也有恶作剧的感觉，这个时段千万不要穿太贵重的衣服，还要做好闪避的准备，特别是摄影爱好者，不要太靠近撒粉人群，不然相机就会遭殃，会被红粉喷的像gulab jamun（一种红色的黏糖果）一样狼狈不堪。

锁住画面爱上她

行程超过万里的印度游历，看过的城堡大大小小已经不下几十个，可当走到欧恰，我立刻被这里的古堡散发出的岁月沉淀与神秘气息吸引住了。攻略书上是这样介绍欧恰的：Orchha is singularly appropriate.译成汉语是：欧恰是鲜为人知的、不可思议的地方。

欧恰是印度中央邦的一个小城镇，位于贝德瓦Betwa河的岸边，人口不过万，游人也很少。小镇被一片森林包围着，脚下有潺潺流水，还有中世纪巍峨高耸的宫殿和城楼，日出与日落时分，游人简直如同置身在梦幻般的童话世界里。

欧恰，梵语本意是"隐藏"。当年的王公萨迦罕路经此地，看到贝德瓦河畔美景，发出了一声感叹——噢恰！于是就有了"欧恰"这个地名。16至18世纪这里曾经是班迪拉（Bundelas）王朝的首府。古城始建于莫卧儿王朝早期，有过自己的辉煌，至今保存着完好的宫殿和神庙，城外处处可见绿茵绵延，山峦、河流、平原起伏，交织出一幅世外桃源的美丽景致。

欧恰依山傍水，所有景点都在步行可达的范围之内，主要包括由Jehangir Mahal、Raj Mahal和Rai Parveen Mahal组成的古堡群，还有Chaturbhuj Temple、Lashimi Temple以及Cenotaphs墓区。

从镇上穿过贝德瓦Betwa河上的大桥，便可到达建在河心小岛上的宫殿区。这里有三座17世纪的宫殿，分别是：Jehangir Mahal、Raj Mahal和Raj Praveen Mahal。著名的查罕杰宫（Jehangir Mahal）是班迪拉王国为了迎接莫卧儿王朝的杰汉吉尔皇帝修建的，花了18年的时间，而杰汉吉尔皇帝仅住了一天。

宫殿居高临下，四周布防严密，是个易守难攻的城堡。宫殿呈长方形，

欧恰小镇

　　宫顶的每个角上都有圆顶的小亭，还有8个巨大的穹顶作为屋顶，非常精致。宫殿有很多花窗，雕刻的图案都非常精美，可以说是印度本土建筑艺术的典范。

　　站在高处看河对岸的欧恰小镇，看绿野丛中的废墟，处处都是没有人工修饰痕迹的自然美，瞭望后让人有种莫名的感动。

　　与宫殿区遥遥相望、1.5公里处的西面山坡上有座神庙，那是欧恰的最高点。神庙早已荒废，里面的壁画却依旧如新。壁画内容极其丰富，有宗教故事，有神话传说，有国王轶事，还有平民风俗，连同查罕杰宫的壁画，代表了当时印度壁画创作的最高水平，这两处地点如今成了印度保存最多也是最好壁画的博物馆。

欧恰风光

　　最让人心旷神怡的是小镇南面的贝德瓦河边，清晨和傍晚的时候最美。河水湍急，乱石穿云，鱼翔浅底，鹰击长空，绿茵环绕，城堡倒映。在橘黄色的晨曦与暮色中，古桥上婆娑着人影，神牛蹒跚归去，很多人在河边古堡前沐浴、洗衣……嬉笑声、棒槌声和着流水声冲向云天。

　　走入河岸古堡，沿着隐秘的楼梯登上顶层，可以眺望到周围丛林中散落着的各异的古堡踪迹。在欧恰，很难分清楚到底是古堡散落在村镇之间，还是村镇散落在古堡之中。欧恰本身就是一个庞大的古堡博物馆，而古堡也正是欧恰最迷人的地方。

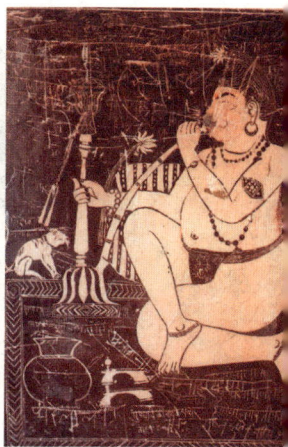

欧恰壁画

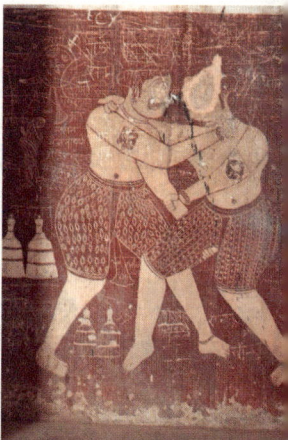

欧恰风光

　　如今的欧恰小镇，生活节奏缓慢，悠闲一如往昔。这里居民不多，游人也少，始终保持着一份优雅与宁静。在这里，可以行走在被荒草包围的楼台亭阁之间，慢慢地品味百年古堡的滋味；在这里，可以在历史的长河中穿行，悠悠地感受印度历史之悠久、文化底蕴之深厚。

　　阳光洒在古堡之上，为断壁残垣镶上了一层金边，楼宇虽破败却不失雄伟，风景虽萧瑟却不失壮观。静谧的欧恰古镇犹如一处遗落的净地。当最后的一抹夕阳把古堡、大地、绿树映照得金黄迷人的时候，让人不禁定格在美丽的画面之中，深深地爱上了她。此时此刻，你会感觉到那是属于你一个人的城。

Jansi·Orchha
占西·欧恰（梦城）

长途交通

　　欧恰有一个火车小站，许多列车不停靠，而且离欧恰还有10多公里，下车后可以多人拼车，否则不划算。所以一般去欧恰，火车都坐到占西，再换乘电动车去欧恰。从占西火车站到汽车站没有公交，必须乘坐tutu车，包车40Rs，拼车10Rs/人。从汽车站到欧恰，电动车拼车20Rs/人，一般坐5-7人。

　　车次参考：从克久拉霍到占西，202公里，一天有4～5班，其中15959次列车，上午8：28发车，到占西中午12点，65Rs。如果坐汽车去欧恰，有班Deluk Bus路过欧恰，早上8点发车，车资150～170Rs，但这班车不是天天有，需要提前去汽车站打听。

住宿推荐

　　欧恰很小，停车点在小镇的十字路口，左边是Ram Raja Temple，右边是JEHANGIR MAHAL，再往前有一些旅馆，前后左右走路都不超过几分钟。在欧恰，没有单人间一说，全部是大床间，开价350～500Rs，带卫生间、热水。

　　SHRI MAHANT GH：十字路口左手边往Ram Raja Temple方向，在那个大牌楼下右手边，大床间最低300Rs，楼道的房间没光线，卫生条件一般。

　　OM GH：强烈推荐，在Ram Raja Temple后面，从正对寺庙左边的小路一直下去，有路牌指引，大约走一两百米，新装修，大床也很舒服，热水很好，大窗子在楼道一侧，上方小窗对外，从开价350Rs还价到住两晚400Rs。

知名景观

　　欧恰从16～18世纪是Bundela王朝的首都。1605～1627年建造的古城堡至今保存着精美的宫殿和壁画。这里是看日出日落的好地方，景点包括 Chaturbhuj temple，Palki mahal&Phool bagh，Ram raja temple，ruins near Jehangir mahal，Jehangir mahal，Raja mahal，Raj praveen mahal& Khana hammam等。一日通票250Rs，售票处在Jehangir mahal外。

欧恰风光

景点交通

Chaturbhuj temple，Palki mahal&Phool bagh，Ram raja temple，这3个景点在一个方向（小镇十字路口西侧），ruins near Jehangir mahal，Jehangir mahal，Raja mahal，Raj praveen mahal & Khana hammam这几个景点在一个方向（十字路口的东侧）。还有河边的古桥、古塔、古庙建筑遗迹，步行即可。

游览安排

第一天，早起看日出，沿着小镇十字路口向南至河边，大约700米距离。在河边小食摊吃早餐，再沿河一路参观古城、古塔和古庙遗址。中午回小镇午餐，午休后去参观十字路口东一侧的Mahal Group，大概有3座宫殿可以入内，使用一日通票。之后去小镇西侧最远山坡上的一处神庙，那里有精美的壁画，使用一日通票。傍晚，去小河边看日落。

第二天，再次早起看日出，这次去小镇西侧最远山坡上的一处神庙看日出。餐后参观路西一侧的Chaturbhuj Temple、王子纪念亭和Phool Bagh，这几个景点是不收门票的。下午离开。

特色饮食

SHIVA RESTAURANT：靠近Mahal Group，在连接Mahal Group的石桥西侧，这里有中餐，番茄炒蛋、青椒土豆丝、炒青菜都是70Rs，plain rice 30Rs。除了中国菜，还有韩国菜、日本菜。有中、日、韩文的菜单。

从十字路口往Ram Raja Temple方向小路的两边都是小吃摊，油炸土豆三角10Rs一个，吃两个就饱了，味道不错。还有几家卖甜点的，也很有特色。

其他

旅游旺季，神庙公园晚上有灯光秀，每晚两场，需另买200Rs的门票。演出用印地语和英语解说，在声电光影下探寻历史奥秘，了解印度古代文明，更觉幻影憧憧。

飞过印度

出行前我没把勒克瑙列入计划里，也是到了印度阿格拉，一位浙江来的旅友听说我对人文感兴趣，掏出游览票根让我看画面上的宫殿建筑，给我推荐了这座城市。勒克瑙在阿格拉北面约300公里，之前我早把路线和时间安排得满满当当，当时没把它计划在内。

两个多月后到了加尔各答，一路增加游览了汉皮，因交通不便去掉了计划中的3个地方：古吉拉特邦的首府艾哈迈德巴德、奥利萨邦的首府布巴内什瓦尔和西孟加拉邦的大吉岭，这样便余出了几天。勒克瑙位于占西以北250公里处，挨近要去的拘尸那迦，于是离开欧恰、占西后，我便直奔那里。

勒克瑙是北方邦的首府，在北印度是仅次于新德里的第二大城市，位于恒河平原的中心，历史上以独特的农耕方式和温文尔雅的文化而著名。不想，去勒克瑙的那几天，遇上了很多麻烦。

先是上火车。火车在占西误点一个小时（这是在印度3个月第一次上车遇到误点），迟迟不见火车，当把票给管理人员看时，我被告知临时变更了站台，急匆匆浑身大汗地奔过去，卧铺票居然没有安排到铺位。火车上的阿三在我下车透风、背囊还在车上的时候，竟然锁上车门蛮横地不让我上车，急的我不得不找来警察才把事情解决。

到了勒克瑙，找不到旅馆，不是客满就是不接待外国人，没有办法我只好出示去戈勒克布尔的火车票，在车站旅馆住了两天。不想歪打正着，不仅住宿便宜，还意想不到地享受到了空调的凉爽。印度奇热，有空调的房间绝对是高级待遇啊。

最狼狈的是，从瓦拉纳西开始便拉肚子，一直没有好，到了这里更加严重了。奇怪的是，在中国拉肚子，一天3次人就没劲了，而在印度不是这样，拉归拉，不影响人的精神！去勒克瑙动物园的那天，闹肚子不下10回，进园没多久我便赶紧叫了tutu车返回旅馆。

这一休息，让我有了大块时间回顾和思考印度之行的感受。下面便是日记摘要。

马上就要离开印度了，很可能这是我在印度的最后几天。

近3个月的访问，我喜欢印度哪些方面呢？

多彩的历史文化积淀：

宗教文化。这里既有世界级宗教之一的佛教源头；也有极富国家地域特征的宗教：印度教、耆那教、锡克教；还有表现这个民族具有极大包容性的其他外来宗教：伊斯兰教、基督教、天主教，等等。这些宗教与印度的历史、民族文化的发展是密不可分的。

民俗文化。总体是印度的，但细分起来又是地域的，有差异的，散而统一是其特征；人们的吃、喝、住、行等，样样都和中国人不同，属于东方文化的另一个系统。这些风俗习惯不仅与宗教文化有关，也与地域的自然、地理环境有关，是双重相互作用下的产物。

地理风情。一路走来，看到了这个国家辽阔的疆土，雪域高原，沙漠绿洲，海疆边地，高地山城，平原大川……各具特色，各具人文。

充满生机的活文化化石：

这里一切都是自然状态的存在，没有人为修饰的痕迹。人与动物共存，当今与历史同在，没有因为发展去破坏，去重新开发，一切顺其自然。看到的都是原生态，体悟的是天人合一的和谐。

淳朴的民风，性价比可赞的低消费：

勒克瑙建筑

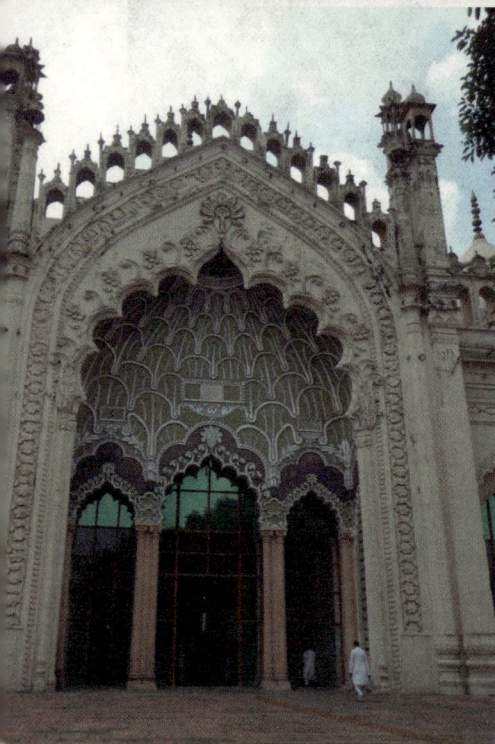

勒克瑙建筑

勒克瑙的晚霞

印度人有着善良、温和的民族脾性；这里是世界上物价最低的国家之一；质量虽差但并无假货的市场；没有国家歧视、人种歧视，外国游人在这里可以得到应有的尊重，遇到困难时会有许多热心人帮助你。

在勒克瑙，我有幸看到了来印度后最美丽的晚霞。

仰望铺满霞光的天空，有几只雄鹰在飞翔，就在这个时候，脑海中突然冒出了在加尔各答印度大文豪泰戈尔故居里读到的他的诗句：

天空没留下我的痕迹，

但我已飞过。

印度，即将离开你了，也许我现在就是那空中飞翔的鹰，虽然没有留下印记，但我真的已经飞过了。

Lucknow
勒克瑙（建筑博览城）

长途交通

航空
有阿玛乌斯机场。勒克瑙与德里、帕特纳、科尔卡塔、孟买和瓦拉纳西等地均有直达航班。

铁路
火车站一座。经过勒克瑙的主要列车有：莎塔巴迪特快、奈尼塔尔特快、萨巴尔马提特快、瓦伊沙里特快、阿瓦德 - 阿萨姆特快、尼兰查尔特快、恒河 - 雅慕娜特快、勒克瑙特快、古慕提特快、喀什 - 比什瓦纳什特快、纳钱迪特快、孟买 - 古拉库普洱特快、柯奇 - 古拉库普洱特快等。车次参考：占西至勒克瑙，306公里，11015次列车，下午19：20发车，第二天凌晨1：45到达。

公路
长途汽车站在火车站附近。到达各主要城市的路程为：阿格拉363公里、阿拉哈巴德210公里、阿约提亚135公里、科尔卡塔985公里、科尔贝特国家公园400公里、德里497公里、杜德瓦国家公园238公里、坎普尔79公里、卡休拉荷320公里、瓦拉纳西305公里。

住宿推荐

火车站附近的小巷里有许多家庭旅馆，单间400-800Rs不等，常常客满。在找不到住宿的情况下，可以上午8点以前去车站旅馆登记处排队，凭火车票入住带空调的大房间，公共卫浴，热水，200Rs/天/铺。

知名景观

巴拉·伊芒巴拉墓宫
建于1748年，其最大的特点是用石砖和灰泥代替了传统的红砂石料，大门两侧山墙上众多波斯式的圆顶和莫卧儿式的小亭令人耳目一新。中央大厅长50米、高15米，是世界上拱顶式长廊大厅中最长的。宏伟的圆形拱顶大厅装饰得富丽堂皇，这在印度同类大厅中也是最显著的。门票250Rs。

■乔塔·伊芒巴拉墓宫

建于1837年。白色的主体建筑上面是一个金色的圆顶，前面的草地和花圃中间是一个长方形的水池，水池两边则是两个相对而立的白色小陵。三座陵墓遥相呼应，与中间的草地、水池、花圃组成了一个偌大的莫卧儿式的花园。两大建筑群之间是著名的鲁米门，建于1784年。高20米的拱门雕刻和装饰得华美而繁密，拜占廷式的拱门上再竖3个莫卧儿式的小亭，这在同类建筑中是十分突出的，因而成了勒克瑙标志性的建筑。拱门西面是一座1881年建造的67米高的钟楼，钟楼明显是英国和印度式建筑的混合物。莫卧儿式建筑群中矗立着一座有点欧式的钟楼，这在印度也是罕见的。门票200Rs。

■邱塔伊马穆巴拉

这座大陵墓建于1837-1842年，位于鲁米达尔瓦扎附近，埋葬着它的建造者穆罕马德·阿里君王和他的母亲。到达陵墓之前会先经过一个美丽的花园。这个伊马穆巴拉由白色圆顶以及无数小塔和尖塔组成，陵墓的墙上装饰着阿拉伯韵文。内部还装饰有树枝形装饰灯、镀金镜子、色彩斑斓的粉刷、国王的王冠和陵墓的装饰复制品。

■纳杰夫君王伊马穆巴拉

这座白色圆顶的建筑物位于古慕提河的右河岸。陵墓中埋葬着迦兹 - 乌德 - 丁·海德和他妻子的遗体，其中还有他的欧洲妻子穆巴拉克·莫姆尔。陵墓的大门通往一个美丽的花园，迦兹 - 乌德 - 丁·海德的银色坟墓就位于陵墓的中心，两边陪伴的是装饰更加华丽的他两位妻子的坟墓。

■阿萨弗伊马穆巴拉

它的另一个著名的名字是巴拉伊马穆巴拉，由纳瓦布·阿萨弗 - 乌德 - 达乌拉建于1784年，是那个时代的建筑精品之一。据说，这里的中心大厅是世界上最大的一个拱形会所。除了内部的走廊以外，这座建筑物没有使用任何的木制品。建筑外部有一道楼梯通向多个迷宫，游客若要进入迷宫必须得到政府的批准。在伊马穆巴拉内部还有一个豪华的阿萨弗清真寺。

■鲁米达尔瓦扎

据说，这座又大又美丽的大门是模仿君士坦丁堡的一座大门建立的。1784年，可怕的大饥荒造成这里的人们成批死去，于是阿萨弗 - 乌德 - 达乌拉就建立了这座大门，创造劳动就业机会以维持人们的生计。

■凯塞尔班宫殿

凯塞尔班宫殿的建筑工程是幽纳瓦布·瓦吉德·阿里君王下令展开的，开始于1848年并于1850年竣工。这项工程是世界的第八大奇迹。建筑四边形中的三边都建有黄色的楼房，这里以前是妻妾群居的地方。宫殿的中心是一座石筑大厦巴拉达理，里面的地面曾经都是用银铺设的。

勒克瑙定居遗址博物馆（Ruins of the Lucknow Residency and Museum）

位于临戈默蒂河右岸市区中心附近，博物馆展示了被1857年战争毁灭的勒克瑙街区保留完好的遗址。门票100Rs。

国家植物研究所

坐落在1857年反抗斗争的其中一个战场希堪达尔班上。

国家博物馆/动物园

博物馆珍藏了大量文物和手工艺品，馆内还建有收藏了多种珍稀动物的动物园。门票：动物园100Rs，博物馆50Rs，美术馆10Rs。

景点交通

上述景点大多在老城区内，如果连带体验民情、游览市容，建议步行游览。国家植物研究所和国家博物馆/动物园较远，建议坐tutu车，来回车费80Rs。

勒克瑙建筑

游览安排

　　两天。第一天，步行去老城区，先后游览巴拉·伊芒巴拉墓宫—乔塔·伊芒巴拉墓宫—邱塔伊马穆巴拉—勒克瑙定居遗址博物馆等景点。第二天，坐tutu车去国家植物所—国家博物馆/动物园。

其他

　　勒克瑙人的生活方式被称为Nawabi Nazakat，即：说话要轻，吃东西要优雅，衣服要穿带刺绣的，音乐要听萨耶瑞的，社交活动要参加有经典音乐和卡萨克舞蹈节目的。

勒克瑙美食

315

附录一
印度旅行路线推荐

3个月56个城镇38处必游之地全印度旅行路线

★New Delhi新德里（都城）—★Amritsar阿姆利则（边城、锡克教圣城）—Dharmsala达兰萨拉（闲城）—Shimla西姆拉（山城）—Chandigarh昌迪加尔（碉堡城）—★Rishiesh瑞诗凯诗（瑜伽城）—★Agra阿格拉（爱城）—★Jaipur斋普尔（粉城）—Bikaner比卡内尔（鼠城）—★Jodhpur焦特布尔（蓝城）—★Jaisalmer 杰伊瑟尔梅尔（金城）—Ajmer阿杰梅尔·Pushkar普什卡（印度教圣地）—Udaipur乌代布尔（白城）—Ahmedabad艾哈迈达巴德（商城）—Bhopal 博帕尔·★Sanchi桑吉（遗城）—Jalgaon贾尔冈·★Ajantncave 阿旃陀（石窟城）—Aurangabad奥兰加巴德·Ellora Caves埃洛拉（石窟城）—★Bombay孟买（影城）—Goa果阿·Madgaon马尔冈·Panaji帕纳吉（欢城）—★Cochin科钦（港城）—Alleppey阿勒皮（水城）·★Kollam奎隆（水城）—Trivandrum特里凡得琅（科技城）—★Comonin科摩林角（天涯城）—★Madurai马杜赖（印度教圣城）—★Thanjavur坦贾武尔（印度教圣地）·Jabber Gnam贾伯格纳姆（印度教圣地）—★Pondicherry本地治里（乌托邦城）—★Chennai金奈（金城）·★Mahabalipuram默哈伯利布勒姆（印度教圣地）—Bangalore班加罗尔（IT城）—★Mysore迈索尔（皇城）—★Hampi 汉皮（椰城）—★Haiderabad海得拉巴（珍珠城）—Bhubaneshwar布巴内什瓦尔（神城）—★Kolkata 加尔各答（衰城）—★Darjeeling大吉岭（山城）—★Gangtok甘托克（新邦城）—Gaya格雅·★Nalanda那烂陀·★Rajgir王舍城·★Bodh Gaya菩提伽耶（佛城）—★Varanas瓦拉纳西（印度教圣城）·★Sarnath鹿野苑（佛教圣地）—★Khajuraho克久拉霍（性城）—Jansi占西·★Orchha欧恰（梦城）—Lucknow勒克瑙（建筑博览城）—Gorakhpur戈勒克布尔·★Kushinagar拘尸那迦（佛教圣地）—Sunauli苏瑙里（边境口岸，进入尼泊尔）

注：文中"★"表示重点旅游城市，不该错过；"—"表示下一旅行方向；"•"后地点为旅行目的地，"•"前地点为交通枢纽地。下同。

3个月43个城镇33处必游之地全印度旅行路线

★New Delhi新德里（都城）—★Amritsar阿姆利则（边城、锡克教圣城）—★Chandigarh昌迪加尔（碉堡城）—★Bikaner比卡内尔（鼠城）—★Jodhpur焦特布尔（蓝城）—★Jaisalmer 杰伊瑟尔梅尔（金城）—★Udaipur乌代布尔（白城）—Ajmer阿杰梅尔•★Pushkar普什卡（印度教圣地）—★Jaipur斋普尔（粉城）—★Agra阿格拉（爱城）—Khajuraho克久拉霍（性城）—Jansi占西•★Orchha欧恰（梦城）—Bhopal博帕尔•★Sanchi桑吉（遗城）—Jalgaon贾尔冈•★Ajantncave 阿旃陀（石窟城）—Aurangabad奥兰加巴德•★Ellora Caves埃洛拉（石窟城）—★Bombay孟买（影城）—Goa果阿•Madgaon马尔冈•★Panaji帕纳吉（欢城）—★Cochin科钦（港城）—★Alleppey阿勒皮（水城）•★Kollam奎隆（水城）—Trivandrum特里凡得琅（科技城）—★Comonin科摩林角（天涯城）—★Madurai马杜赖（印度教圣城）—★Pondicherry本地治里（乌托邦城）—★Chennai金奈（金城）•★Mahabalipuram默哈伯利布勒姆（印度教圣地）—Bhubaneshwar布巴内什瓦尔（神城）—★Kolkata 加尔各答（老城）—Gaya格雅•★Nalanda那烂陀•★Rajgir王舍城•★Bodh Gaya菩提伽耶（佛城）—★Varanas瓦拉纳西（印度教圣城）•★Sarnath鹿野苑（佛教圣地）—Kolkata 加尔各答（衰城）—★Darjeeling大吉岭（山城）—★Gangtok甘托克（新邦城）—Darjeeling大吉岭（山城）—卡卡比塔（进入尼泊尔）

2个月30个城镇21处必游之地印北、印中旅行路线

★New Delhi新德里（都城）—★Amritsar阿姆利则（边城、锡克教圣城）—★Agra阿格拉（爱城）—★Jaisalmer 杰伊瑟尔梅尔（金城）—★Jodhpur焦特布尔（蓝城）—★Jaipur斋普尔（粉城）—Ajmer阿杰梅尔•★Pushkar普什卡（印度教圣地）—★Udaipur乌代布尔（白城）—Ahmedabad艾哈迈达巴德（商城）—★Bombay孟买（影城）—Aurangabad奥兰加巴德•★Ellora Caves埃洛拉（石窟城）—Jalgaon贾尔冈•★Ajantncave 阿旃陀（石窟城）—Bhopal 博帕尔•★Sanchi桑吉（遗城）—Jansi占西•★Orchha欧恰（梦城）—★Khajuraho克久拉霍（性城）—★Varanas瓦拉纳西（印度教圣城）•★Sarnath鹿野苑（佛教圣地）—Gaya格雅•★Nalanda那烂陀•★Rajgir王舍城•★Bodh Gaya菩提伽耶（佛城）—★Kolkata 加尔各答（老城）—Gorakhpur戈勒克布尔•★Kushinagar拘尸那迦（佛教圣地）—苏瑙里（边境口岸，进入尼泊尔）

2个月印北、印中、印南旅行路线

北部地区（2星期）

Delhi 德里—Amristar阿姆利则—Mcleod Ganj麦克劳德—Jammu查谟—Srinagar斯利那加—Leh列城—Manali菜圃—Shimla西姆拉—Chandigarh昌迪加尔—Dehra Dun德拉敦—Rishikesh瑞诗凯诗— Corbett Tiger reserve印度虎保护区—Calcutta加尔各答

中部地区（2星期）

Calcutta加尔各答—Bodhgaya菩提伽耶—Varanasi瓦拉纳西—Khajuraho克久拉霍—Orchha欧恰—Sanchi桑吉—Bhopal博帕尔—Jalgaon贾尔冈—Ajanta Caves阿旃陀石窟—Udaipur乌代布尔— Ranakpur普什卡—Ajmer阿杰梅尔—Jaipur 斋普尔—Agra阿格拉

南部地区（2星期）

Agra阿格拉—Mumbai(孟买—Goa果阿—Hubli胡布利—Hospet霍斯佩特—Hampi亨比古迹—Mysore迈索尔—Kochi科钦—alleppey阿勒皮—Kollam奎隆—Trivandrum特里凡得琅—Comonin科摩林角—Madurai马杜赖—Delhi德里

13天印度佛教八大圣地朝圣游路线

D1，北京 - 德里：飞机。

D2，德里 - 瓦拉纳西：白天全天在德里参观，印度国家博物馆（镇馆之宝——佛陀真身舍利）、印度国家博物馆和其分馆亚洲古物博物馆、总统府和印度门、莲花寺、圣雄甘地墓、印度议会大厦和老德里街区。晚上乘火车去瓦拉纳西，夜宿火车上。

D3，瓦拉纳西：到达后入住旅馆，午餐后去鹿野苑朝觐佛陀初渡五比丘纪念塔、佛陀真身舍利塔遗迹、佛陀精舍、阿育王石柱、鹿野苑博物馆、斯里兰卡寺院、中华佛寺等。晚上住瓦拉纳西。

D4，瓦拉纳西 - 菩提迦耶：清早泛舟恒河和观看日出；购买檀香和工艺品；收集恒河沙等。之后乘车前往菩提迦耶，住菩提迦耶。路上6小时。

D5，菩提迦耶：首先朝觐佛陀在那里长达6年的修行洞；尼连禅河边上供养佛陀羊乳的牧羊女村等处。再返回菩提迦耶，朝觐大菩提寺和各国的寺庙群并同时收集菩提树叶等。晚上住在菩提迦耶。

D6，菩提迦耶 - 灵鹫山 - 王舍城 - 那烂陀 - 巴特那：早饭后乘巴士到那烂陀寺遗址，在那烂陀寺遗迹处朝觐舍利弗的舍利塔。后驱车约半小时到王舍城，中午朝觐第一次佛经集结处——

七叶窟；佛陀讲道处——竹林精舍；皈依佛陀的宾毕萨罗王被其子关押处遗址；多宝山；世界和平塔；日本寺；温泉；灵鹫山等。

D7，巴特那—吠舍离 - 拘尸那迦：早餐后乘车前往吠舍离朝觐佛陀最后一次讲道处；阿育王石柱；佛陀经常沐浴处——圣水池；第一个比丘尼道场遗址；阿难陀纪念塔；佛陀真身舍利塔遗址等。后继续乘车前往拘尸那迦。

D8，拘尸那迦 - 兰毗尼：早餐后朝觐佛陀荼毗处；佛陀圆寂前最后一次饮水处——玛塔郭儿寺；佛陀真身舍利塔；大涅槃纪念塔和另外一些佛陀遗迹。后乘车前往兰毗尼，夜宿兰毗尼。

D9，兰毗尼 - 迦毗逻卫城 - 舍卫国：早餐后，朝觐佛陀出生地；阿育王柱；佛陀降生后摩羯夫人的沐浴池；各国寺庙群等。乘车前往迦毗逻卫城，朝觐迦毗罗卫城，继续前往舍卫国。

D10，舍卫国 - 勒克瑙：早餐后，朝觐祇园精舍；阳偈摩罗修行洞；给孤独长者住处遗址；阿育王塔；佛陀讲道处；阿难修行处；阿难菩提树；罗睺罗修行处等。后乘车前往勒克瑙。夜宿勒克瑙。

D11，勒克脑—僧伽施—阿格拉：早饭后驱车约6个小时到佛陀升刀利天为其母说法处，之后去弥勒菩萨出生地——僧伽施；朝觐阿育王修建的纪念塔、狮子柱、斯里兰卡寺等。午饭后驱车约5小时到莫卧儿王朝首都——阿格拉。晚上住在阿格拉。

D12，阿格拉 - 德里：早餐后参观阿格拉红城堡、世界七大奇迹之一泰姬陵。午餐后，返回德里。

D13，德里 - 北京：飞机。

9天印度瑜伽灵性探索之旅路线

D1，北京—新德里：飞机。

D2，新德里—瑞施凯诗：火车前往瑜伽圣地瑞施凯诗。大约5小时的车程，入住国际奎师那知觉协会的瑜伽宾馆。下午参观拉克什曼珠拉大桥和众多印度神庙以及瑜伽修院（yoga ashram），在瑜伽修院与瑜伽师和圣人们交流，了解更多的瑜伽文化。傍晚在恒河岸边观看恒河女神崇拜灯仪，祈祷得到好运和祝福。宿瑞施凯诗。

D3，瑞施凯诗：清晨4点参观茹阿达·哥文达·曼迪尔寺，参加清晨吉祥的灯仪；6-7点印度体位瑜伽（Asana）课程；7-8点观看神庙里美丽的茹阿达·哥文达神像。参加古茹普佳（灵性导师纪念仪式）；8点早餐；9-11点印度瑜伽体系理论、瑜伽经典培训课程；11：30 午餐；14-16点印度瑜伽经典培训、曼陀罗瑜伽冥想体验课程；18：30前往神庙参加吉祥的灯仪。宿瑞施凯诗。

D4，瑞施凯诗：同前一天。

D5，瑞施凯诗—哈瑞多瓦—瑞施凯诗：上午前往印度恒河圣城哈瑞多瓦，这座不朽的城市位于恒河源头汇流之处，是印度历史上最重要的圣城之一。恒河沿岸神庙林立，蔚然壮观。在这里参观恒河沐浴场，依照印度教的教义，若以恒河水沐浴净身，将洗净一身的罪孽获得解脱。下午游览瑞施凯诗小镇上的集市，这里可以买到各式印度传统的瑜伽物品。宿瑞施凯诗。

D6，瑞施凯诗—新德里—阿格拉：上午坐火车回新德里，中午在印度韦达文化中心享用素食午餐。下午乘车前往阿格拉。宿阿格拉。

D7，阿格拉：上午参观世界著名的七大奇迹之一泰姬陵（TAJ MAHAL，周五不开放）。下午参观阿格拉红堡（AGRA FORT）。宿阿格拉。

D8，阿格拉—新德里：上午乘车返回新德里。午餐后前往博伽梵歌博物馆、茹阿玛亚那艺术馆参观，深入了解印度神秘悠久的瑜伽和宗教文化。之后参观印度门、国会大厦、总统府（外观）以及印度国父圣雄甘地陵墓。之后到当地特色市场自由购物。宿新德里。

D9，新德里—北京：搭乘国际航班返回中国，结束印度瑜伽灵性探索之旅。

9天印度金三角古文明之旅路线

D1，北京（上海）—新德里：飞机。

D2，新德里：游览新、旧德里，参观总统府、国会大楼。参观印度门（约20分钟）、莲花寺（20分钟）、甘地墓（30分钟）；游览德里老街。宿新德里。

D3，新德里—阿格拉—瓦拉纳西：早餐后，坐车去印度古城阿格拉，5小时车程。到达后参观世界建筑之奇迹泰姬陵（约90分钟）；之后前往阿格拉红堡（约90分钟）。游毕去克什米尔羊毛加工店及大理石手工艺品店自由选购（约40分钟）。晚坐火车去瓦拉纳西，宿火车上。

D4，瓦拉纳西：到达后前往佛教四大圣地之一的鹿野苑。参观鹿野苑佛教遗址（SHARNATH）、答枚克佛塔、中华寺庙（CHINESE BUDDHIST TEMPLE），考古博物馆（ARCHAEOLOGICAL MUSEUM）等。下午参观恒河、瓦拉纳西古城、晚上观赏河祭。住瓦拉纳西。

D5，瓦拉纳西—德里：清晨坐船观赏恒河日出、恒河沐浴，早餐后飞往德里。到达后，参观最大的印度教阿克萨达姆寺庙（90分钟）、哈瑞•奎师那神庙（20分钟）。住德里。

D6，德里—克什米尔：飞机。到达后参观三大花园——斯里那加郁金香花园（花期3月底至4月初，约1周左右）、欢喜花园和爱的花园。斯里那加郁金香花园是亚洲第一大郁金香花园；欢喜花园建于1632年蒙兀尔朝代，位于喜玛拉雅山下的达尔湖中央，秋天一片红色；爱的花园是1619年蒙兀尔朝代皇帝伽韩技为了表达他对王后的爱情而建立的。花园按照一幅著名地毯的图案建造，那幅地毯后被英国掠走，陈列在大英博物馆里。参观斯里那加地毯厂和木雕工艺厂。住宿特殊的船屋。

D7，斯里那加—桑玛马—斯里那加：早餐后，乘车前往松那玛格（SONMARG），松那玛格在印度语中的意思是"金子般的草地",那里蔚蓝天空下是雪山,雪山脚下是草地,欣德河蜿蜒曲折,河中生长着鲑鱼和印度玛西尔鱼。这里有世界上最古老的冰川(SONMARG GLACIER),冬天被雪覆盖,夏天遍地黄花,整座山像被黄金铺满一样。游客可以在这里骑马。晚宿特殊的船屋。

D8,斯里那加—新德里:早上参观印度特别的水上市场,乘坐特殊的布格拉船,浏览著名的达尔湖,之后乘机飞往新德里。下午游览梦之国土。在那里可以品尝各种印度特色餐饮,观赏微缩印度景观模型,还能看到亚洲最豪华的表演。

D9,新德里—上海(北京):飞机,结束印度金三角古文明9日之旅。

尼泊尔、印度边境自助游路线

尼泊尔出境—kakalvita卡卡比塔(印度口岸)—Darjeeling大吉岭—Gangtok甘托克—Calcutta加尔各答—Gaya格雅(Bodh Gaya菩提伽耶,Nalanda那烂陀,Rajgir王舍城)—Varanas瓦拉纳西—Sarnath鹿野苑—Khajuraho克拉久霍—Orchha欧恰—Jansi占西—Agra阿格拉—Lucknow勒克瑙—Gorakhpur戈勒克布尔—Kushinagar拘尸那迦—Sunauli苏瑙里(印度边境口岸)—lumbini兰毗尼(进入尼泊尔)

附录二
友情提示

坐车

1.买票

网上买票要在北京时间上午10点以后，之前印度人还不到上班时间。到了印度，提前预定票，要去车站的外国人服务处，那里有专门的窗口接待。当日票可在车站普通窗口购买。

印度车次多为5位数，最好选择2开头的车次，它比较快捷，停站少，误点少。最好选择乘坐起点站到终点的车次，上下车不必担心。

A3车厢是空调卧铺，SL车厢是非空调卧铺，A3票价是SL的一倍。A3车内较干净，有送饭的，A3与SL互不相通，安全性高于SL。

2.看懂车票

网购成功后，网站会发邮件到邮箱，把它打印出来即可。

如何看懂车票上的重要内容？

起点站至终点站。请记住车站站名而不是城市名称，印度大点的城市有好多车站，车票都标识站名，并以英文名称缩写。

很长的阿拉伯数字是车票的编码，根据编码可在车站的电脑里查找自己的信息。

5位数的阿拉伯数字是车次，车次后面的英文是本次列车的列车名（印度每辆列车都有各自的名称，这与中国列车不同），这个名称在车站内的电子显示牌上也有显示。

分项内容还有：乘车日期、车厢等级、上车车站（括弧里面是站名的英文缩写）、到达站名、开车时间、到达时间、总里程、订票日期、年龄、性别、车厢编号、铺位号、上中下铺代号、票价等。

3.候车方法

到车站后可以到外国人候车室候车，干净安全。随后去看电子显示牌，看清楚你要乘的列车在哪个站台上车，是不是正点到达。如果是起始车，找站台找车厢不必担心，如果是过路车，停车时间比较短，可以提前问车站管理人员你的车厢大约在哪个方位，行李多的话可以找车站穿"红马甲"的人，他们是帮助搬行李的，很专业，也清楚停车方位，酬劳费50Rs。

4.防止下错车

印度火车没有广播室，也没有列车员，到站完全靠自助。如何不下错车？方法1：给邻座的印度人看车票，请他们帮助提醒自己。印度人都很热心。方法2：用GPS定位解决。车票上都标有到站时间，一般情况下不会提前只会晚点，当到达目的地还有1小时前打开GPS，可以大致确定距离目的地还有多远。

5.南印度旅行汽车更方便

南印度的汽车站一般位于市区，可以随到随走，总会有票，300公里之内可以作为首选。长距离可以考虑坐火车，每个火车站虽有reservation center，但手续繁琐，排队人多，工作人员效率不高，不如坐汽车方便。

问路

方法1：前一天晚上把要去的地方一一写在小本上，请人帮助时，一边说外语，一边指地名，防止语音不准搞错地方。还可以请帮助人写下重要的信息，画图等。每次多问几个人，确保无误。上车也要给售票员看一下地名，防止出错。

方法2：事先下载好景点图片，指着图片问如何坐车，上车点在什么地方，有多远，需要多长时间，车费多少。

方法3：通过GPS地图找到目的地方位，然后定出出行方向和先后顺序。如果能找到公交站点坐公交走，不能找到公交站点估算出大致距离，然后找tutu车或人力三轮车，告诉地点或者给他看地图，商讨出公道的车资。

找旅馆

不住高档宾馆不需要预订，印度多数旅馆也没有预订服务。需要注意的是退房结算时间（check out），印度各地执行情况不一样，有的是早上8点，有的是下午两点，还有以入住后的24小时作为结算时间，这个要问清楚。

出发前做好攻略，每个城市备选几个旅馆作为参考，到达后再做实地比较。跟旅馆老板说是网友介绍来的，给他看攻略中的旅馆地址和电话，这样老板基本会按照网友的价格给你安排住宿。耐心找几家对比即可。

印度旅馆登记制度很严，每位旅客都要填写行踪的情况，可以事先复印好护照的首页和签证页。为防跳蚤和小虫，建议自备一个被套，睡在被套里，情况会好很多。被套还可以用在火车卧铺上。

吃饭

　　为满足中国胃，自己动手做饭也是一个好办法，可以自带闷饭小锅，做简单的餐饮。在印度采购食材，包心菜、菠菜、西红柿、蚕豆、空心菜、桔子、香蕉20～30Rs/公斤，鸡150Rs/公斤，鸡蛋5Rs/个，瓶装水20Rs/瓶。购物的市场，有的城市好找些，有的城市很难找，印度大型超市很少。印度旅馆自来水不是很清洁，煮饭、煮菜、煮开水、泡茶、刷牙最好用瓶装水。kingfisher是印度的国啤，大瓶价格70～150Rs，看你是在什么地方喝，当地产的威士忌也可以尝试，有小瓶装的70～100Rs/150毫升。在印度，每天一人吃喝花费150Rs就会吃得很好。

银行卡取现

　　印度只有汇丰银行的银联卡可以在ATM机器上取现。南印度可以使用汇丰卡的城市：Kochi科钦、Mumbai孟买、chennai金奈。如果visa、mastercard卡那就遍地都是了，美金到处都可以兑换。

旅行参考书

　　没有书相伴的旅行只是眼睛在旅行，了解印度这个国家必须多了解一些印度教和主要神祇的故事，《摩诃婆罗多》、《吠陀经》、《爱经》，以及诺贝尔得主奈保尔的《印度三部曲》可以作为深入了解印度国民性的读物。

购物

　　纺织品、手工艺品、香料、首饰是印度特色商品。与印度商人交易，狠狠砍价是不二法门。女性可以买一些纱丽（Saree或Sari）带回去。纱丽是印度女性的传统服装，由三部分组成，上面部分叫做"杰姆普尔"（Jim Poole），为紧身短袖胸衣；下身叫"贝蒂戈尔"（Beidigeer）的衬裙，是一种宽松长裙，围衬在纱丽里面；最外面裹着的才是纱丽。传统纱丽的穿着，比较繁琐费时，后来出现了简化了的纱丽，这就是"旁遮比"，也称简装。"旁遮比"也是一种套服，由长及膝盖的长衫"卡米子"，自膝盖以下逐渐收紧的裤子"朱利达尔"和长约3米左右的围巾"杜巴尔达"组成。女性穿着纱丽可以满足爱美情结。

"最美中国系列"丛书简介

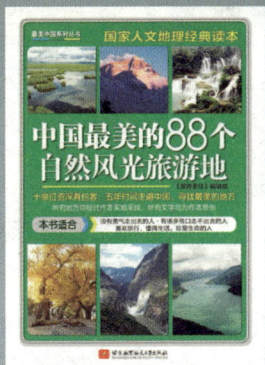

《中国最美的88个自然风光旅游地》

"最美中国系列"丛书是旅游圣经团队历经数年发展、走遍中国后推出的巅峰之作。团队组织所有优秀作者撰写本系列，可谓十余位资深背包客视野中的"最美中国"。

本系列丛书内容系作者原创，是他们心灵的真实感悟；照片系作者亲自拍摄，是他们对美的瞬间永恒的诠释。饱含人文底蕴的文字配上震撼人心的精美照片，定会给读者带来极致美好的心灵慰藉。

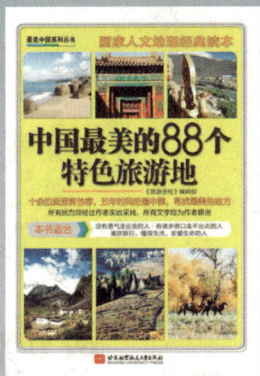

《中国最美的88个特色旅游地》

本系列丛书共三本：

《中国最美的 88 个自然风光旅游地》

书号：ISBN 978-7-5124-0242-3

定价：39.80 元

出版社：北京航空航天大学出版社

《中国最美的 88 个特色旅游地》

书号：ISBN 978-7-5124-0320-8

定价：39.80 元

出版社：北京航空航天大学出版社

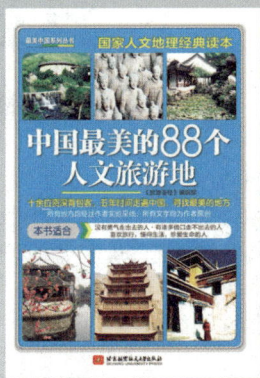

《中国最美的88个人文旅游地》

《中国最美的 88 个人文旅游地》

书号：ISBN 978-7-5124-0394-9

定价：39.80 元

出版社：北京航空航天大学出版社

"中国最美旅游线路" 丛书简介

"Zhongguozuimeilvyouxianlu"congshujianjie

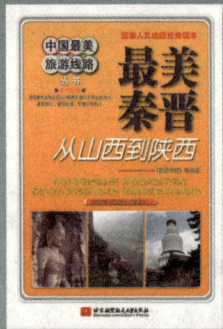

《最美秦晋——从山西到陕西》

《最美江南——从南京到上海》

《最美中原——从洛阳到商丘》

《最美徽州——从黄山屯溪到三清山》

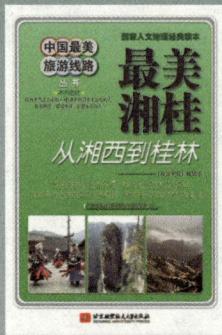

《最美湘桂——从湘西到桂林》

《最美福建——从厦门到闽东海岸线》

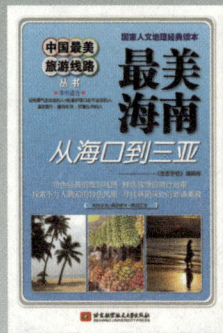

《最美海南——从海口到三亚》

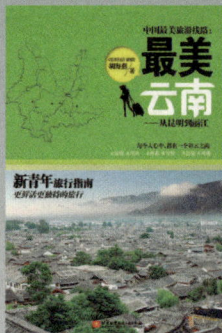

《最美云南——从昆明到丽江》

《最美西藏——经绝美川藏线到荒原阿里的旅行》

　　本套丛书追求有个性有特色的旅行，淡化走马观花的传统方式，追求历史、文化、民俗的深度感悟、风景、美食、住宿的独特体验，倡导"大景点"概念，提倡在一个地方要做几件事。除了游览出售门票的传统景点之外，更推崇在当地探索不为人熟知的特色风景，寻找巷陌深处的地道美食，住一家温馨浪漫的小客栈，听一段地方戏，寻一件民间工艺品等。这套丛书还打破了传统旅游书以省划分的模式，每本书都不限定某一个行政区域，而是在全国范围内精选多条特色经典路线，设计出最合理的行程安排，每条路线又可以根据读者不同的时间兴趣分化为数条小路线，全书景点行程可相对独立又紧密相连贯通一体。本套丛书由资深背包客实地考察后撰写，文字和照片均为原创，定能带给你全新的启示，使你的旅行充满趣味，更加丰富多彩。

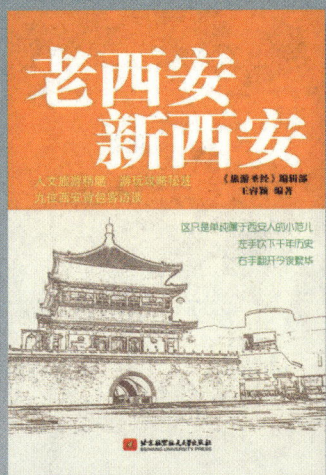

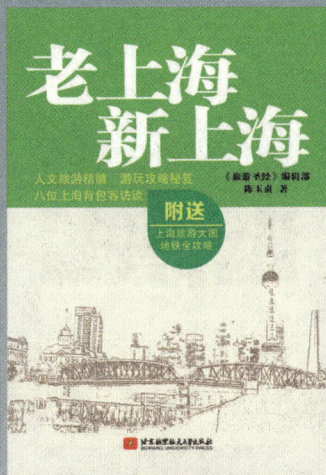

《老西安新西安》　　　《老上海新上海》　　《老北京新北京 2012-2013》

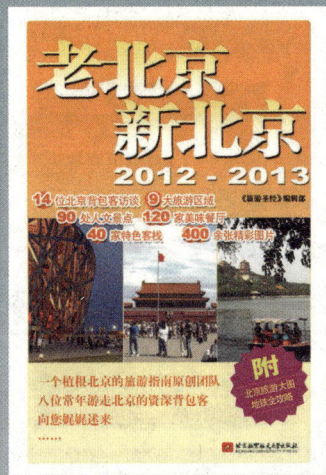

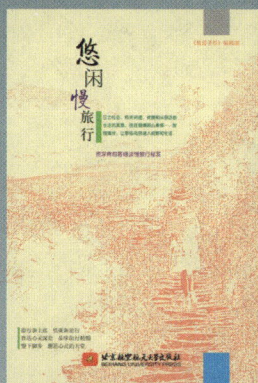

《悠闲慢旅行》

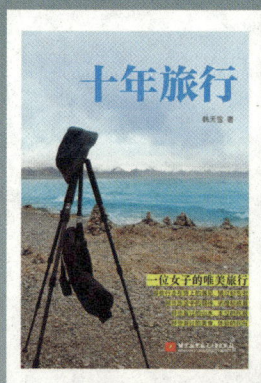

《十年旅行》

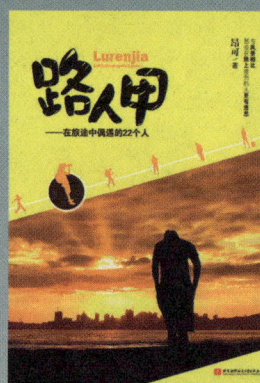

《路人甲》

《一个人旅行直到世界尽头》

《背着家去旅行》

《阳光下的清走》

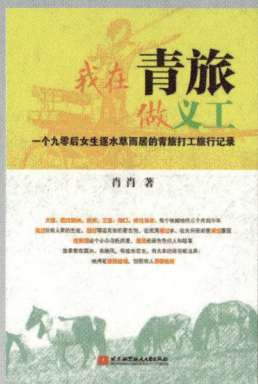

《我在青旅做义工》

《大地上的游吟者》

《我住青旅游中国》

《搭车旅行：那些边走边晃的日子》

《向世界进发》

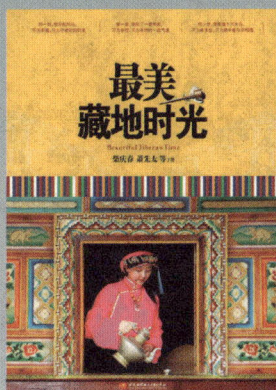

《最美藏地时光》

《最美云南时光》

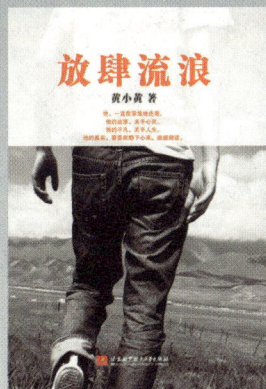

《放肆流浪》

《美在旅游中》

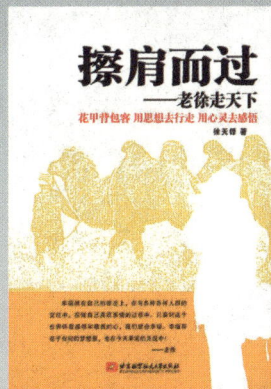

《擦肩而过》

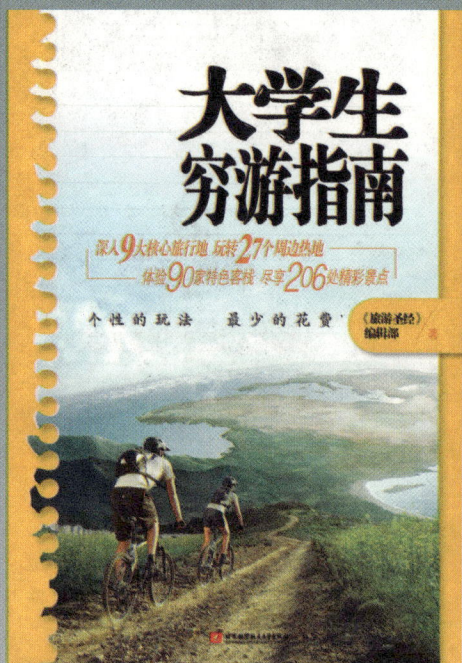

《大学生穷游指南》

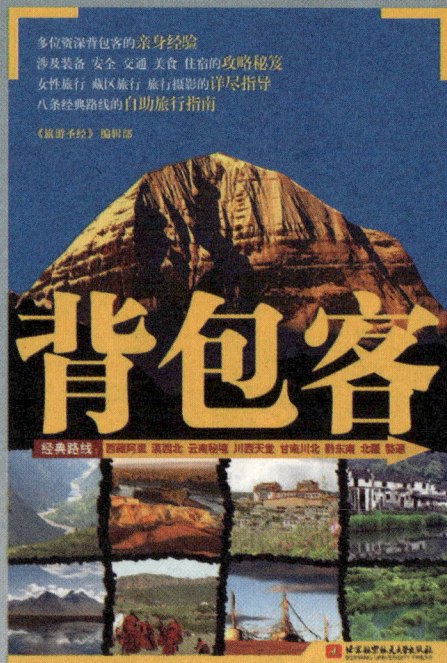

《背包客》